KB072954

김문형 新무협 판타지 소설

FANTASTIC ORIENTAL HEROES

실명무사 8

김문형 新무협 판타지 소설

초판 1쇄 찍은 날 § 2019년 10월 17일
초판 1쇄 펴낸 날 § 2019년 10월 24일

지은이 § 김문형
펴낸이 § 서경석

총괄팀장 § 노종아
편집책임 § 신나라

펴낸곳 § 도서출판 청어람
등록번호 § 제387-1999-000006호
등록일자 § 1999. 5. 31
어람번호 § 제2-2814호

주소 § 경기도 부천시 부일로 483번길 40 서경B/D 3F (우) 14640
전화 § 032-656-4452 팩스 § 032-656-4453
http://www.chungeoram.com
E-mail § chungeorambook@daum.net

ⓒ 김문형, 2019

ISBN 979-11-04-92072-1 04810
ISBN 979-11-04-91975-6 (세트)

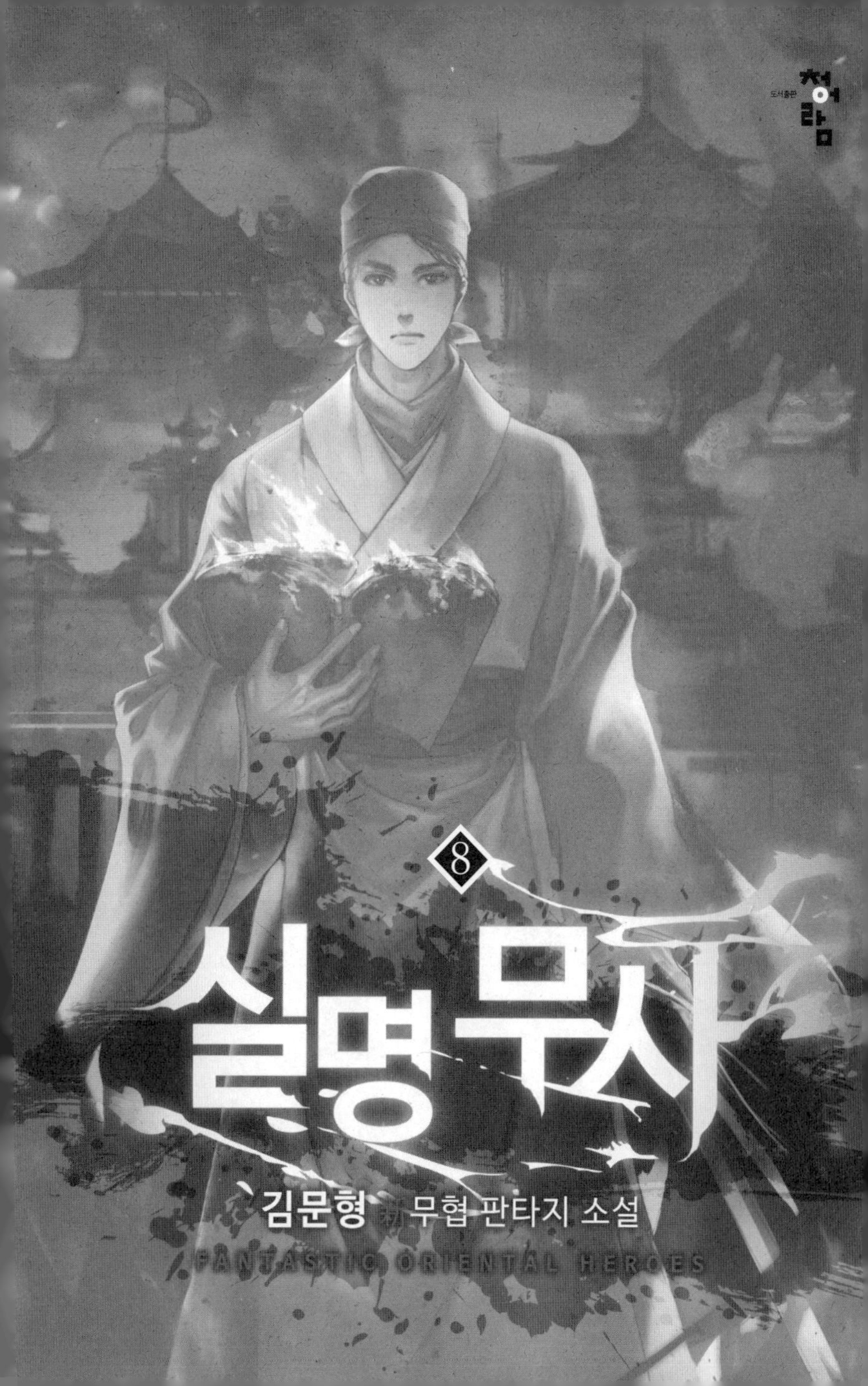
도서출판 청어람
8
실명무사
김문형 新 무협 판타지 소설
FANTASTIC ORIENTAL HEROES

진동하는 피비린내

1장.

소행자의 말이 흥미로웠다.

무명은 몰래 바닥을 기어가면서 자기도 모르게 귀를 기울였다.

"내가 황궁에 들어온 지 십칠 년이 된다고 했잖아? 그거 거짓말이야."

"……"

"실은 올해로 삼십칠 년이 돼. 오래도 있었지?"

무명은 무심결에 고개를 끄덕이며 대답을 할 뻔했다.

소행자의 말은 그만큼 충격적이었다.

소행자의 나이가 자신과 크게 차이 나지 않을 거라고 짐작은 하고 있었다.

열 살 때 황궁에 들어왔다면 소행자의 나이는 스물일곱 정도이리라. 그가 어린아이처럼 보이는 것은 거세를 받은 동자 환관이기 때문이리라.

하지만 소행자는 무명이 계산한 것보다 이십 년 가까이 연상이었다.

그의 나이는 스물일곱이 아니라 마흔일곱, 아니, 그 이상일지도 몰랐다.

생각해 보니 사십 대 후반의 나이도 일리가 있었다.

벽공장을 자유자재로 출수하는 소행자.

내공이 증진되는 영약을 먹거나 절세 고수에게 일 갑자의 내공을 전수받는 등, 천재일우의 기연 없이 이십 대의 나이에 그만한 내공을 얻는 것은 불가능하다. 즉, 소행자의 나이가 사십 대 후반인 것은 이상하지 않았다.

그러나 또 다른 문제가 생겼다.

아무리 동자 환관이라고 해도 소행자의 외모는 절대 사십 대 후반이 아니었다.

무명은 문득 어떤 생각이 떠올랐다.

'설마 반로환동한 것인가?'

반로환동(反老還童)은 내공 수위가 절정의 경지를 넘으면 살결이 희어지고 주름살이 퍼지며 다시 젊었을 때의 외모로 돌아가는 현상을 말한다.

반로환동은 우화등선해서 신선이 되는 단계의 중간쯤이라고 할 수 있었다. 말하자면 생사의 굴레를 뛰어넘었다는 뜻이었다.

강호인은 누구나 반로환동의 경지를 꿈꾸며 무공을 수련한다. 하지만 반로환동을 했다는 강호인은 중원 천지에서 수십 년에 한 명 나올까 말까 했다. 아무나 신선이 되는 게 아니니 당연했다.

무명은 고개를 저었다.

'반로환동은 아니다.'

반로환동한 고수라면 벽공장이 아니라 격공장도 가능할 것이다. 또한 동전을 날리지 않고 십여 장을 떨어져서 손가락만 퉁겨도 상대를 점혈할 수 있으리라.

소행자의 내공 깊이는 분명 짐작할 수 없을 정도였지만 반로환동을 이룰 수준은 아니었다.

대체 그의 비밀은 무엇일까?

소행자가 칼을 갈며 말을 계속했다.

"근데 소행자로 산 것은 십칠 년이 맞아. 중간에 신분을 한 번 바꿨거든. 장 공공처럼."

장 공공처럼.

소행자의 말에 무명은 정곡을 찔린 기분이었다.

"동자 환관을 처리하고 그 자리를 내가 차지했지. 별로 어렵지는 않았어. 동창이나 사례감이 허드렛일하는 시종한테 관심이나 있겠어? 게다가 내가 많이 젊어 보이잖아? 히히히."

어린아이의 말투에 사십 대 후반의 웃음소리.

무명은 전신에 소름이 끼쳤다.

소행자의 말이 길게 이어졌다.

"장 공공은 황궁에서 얼굴도 몇 번 본 적 없는 말단 하직이었는데 언제부터인가 갑자기 벼락출세를 하더라고."

"곽평은 대체 어떻게 한 거야?"

"난 원래 곽평을 모셨거든. 근데 어느 날 갑자기 종적도 없이 사라졌어."

"그리고 장 공공이 곽평 자리를 차지했지. 아주 방까지 옮겼잖아? 다들 부정 탄다며 꺼리는 곳인데."

"난 뇌물을 써서 일부러 장 공공 시종이 됐어. 원래는 다른 잡일도 많았거든."

"돈을 쓴 보람이 있었지. 장 공공이 수복화원에 데리고 갔잖아!"

"그게 소문으로만 들었던 망자지? 황궁 지하에 망자가 있는 걸 아는 자라니, 대단해! 나는 삼십 년 넘게 황궁에 있어도 까맣게 몰랐는데!"

소행자는 수복화원을 조사하던 일이 유난히 즐거웠는지 깔깔대며 웃었다.

문득 무명은 묻고 싶은 게 생겼다.

'혹시 그때 넘어진 이유가……?'

수복화원 우물 밑의 지하에서 망자들을 피해 도망칠 때, 소행자는 발을 헛디뎌서 넘어졌다.

그런데 지금 생각해 보니 소행자쯤 되는 고수가 넘어질 리 없지 않은가?

소행자가 마치 무명의 생각을 들은 것처럼 말했다.

"난 일부러 넘어진 척해봤어. 근데 장 공공 표정이 얼음처럼 차갑더라고. 날 한번 쳐다보고 바로 몸을 돌렸잖아? 대를 위해 소를 희생한다, 뭐 그런 거야? 정말 대단한 위선자야! 아하하하!"

소행자가 날카롭게 웃음을 터뜨렸다.

망자들에게 소행자를 넘겨주고 도망치려던 무명. 그러나 실은 소행자가 무명이 어떤 선택을 하는지 시험해 본 것이었다.

위선자.

무명은 그 말에 반박할 수 없었다.

그때 소행자의 웃음소리가 잦아들더니 목소리가 기이하게 바뀌었다.

"우리 아버지도 위선자였지."

그의 목소리는 마치 사십 대 후반의 나이가 된 것처럼 들렸다.

"아버지가 항상 하는 말이 있었다. 남자라면 대를 위해 소를 희생해야 한다고."

소행자의 목소리는 차갑게 식어 있었다.

"말단 무관 주제에 입만 열면 대의명분을 지껄였지. 결국 관리들에게 뇌물을 뜯기다가 재산은 탕진하고 어머니는 달아났다. 술만 퍼마시던 아버지는 돈이 떨어지자 내 양물을 자르고 환관으로 팔아넘겼지."

그는 잠시 침묵하더니 다시 어린아이의 목소리로 말했다.

"그때부터 박제를 만들기 시작했어."

무명은 침을 꿀꺽 삼켰다.

듣기에 따라 의미심장한 뜻이 담긴 소름 돋는 말이었다.

"어때? 내가 만든 작품들이?"

소행자는 공터에 진열해 놓은 박제들을 자랑스럽게 여기는 것 같았다.

"근데 장 공공 같은 기인이사는 내 평생 처음 봤어!"

써어억.

칼 가는 소리가 길게 꼬리를 잇더니 끝이 났다.

"무림맹의 밀명을 갖고 황궁에 잠입한 세작!"

소행자가 천천히 몸을 일으켰다.

"황궁 지하에 망자들이 있다는 걸 처음 알아낸 자!"

그가 공터를 향해 빙글 몸을 돌렸다. 손에 들고 있는 잘 갈린 칼이 불빛을 받아 반짝 빛났다.

"게다가 환관인데 거세도 하지 않았어!"

"……."

무명은 식은땀이 흘렀다.

소행자는 무명의 비밀을 속속들이 눈치채고 있었던 것이다.

"장 공공은 정말 멋진 작품이 될 거야! 내가 잘 무두질해서 만들어줄게, 히히히."

소행자가 칼을 들고 공터로 걸어왔다.

무명은 다급해졌다.

점혈이 풀리고 미친 듯이 사지를 버둥거렸지만 그동안 기어간 거리는 불과 몇 장 되지 못했다. 소행자의 경신법이라면 한 달음에 따라잡을 거리였다.

기어서는, 아니, 뛰어서라도 소행자를 따돌릴 수 없었다.

'맞서는 수밖에 없다.'

하지만 무슨 수로 벽공장을 출수하는 사대악인과 싸운다는 말인가?

소행자는 도무지 약점이라고는 보이지 않았다. 이강이 상대해도 과연 쉽게 이길 수 있을지 의문이었다.

그러나 약점이 없으면 인간이 아니라 신이다.

'소행자는 신이 아니다. 분명 약점이 있을 터.'

무명은 바닥을 기면서 필사적으로 생각했다.

문득 미완성인 환관 괴인의 용모파기가 떠올랐다. 이제 무명은 환관 괴인의 정체를 깨달았다. 쓰다 만 용모파기를 마저 완성한다면?

환관 괴인이 가장 아끼는 것은?

'박제들!'

소행자는 세상의 특이한 자들만 골라 납치해서 영생을 준다며 박제로 만들었다.

박제 제작은 손이 많이 가며 세심한 주의를 기울여야 하는 작업이다. 또한 사냥감의 가죽에 조금만 손상이 가도 안 됐다. 아까도 소행자는 주국성을 너무 세게 쳤다면서 울상을 짓지 않았던가.

사람은 누구나 가장 소중히 여기는 것이 있다.

그것을 잃는 순간 그 사람도 무너진다.

무명은 직감했다.

'소행자의 약점은 박제들이다.'

무명은 있는 힘을 다해 근처에 있는 박제 하나를 향해 기어갔다.

그때였다.

"어디 가?"

앞에서 소행자의 목소리가 들렸다.

무명이 엎드린 채로 천천히 고개를 들었다.

소행자가 무명이 기어가던 진로를 막고 서 있었다. 그는 이미 무명이 점혈이 풀려서 도망친다는 사실을 알고 있었던 것이다.

"엄청 많이 기어 왔네? 내가 모를 줄 알았어?"

"…뭐 하나만 물어보자."

무명은 몸을 돌려서 간신히 상반신을 일으켰다. 그리고 바닥에 앉은 채 박제에다 등을 기대며 말을 이었다.

"사람을 납치하는 것도 모자라 굳이 박제로 만드는 까닭이 무엇이냐?"

"응? 그게 궁금했어?"

소행자의 대답은 전혀 상상도 하지 못한 것이었다.

"난 사람들이 원하는 걸 들어준 것뿐인데?"

"사람들이 원했다고?"

"응. 강호인은 누구나 불로장생을 꿈꾸잖아? 주위를 봐. 다들 살아서 숨 쉬는 것 같지 않아?"

"……."

"기인이사나 특이한 성정을 가진 사람일수록 죽는 걸 끔찍이 싫어하더라고. 그래서 내가 영원히 젊음을 유지하도록 만들어줬어. 어때? 내가 영생을 준 자들의 모습이?"

무명은 다시 한번 소름이 돋았다.

소행자는 정말 자신의 잘못은 눈곱만큼도 없다고 생각하고 있었다.

문득 괴이한 장면이 뇌리에 떠올랐다.

도박장에서 마지일에게 점혈당해 만련영생교에 납치당했을 때의 일이었다.

그때 만련영생교 수장의 목에는 빙 둘러서 흉터가 나 있었다. 일부러 검으로 그은 듯한 흉터. 꼭 망자가 되길 학수고대하는 사람 같았다.

만련영생교의 신도들 역시 망자가 되어서 영생하려는 자들이 아닐까?

그러나 망자도, 박제도 살아 있다고는 할 수 없었다.

무명이 잘라 말했다.

"이 박제들은 이미 죽었다."

"아냐! 다들 살아 있어!"

소행자가 빽 하고 소리를 질렀다.

"살아 있다고? 숨도 쉬지 않고 움직이지도 못 하는데?"

"풀이나 나무도 안 움직이잖아! 내 작품들은 영생을 얻은 거야!"

소행자는 어린아이처럼 억지를 썼다.

무명이 그의 말에서 틀린 점을 꼬집었다.

"풀과 나무는 햇빛을 받고 뿌리로 물을 빨아들인다. 하지만 박제들은 공기조차 들이마시지 못하지. 이들은 죽었다. 소행자, 네가 죽인 거다."

"아니라니까!"

소행자가 분을 참지 못하고 어린아이처럼 무명에게 달려들었다.

'지금이다!'

무명은 두 발로 바닥을 밀며 등을 기대고 있던 박제를 세차게 밀었다.

박제는 하필 외다리로 서는 특이한 기수식을 취한 강호인이었다. 때문에 마비가 채 풀리지 않은 무명이 밀었는데도 금세 균형을 잃고 뒤로 넘어갔다.

박제가 기우뚱하며 쓰러졌다.

"어어? 그대로 서 있어!"

소행자가 품에서 동전을 꺼내 박제를 향해 튕겼다.

퉁! 동전이 박제의 가슴에 적중했다.

그러나 피와 살점이 없는 박제가 점혈을 당할 리 없었다. 박제는 그대로 뒤로 넘어가서 바닥에 나동그라졌다.

털퍼덕.

그런데 박제가 넘어지면서 옆에 있는 다른 박제를 건드렸다. 그 바람에 두 개의 박제가 이어서 뒤로 넘어갔다. 털퍽, 털퍽.

사태는 그것으로 끝나지 않았다.

그리 크지 않은 공터에 수많은 박제들이 진열되어 있었기 때문에 일단 하나가 넘어지자 옆에 있는 박제들이 계속해서 걸리고 쓰러지기 시작했던 것이다.

마치 아슬아슬하게 세워둔 도박판의 골패가 하나가 쓰러지자 연속으로 넘어지는 것 같았다.

우르르르… 우당탕탕!

"왜들 그래? 다들 서 있으란 말야!"

소행자가 소리쳤지만 껍데기만 남은 박제가 말을 들을 리 없었다.

순식간에 십여 개가 넘는 박제가 쓰러졌다.

소행자는 여기저기 넘어가고 있는 박제들을 어쩔 줄 몰라 하며 쳐다봤다. 무명의 짐작이 들어맞았다. 그의 약점은 박제 였다.

그러다가 박제 하나가 주국성이 있는 유리관을 향해 넘어갔다.

턱! 뒤로 넘어가던 박제의 무게가 더해지자 유리관이 천천히 옆으로 기울어졌다.

유리관에 가득 차 있던 액체가 바닥에 주욱 쏟아졌다. 그러자 유리관도 기세에 이끌려 바닥을 향해 기우뚱 넘어갔다.

"안 돼에에!"

소행자가 유리관으로 몸을 날렸지만 때는 늦었다.

와장창창!

주국성이 담겨 있던 유리관이 바닥에 쓰러지며 산산조각으로 박살 났다.

촤아악! 투명한 액체가 공터 바닥을 뒤덮었다.

시큼한 냄새가 코를 찔렀다.

무명은 만족스러웠다.

'성공이다.'

그러나 무명이 예상하지 못한 게 있었다.

소행자의 약점이 박제들이라는 짐작은 맞았다. 하지만 박제가 훼손되자 소행자가 걷잡을 수 없이 분노에 빠졌던 것이었다.

"장 공고오옹……!"

소행자가 고개를 돌렸다.

그의 표정을 본 순간 무명은 계산 착오를 직감했다.

사람은 화가 나면 이성을 잃지만 맹수는 그저 분노를 폭발시킬 뿐이었다.

"으아아아아!"

휙! 소행자가 몸을 날렸다.

강호 사대악인 소행자.

그는 이십 년 가까이 환관 괴인으로 행세하며 사람들을 납치해 왔다. 그리고 비밀 지하실에다 수십 명이 넘는 박제들을 모아놓았다.

전리품처럼 전시해 놓은 박제들.

소행자가 살아가는 이유.

박제들이 연속으로 쓰러지면서 급기야 주국성의 유리관까지 박살 나니 소행자가 이성을 잃은 것은 당연했다.

"으아아아아! 장 공공!"

소행자가 무명을 향해 몸을 날리며 손바닥을 뻗었다.

상대를 분노하게 만들어 신경전에서 우위에 서라. 병법의 기본 중의 기본.

그러나 무명의 계책은 거기까지였다. 점혈 후유증으로 마비가 채 풀리지 않은 무명. 그는 내공 고수인 소행자를 단 일 초식도 상대할 수 없었다.

스스스스.

소행자가 벽공장에 십성의 공력을 실어서 출수했다.

박제로 만들려면 근골과 피부가 상하면 안 된다는 생각은 분노 때문에 잊혀졌던 것이다.

무명은 정신이 아득해졌다.

'이대로 끝인가……?'

가슴뼈가 통째로 주저앉고 내장이 파괴되려는 찰나, 무명이 바닥에 주저앉은 채로 무심결에 손바닥을 뻗었다.

순간 소행자의 손바닥이 무명의 손바닥을 향해 빨려 들어 갔다.

쑤우우우욱!

소행자가 어리둥절한 목소리로 중얼거렸다.

"어어? 이게 뭐야?"

벽공장은 손바닥으로 방출한 내공 진기를 멀리 떨어진 곳까지 전달해서 폭발시키는 무공이다. 즉, 손바닥과 목표 사이의 허공에 한 줄기의 내공 진기가 연결된다고 볼 수 있었다.

때문에 벽공장을 막으려면 더욱 강한 내공으로 벽공장 진기를 맞받아치거나 방향을 틀어서 흘려보내야 했다.

그게 아니면 몸을 날려 피하는 수밖에 없었다.

그런데 무명은 벽공장을 향해 정면으로 손바닥을 뻗은 것이었다.

이럴 경우 내공이 조금만 약해도 벽공장을 막기는커녕 손이 피떡이 되어 날아가 버린다.

하지만 지금 상황은 어딘가 괴이했다.

무명의 손바닥은 단 일성(一成)의 공력도, 아니, 그 십분지 일도 실려 있지 않았다.

또한 공교롭게도 무명과 소행자의 손바닥이 허공에서 정확히 일직선을 그렸다.

물은 높은 곳에서 낮은 곳으로 흐른다. 즉, 소행자가 출수한 벽공장 진기는 폭포수가 절벽 밑으로 떨어지는 것처럼 무명의 손바닥을 향해 빨려 들어갔던 것이다.

소행자도 그제야 일이 잘못됐다고 느꼈다.

"이거 왜 이래? 하아아앗!"

그가 단전에 모은 공력을 손바닥으로 출수했다.

하지만 진기를 쏟아부어도 빨려 들어가는 것은 여전했다. 벽공장은 손바닥에서 출수한 진기를 목표 지점에다 한 번에 쏟아부으면서 멈춰야 한다. 그래야 상대가 근골이 박살 나든지 내상을 입든지 하는 것이다.

그러나 무명의 손바닥은 마치 솜과 같았다.

아무리 쇠망치를 휘둘러도 허공에 둥둥 떠 있는 솜을 쳐봐야 자기 힘만 빠질 뿐 아닌가?

"어어어?"

소행자는 몸을 날리던 기세를 멈추지 못한 채 무명 쪽으로 끌려갔다.

급기야 둘의 손바닥이 박수를 치는 것처럼 딱 붙어버렸다.

철썩!

소행자가 믿을 수 없다는 듯이 중얼거렸다.

"내공 대결?"

서로 손바닥을 붙인 채 진기를 쏟아부어 내공 수위의 높고 낮음으로 승부를 겨룬다.

소행자의 말대로 둘은 내공 대결에 들어간 것이었다.

무명은 이미 내공 대결의 경험이 있었다.

난쟁이 고문사를 찾으러 도박장에 갔을 때 황룡방주 황각과 손바닥을 붙인 채 내공 대결을 벌였다.

하지만 그때와 마찬가지로 지금도 엉겁결에 손바닥을 뻗은 것뿐이었다.

소행자가 개구쟁이처럼 깔깔대며 웃었다.

"무공도 모르는 장공공이 나랑 내공 대결을 펼치겠다고? 아하하하!"

그가 숨을 깊게 들이마시더니 전신의 진기를 일장(一掌)에 불어 넣기 시작했다.

그런데 소행자가 짐작 못 한 사실이 있었다.

기억을 잃은 지금, 무명은 분명 무공을 모른다. 그러나 무심코 행한 움직임이 상대와 내공 대결을 펼치는 동작이라면?

…그의 몸이 정체 모를 초식을 기억하고 있다는 증거였다.

소행자의 손이 금세 시뻘겋게 달아올랐다.

그런데 무언가 이상했다.

아무리 진기를 쏟아부어도 무명은 무너지기는커녕 꼼짝도 하지 않는 것이었다.

"대체 어떻게……?"

마치 밑이 깨진 물동이에 물을 붓는 것 같았다.

만약 진기의 흐름을 들을 수 있다면 다음과 같은 소리가 둘의 귓가를 때렸으리라.

콸콸콸콸.

소행자는 흠칫 놀라서 손바닥을 떼려고 했다.

원래 내공 대결을 벌이면 누군가가 먼저 내력을 진탕 써버리고 쓰러지기 전에는 절대 손바닥을 뗄 수 없다. 함부로 몸을 움직였다가는 주화입마에 들거나 목숨을 잃을 수도 있기 때문이다.

적어도 한 명은 큰 내상을 입어야 끝나는 진검 승부, 내공 대결.

그러나 소행자의 손바닥은 지남철처럼 무명에게 찰싹 붙어서 떨어지지 않았다.

손바닥뿐이 아니었다. 발바닥 역시 바닥에서 떼는 게 불가능했다. 전신의 내력이 한곳으로 빨려 나가자 몸이 딱딱하게 굳어버렸던 것이다.

소행자가 얼빠진 목소리로 중얼거렸다.

"이게 뭐야……?"

그의 내공 진기가 무명의 손바닥을 통해 빠르게 자취를 감추고 있었다.

"설마 이건 흡성신공?"

누군가 말만 꺼내도 주위 사람들의 표정이 날카로워진다는 사술(邪術), 흡성신공.

"흡성신공은 실전된 지 수십 년도 넘었어! 그런데 어떻게……?"

소행자가 믿을 수 없다는 눈으로 무명을 쳐다봤다.

흡성신공은 본래 서장의 구륜사에서 나온 무공이다.

구륜사의 고수는 흡성신공으로 상대의 내공을 흡수해서 자기 것으로 만들었다. 내공을 잃어버린 자는 하루아침에 폐인이 된다. 중원 무림인이 구륜사를 적대시한 이유 중에는 흡성신공의 악랄함도 큰 지분을 차지했다.

그러나 강호인은 결국 강함을 좇게 마련이다.

중원 무림인 중에 구륜사의 제자가 되어 흡성신공을 수련한 자가 나왔다. 그는 숱한 고수들의 내공을 빼앗으며 일대의 마두로 강호를 종횡했다.

피해가 속출하자 정파와 사파가 손을 잡았다. 결국 강호의 공적으로 지목당한 마두는 무림 전체에 맞서 싸우다가 죽고 말았다.

이후 수십 년간 흡성신공을 쓰는 자는 나오지 않았다.

그런데 지금 무명이 실전된 사파의 무공을 쓰고 있는 것이었다.

"장 공공……."

어느새 소행자의 이마에서 진땀이 주르륵 흘러내렸다.

그가 덜덜 떨리는 목소리로 물었다.

"대체 네 정체가 뭐야?"

"……."

돌아오는 대답은 없었다.

소행자를 바라보는 무명의 눈초리는 지극히 담담했다. 아무 감정도 실리지 않은 눈빛이 오히려 소행자를 질리게 만들었다.

벽공장을 쓰는 자는 능히 강호의 절정 고수라 할 수 있다.

그러나 흡성신공을 쓰는 자는 절세 고수다. 당금 강호에서 절정의 경지에 오른 고수가 스무 명 남짓하다면 절세 고수는 말 그대로 단 한 명인 것이다.

강호의 기인이사만 잡아다가 박제로 만드는 사대악인 소행자.

눈앞의 무명은 소행자가 생전 한 번도 본 적 없고 미처 상상도 못 했던 진짜 기인이사였다.

갑자기 소행자의 목소리가 사십 대 남자로 바뀌었다.

"장량, 네놈……!"

그가 마지막 힘을 다해서 단전에 진기를 모았다. 그리고 한순간에 손바닥으로 퍼부었다.

"하아아앗!"

<u>고오오오오!</u>

벽공장을 출수할 만큼 엄청난 소행자의 내력이 일순 무명의 일장에 쏟아졌다.

계속 시간만 끌다가는 결국 모든 내공을 빼앗기고 만다. 소행자는 목숨을 걸고 건곤일척의 승부를 건 것이었다.

제아무리 고수라고 해도 단전의 크기에는 한계가 있다.

거대한 급류가 한꺼번에 몰려오면 둑은 견디지 못하고 무너진다. 한 번에 모든 내력을 방출해서 무명의 단전과 혈맥을 붕괴시킨다. 바로 소행자의 마지막 노림수였다.

무명과 소행자의 전신이 번개에 맞은 것처럼 진동했다.

부르르르!

"장량! 네놈의 그릇이 어느 정도인지 몰라도……."

덜덜 떨면서 간신히 말을 내뱉던 소행자가 일순 고개를 갸우뚱거렸다.

"어어어……."

소행자의 노림수는 그럴듯했다.

하지만 그가 전혀 짐작하지 못한 것이 있었다. 무명의 단전은 그냥 큰 그릇이 아니었다.

그의 단전은 대해(大海)였다.

소행자의 거대한 내공 물결은 깊이를 알 수 없는 거친 바다로 흘러 들어가서 감쪽같이 자취를 감추었다.

"……!"

소행자의 두 눈이 접시처럼 크게 뜨였다.

티끌 한 점 없이 맑고 투명한 어린아이 피부의 소행자.

그의 살결에 수십 줄의 주름살이 확 생기더니 바람 빠진 풍선처럼 쪼그라들기 시작했다.

스스스스스……

얼굴뿐만이 아니었다. 몸통과 팔다리에도 근육이 사라지고 피부가 쪼그라들었다. 그리고 몸에 딱 맞던 관복이 순식간에 헐렁하게 축 늘어졌다.

곧 소행자의 얼굴이 열흘을 굶은 사람처럼 변했다.

이제 소행자는 내공 진기를 출수할 힘도 없었다. 게다가 일부러 힘을 쓰지 않아도 내력이 저절로 손바닥을 통해 빠져나갔다.

이윽고 소행자의 얼굴과 몸은 피골이 상접해서 말 그대로 뼈만 남았다.

마치 해골에 살가죽만 뒤집어씌운 듯한 몰골.

마지막 남은 한 줌의 내력이 손바닥을 통해 빠져나가는 순간, 소행자는 전신에 설명 못 할 쾌감을 느끼고 몸을 부르르 떨었다.

그리고 들릴 듯 말듯 한마디 말을 내뱉었다.

"위군자 장량……"

그제야 둘의 손바닥이 떨어졌다.

탁.

미라가 된 소행자가 통나무처럼 옆으로 넘어갔다.

허억허억허억…….

어두컴컴한 공터에 남은 것은 무명이 숨을 몰아쉬는 소리 뿐이었다.

강호 사대악인 소행자. 환관 괴인으로 숱한 소문을 남기며 사람들을 납치하던 소행자는 무명의 흡성신공에 모든 내력을 탕진하고 숨을 거둔 것이었다.

무명은 천천히 몸을 일으켰다.

하지만 막 두 발로 섰을 때 균형을 잃고 바닥에 나동그라졌다. 털퍽.

"헉헉헉……."

숨이 턱끝까지 올라왔다. 전신이 불덩이처럼 뜨거웠다.

그는 소행자가 죽은 것은 조금도 관심이 없었다. 자신이 어떻게 흡성신공을 쓸 수 있었는지도 관심이 없었다.

단지 살아남는 것만 관심이 있었다.

무명은 사지를 버둥거리며 바닥을 기었다.

아까는 점혈 마비가 풀리지 않아서 몸이 말을 안 들었다면 지금은 상황이 달랐다.

드넓은 대해 같은 무명의 단전. 그러나 기억을 잃은 뒤로 그의 단전과 혈맥은 간신히 일 초를 출수할 정도의 내력을 돌린 게 전부였다.

그런데 벽공장 고수인 소행자의 내공 진기를 한 번에 흡수한 것이다.

일 갑자, 아니, 어쩌면 그 이상일지도 모르는 소행자의 내력.

그 고강한 내공 진기가 혈맥을 관통하자 무명은 팔다리가 비틀리며 움직이지 않았다.

지금 상황이 뜻하는 것은 하나였다.

'주화입마……!'

갑자기 몸에 들어온 소행자의 내력을 전혀 통제하지 못하자 기혈이 제멋대로 몸속을 돌아다녔던 것이다.

'이대로라면 죽는다.'

전신이 불구덩이에 빠진 것처럼 뜨거웠다. 당장 기혈의 흐름을 억제하고 몸을 식히지 않으면 끝장이었다.

무명은 이를 악물고 무작정 바닥을 기어갔다.

갑자기 몸이 시원해졌다.

고개를 내린 무명은 이유를 깨달았다. 주국성을 담은 유리관이 깨지고 바닥에 쏟아진 탕약이 몸에 닿자 열기가 조금 식었던 것이다.

무명은 몸을 데굴데굴 굴려서 탕약을 묻혔다.

그러나 경악할 광경이 눈앞에 나타났다. 탕약에서 기포가 부글부글 끓어오르며 터지는 게 아닌가?

무명 몸의 열기가 탕약마저 끓게 만들었던 것이다.

'……!'

내공 수련은 진기를 쌓는 것 못지않게 안정시키는 것이 중요하다. 때문에 각 문파는 자파만의 운기조식법이 있었다.

그러나 무명은 과거 기억을 잃은 처지이니…….

유리관에서 쏟아진 탕약은 금세 뜨겁게 데워졌다. 벽공장 고수인 소행자의 내력이 진탕되는 것을 식히기에는 역부족이었다.

그때였다.

무명은 문득 손에 닿은 곳의 바닥이 차갑다는 사실을 깨달았다.

'뭐지?'

이유는 알 수 없었다. 그는 무작정 차가운 쪽을 향해 기어갔다.

몸은 점점 더 뜨거워졌다.

핏줄이 터져서 두 눈이 시뻘겋게 물들었다. 시야가 온통 붉게 보였다.

급기야 손가락 하나 움직일 힘조차 사라졌다. 무명은 바닥을 짚던 손을 힘없이 떨어뜨렸다.

그런데 정신이 번쩍 들었다.

손바닥이 떨어진 곳이 얼음장처럼 차디찼다.

그곳은 넓은 돌판이었다.

"끄어어어……."

무명은 있는 힘을 다해 돌판으로 몸을 끌었다. 그리고 엎드린 몸을 빙글 돌리며 돌판 위로 올라가 벌렁 누웠다.

치이이익! 몸의 열기가 돌판과 맞닿자 차가운 김이 피어올랐다.

무명은 그대로 정신을 잃었다.

"후우하아, 후우하아."

어두운 공터에서 누군가의 숨소리가 나직하게 들려왔다.

순간 무명은 정신이 들었다. 숨소리는 바로 자신의 것이었다.

"죽지 않은 건가……."

천천히 고개를 들자 발끝이 보였다.

그제야 정신을 잃기 전의 일이 기억났다. 어둠 속에 있는 넓은 돌판 위로 올라가자마자 혼절했던 것이었다.

몸에는 기운이 하나도 남지 않아서 손가락도 까닥거릴 수 없었다.

그런데 전신을 들끓던 열기가 감쪽같이 사라져 있었다.

"대체 어떻게 된 일이지?"

실로 괴이했다. 정신을 잃기 전에는 몸에 닿은 탕약이 끓어오를 만큼 전신의 기혈이 진탕되어 있지 않았던가?

문득 무명은 등이 시원하다는 것을 느꼈다.

"설마 돌판이 기혈을 진정시켰다는 말인가?"

믿기 힘든 일이었다.

돌판은 분명 얼음장처럼 차가웠다. 하지만 내공 진기를 억제 못 해서 주화입마에 들었는데 몸을 시원하게 한다고 나았다는 것이 이해가 안 됐다.

어쨌든 차가운 돌판 위에 누워 있으니 몸이 편안했다.

눈엣가시 같던 주국성은 환관 괴인 소행자에게 죽었다. 소행자는 내공 진기를 모두 탕진하고 미라가 되어 죽었다.

적어도 밤이 끝나기 전까지는 안전하리라.

무명은 문득 밤하늘에 떠 있을 보름달이 보고 싶었다. 하지만 자기도 모르는 사이 스르르 눈이 감기고 잠에 빠져 버렸다.

얼마나 시간이 지났을까.

무명은 다시 눈을 떴다.

그는 천천히 몸을 일으키려고 했다. 그런데 등을 들었을 뿐인데 몸에 용수철이 달린 것처럼 벌떡 일어났다.

"뭐지?"

입을 여는 찰나, 배 속 깊은 곳에서 숨이 밀려 나왔다.

후우우우우…….

무명은 깊이 숨을 내쉬었다. 순간 몸 아래에서 뜨거운 기운이 밀려와서 전신을 가득 채우는 게 느껴졌다.

"대체 어떻게 된 일이지?"

그는 가볍게 몸을 일으킨 다음 돌판에서 내려왔다. 전신이 마치 깃털 같았다.

무명은 방금까지 누워 있던 돌판을 살폈다.

순간 그의 두 눈이 크게 뜨였다.

"이건 혹시……?"

돌판은 손을 갖다 대자 살갗이 달라붙을 만큼 차가웠다. 그냥 돌판이 아니라 끊임없이 냉기를 내뿜고 있다는 뜻이었다.

"한빙석?"

한빙석(寒氷石)은 북쪽의 한랭한 지방에서만 나오는 돌이다.

강호인은 자연적으로 냉기를 내뿜는 한빙석을 침상으로 만들어 내공심법을 수련하는 데 사용했다.

내공 진기를 돌리느라 달아오른 신체를 한빙석의 냉기가 식혀준다. 주화입마에 들 걱정 없이 쉬지 않고 내공심법 수련이 가능하다는 뜻이다. 때문에 강호인에게 한빙석 침상은 그 어떤 영약 못지않은 보물이었다.

어른이 큰대자로 누울 만큼 넓은 돌판.

돌판의 정체는 통짜로 된 한빙석이었던 것이다.

"대체 어디서 이렇게 큰 한빙석을 구했지?"

한빙석은 중원에서 천금을 주고도 사기 힘들었다. 황금이 산처럼 쌓여 있다는 동창의 우수전이라도 한빙석은 쉽게 구할 수 없으리라.

그때 문득 떠오르는 게 있었다.

"황궁 밑의 지하 도시!"

망자들은 냉기를 꺼려 한다. 그 습성을 이용해서 망자들을 밖으로 나가지 못하도록 통제하는 장치가 있었다.

바로 한빙석 벽으로 둘러싸인 공터였다.

지하 도시는 곳곳에 한빙석 공터가 수도 없이 존재했다.

잠행조가 지하 도시에 처음 들어갔을 때도 한빙석을 꺼내 팔면 한 밑천이 생기겠다며 농담을 주고받지 않았던가.

지하 도시는 황궁을 짓기 전에, 또는 지으면서 동시에 만들어졌을 것이다.

만약 지하 도시 건설이 끝난 뒤 한빙석 돌판이 남아서 어딘가에 묻혀 있었다면? 그리고 우연히 소행자가 발견했다면?

"중간 과정은 몰라도 소행자가 한빙석을 챙긴 게 틀림없군."

그것이 무명의 추리였다.

그렇다면 소행자의 수수께끼도 풀리는 셈이었다.

반로환동한 것이 아닐까 착각할 만큼 희고 주름살 없는 피부.

벽공장을 자유자재로 출수하는 내공 수위.

"모두 한빙석 침상 덕분이었군."

강호에서는 내공 수위가 일 갑자를 넘었을 때 흔히 절정의 반열에 올랐다고 말한다.

일 갑자(甲子)는 육십 년이다. 즉, 명문정파인이 정상적인 방법으로 육십 년을 수련했을 때 도달할 수 있는 내공 수준이 일 갑자라는 뜻이었다.

그러나 조건이 있었다. 주화입마에 걸리지 않도록 스승이나 고수가 옆에서 지도해 주어야 한다는 점이다.

정체를 숨기고 살아온 소행자는 따로 스승이 없으리라.

"하지만 한빙석 침상이 있다면?"

한빙석 위에서 일 년 내공심법을 수련하면 십 년을 수련한 것과 맞먹는다는 말이 있다.

소행자가 언제 한빙석을 얻었을까?

매일 한빙석에서 잠을 자고 깨어나며 운기조식을 한다. 그러기를 최소 삼십칠 년, 적어도 십 년 이상. 내공심법 수련이 얼마나 효과적이었을지 짐작도 안 됐다.

벽공장을 자유자재로 출수하는 소행자.

그의 내공 수위는 일 갑자 또는 그 이상이리라.

소행자는 한빙석 수련으로 내공 고수가 됐으며 앳된 외모를 유지해서 사람들의 눈을 속일 수 있었다. 환관 괴인의 비밀은 바로 한빙석 침상이었다.

그리고 내공 고수 소행자의 내력을 남김없이 무명이 흡수한 것이었다.

무명은 침을 꿀꺽 삼켰다.

"내가 흡성신공을 연마했다고?"

흡성신공을 쓰는 자는 수법의 악랄함 때문에 정사를 불문하고 무림의 공적이 된다.

무명은 자신이 흡성신공을 쓴다는 사실을 믿을 수 없었다.

"설마……."

그러나 인정하지 않을 수 없었다.

무명은 황룡방주 황각과 싸울 때도 무심코 손바닥을 맞댔던 일이 떠올랐다.

그때 황각은 간신히 중간에 손을 뗐다. 만약 계속 손바닥을 붙였더라면 황각 역시 소행자처럼 내력을 탕진하고 죽었으리라.

잠깐 동안 흡수했던 황각의 내력은 그리 많지 않았다.

그럼 소행자의 내력은 어느 정도일까?

무명은 한빙석 위에 가부좌를 틀고 앉아 눈을 감았다. 그리고 천천히 운기조식을 시작했다.

순간 전신의 혈맥에서 뜨거운 기운이 용솟음치더니 빠르게 단전으로 모였다.

"······!"

뜨거운 기운이 한꺼번에 모이자 단전이 불덩이처럼 달아올랐다.

그러나 단전은 금세 차가워지며 기운을 식혔다. 곧 용암처럼 들끓던 기운은 호수의 물처럼 차갑게 식으며 잔잔해졌다.

그런데 이전과 달라진 게 있었다.

내공이 전폐되었던 이전에는 운기조식을 해도 고작 한 줌의 내력이 단전에 모이다가 증발해 버렸다. 단지 일 초의 권장에 내력을 실을 수 있는 정도였다.

하지만 지금은 대해처럼 큰 단전에 끝도 없이 내력이 차오르고 있었다.

후우우우우······.

무명이 숨을 길게 내쉰 뒤 감았던 눈을 떴다.

번쩍.

그의 두 눈에서 은은한 안광이 뿜어져 나왔다. 모르는 이가 봤으면 어두운 공터에 맹수가 도사리고 있는 것으로 착각할 만한 장면이었다.

소행자가 수련한 일 갑자 이상의 내력이 모두 무명에게 옮겨진 것이었다.

무명이 나직한 목소리로 중얼거렸다.

"이제 부정할 수 없겠군."

기억은 없으나 과거에 흡성신공을 연마한 게 분명했다.

소행자 같은 내공 고수와 대적했을 때 흡성신공으로 맞받아친 것은 그야말로 기적이었다.

특히 한빙석의 존재가 결정적으로 목숨을 구했다.

한빙석 침상에 몸을 누이지 않았더라면 갑자기 흡수한 소행자의 일 갑자 내공을 몸이 견뎌내지 못하고 죽었을 것이다. 아니면 주화입마에 들어서 폐인이 되거나 실성한 광인이 되었으리라.

모든 것이 실로 기연이었다.

"아니, 악연인가?"

무명은 쓴웃음을 지으며 중얼거렸다.

"기연이든 악연이든 상관없다."

그는 한빙석 침상에서 내려왔다.

과정이야 어찌 됐든 힘을 얻었다. 그 힘으로 무엇을 할 수 있느냐가 중요했다.

무명은 어두운 공터를 지나쳐서 계단으로 향했다.

등 뒤에는 수많은 소행자의 전리품이 서 있었다. 미라가 된 소행자와 주국성도 전리품 속 어딘가에 쓰러져 있을 것이다.

그러나 무명은 그들에게 눈길 한 번 주지 않았다.

"영생? 당신들은 이미 죽었소."

지금 무명에게 죽은 자들은 화원에 뒹굴고 있는 돌덩이와 하나도 다를 게 없었다.

무명은 계단을 올라와 일 층으로 나왔다.

아직 새벽이 오지 않았는지 사방이 컴컴하고 인기척도 느껴지지 않았다.

소행자의 지하실은 벽 전체가 비밀 문으로 된 구조였다.

벽 뒤를 살피자 커다란 빗장이 있었다. 무명은 빗장을 살짝 걸쳐놓은 뒤 밖으로 나왔다. 그리고 벽을 옆으로 끌어서 닫아 버렸다.

드르르륵… 터엉!

돌로 된 무거운 벽이 단번에 닫혔다.

눈앞의 돌벽을 가볍게 닫을 수 있는 자는 진문이나 이강 외에는 생각하기 힘들었다. 어제의 무명이었다면 돌벽을 닫기는커녕 움직이는 것조차 무리였을 것이다.

벽 너머에서 빗장이 떨어져 걸리는 소리가 들렸다.

덜컹!

비밀 문은 감쪽같이 벽으로 탈바꿈했다.

이제 아무도 지하실의 존재를 알아차리지 못하리라. 환관 괴인과 그의 전리품은 절대 세상에 나오는 일 없이 지하에서 영원히 잠들 것이다.

무명이 한마디를 툭 내뱉었다.

"다시는 산 자의 일에 끼어들지 마시오."

그는 몸을 돌려서 어둠 속으로 사라졌다.

무명은 어젯밤 이후로 단 한 차례도 눈을 붙이지 못했다.

하지만 소행자의 내공 진기를 흡수한 탓인지 몸에 기운이 넘쳤고 정신도 또렷했다.

주국성과 소행자는 모두 죽었다. 그러나 더욱 큰 문제가 남아 있었다.

"우수전."

동창의 수장 우수전은 무명에게 환관 괴인 누명을 씌우려는 흉계를 꾸몄다. 주국성이 진짜 환관 괴인에게 죽은 지금, 무명은 누명을 벗어날 방법이 없었다.

"양순과 유지청이 곧 주국성을 찾겠군."

주국성은 무명을 체포해서 동창으로 호송할 계획이었다. 날이 밝으면 양순과 유지청은 주국성이 왜 나타나지 않는지 의아해할 것이다.

그리고 무명을 붙잡아 주국성의 행방을 심문하리라.

"시간이 없다."

우수전이 노리고 있는 한 이대로 황궁에 머무를 수는 없었다.

한 가지 걸리는 것은 과거의 기억이었다.

환관을 가장한 채 황궁에 잠행한 것은 대체 무엇을 위해서였을까?

그 사실이 마음에 걸렸다.

"지금까지 알아낸 것으로 추측하자면 내 정체는 대충 이렇겠군."

정체불명의 살수 조직 이매망량에게 세뇌를 받아 기억을 잃었다. 그리고 가짜 환관으로 황궁에 잠행해서 모종의 계획을 꾸몄다.

아마도 망자비서를 찾아낼 계획이었을 것이다.

그럼 현재 처한 상황은?

기억도 나지 않는 이매망량의 세작 신분을 계속 유지할 것인가? 아니면 과거 일은 잠시 접고서 무림맹에게 도움을 주는 서생이 될 것인가?

강호인 누구도 전자를 선택할 사람은 없으리라.

무명도 마찬가지였다.

지하 도시 잠행으로 망자비서를 구했다. 잠행조도 무사히 탈출시켰다. 환관 세작 신분으로 황궁에 남아 있을 이유가 사라진 셈이었다.

무명은 결심했다.

"황궁을 떠나자."

그 전에 끝내야 할 일이 두 가지 있었다.

먼저 망자비서를 회수해야 했다. 황궁 서고에 가서 숨겨둔 망자비서를 다시 꺼내면 되는 일이니 간단했다.

오히려 다음 일이 문제였다.

"황궁을 나가기 전에 아문과 인피면구의 비밀을 알아내야 한다."

황태후의 말을 듣고 추리했을 때 아문(阿炆)이란 자가 지하 도시를 설계했으리라 짐작되었다. 그는 황태후의 총애를 받으며 곁에서 모시던 자였을 것이다.

아문은 과연 누구일까?

"곽평은 아니다. 내가 알지 못하는 자다."

그의 정체를 알아낸다면 지하 도시의 수수께끼 역시 해결되리라.

또한 황태후는 인피면구를 쓴 무명을 아방(阿蒡), 즉 영왕으로 착각했다.

황태후는 고령의 나이라 정신이 오락가락하고 밤눈이 어둡다. 하지만 인피면구를 쓴 무명을 봤을 때 황태후의 눈빛은 흐리기는커녕 빛을 발하고 있었다.

죽은 자의 얼굴로 만드는 인피면구.

인피면구의 원래 누구의 얼굴이었을까?

두 개의 수수께끼는 지하 도시의 비밀과 잃어버린 기억을 되찾을 중대한 실마리였다.

무명은 은밀히 처소로 돌아왔다.

그는 탕약에 젖은 옷을 벗은 다음 청의를 걸치고 위에 관복을 덧입었다.

그리고 중요한 물건들을 챙겼다.

인피면구, 비녀, 무림패, 아직도 상당 금액이 남아 있는 은자.

무명은 방을 천천히 한번 둘러봤다.

화려한 가구 한 점 없이 검소한 방. 그런 중에 벽에 걸린 태자의 글씨와 학사의 책가도가 눈에 들어왔다.

태자 글씨는 어떻게 되든 상관없었다.

하지만 책가도는 두고 가는 게 못내 아쉬웠다. 둘둘 말아서 옆구리에 끼고 다닌다고 해도 부피가 제법 나가서 남의 눈에 띌 것이다.

방에서 보낸 시간은 채 일 년도 되지 않았다.

그러나 기억을 잃고 깨어난 뒤로 줄곧 이곳에서 지냈으니, 평생을 함께한 것이나 마찬가지가 아닌가?

"…잘 있으시오."

무명은 몸을 돌려 처소에서 나왔다.

어느새 밤하늘이 걷히고 날이 밝아오고 있었다.

그는 뒤도 한번 돌아보지 않고 미련 없이 처소를 떠났다.

두 개의 수수께끼

2장.

무명이 발길을 돌린 곳은 환관 공동 숙소였다.

환관들은 무명을 보자 깊이 고개를 조아리며 예를 표했다.

하지만 다들 무명을 슬슬 피하는 눈치였다. 탐문 수사 중인 동창 환관에게 괜히 알은척을 했다가는 복(福)보다 화(禍)가 많을 게 뻔하지 않은가.

무명은 시침을 뚝 떼고 아침을 먹었다.

'아무 일도 없는 것처럼 행동하는 게 중요하다.'

식사가 끝나자 무명은 여러 곳을 바쁘게 돌아다녔다.

남들 눈에는 탐문 수사에 한창인 것으로 보일 것이다. 그러나 무명의 속셈은 따로 있었다.

'내가 어디 있는지 우수전이 모르게 해야 한다.'

무명은 반 시진 동안 황궁을 십여 군데 넘게 방문했다.

황궁 곳곳에 우수전의 정보원이 있을 것이다. 하지만 십여 명의 정보원이 무명이 어디에 나타났다고 동시에 얘기한다면?

'내 행방이 어디인지 알지 못할 터.'

즉, 무명은 우수전의 정보망에 혼선을 주려고 바쁘게 돌아다녔던 것이었다.

사전 작전이 끝나자 무명은 문화전의 서고로 향했다.

그가 당장 황궁을 나가지 않은 것은 시간을 벌기 위해서였다.

'두 수수께끼의 실마리를 찾아야 한다.'

무명은 일단 망자비서부터 챙기기로 했다.

그런 다음 내원에 들러 황태후를 알현하기로 마음먹었다. 물론 사정이 여의치 않을 경우 황태후를 만나지 못하고 그냥 도망쳐야 될 수도 있었다.

'오늘 나가면 다시는 황궁에 돌아올 수 없을지 모른다.'

그는 문화전 서고에 도착했다.

서고 관리인 학사는 여전했다. 느긋한 표정으로 글을 쓰고 서책을 읽으며 정리하고 있었다.

"그간 안녕하셨습니까?"

"어서 오게."

말이 짧은 것도 여전했다.

무명도 길게 얘기할 것 없이 목례를 올린 다음 서고로 들어 갔다.

그는 책장에 꽂아둔 세 권의 서책을 찾아 나섰다. 두 권은 미친 문사가 챙겼던 것으로, 논어와 중용이었다. 마지막 한 권 은 물론 망자비서였다.

무명은 논어와 중용을 먼저 찾은 다음 품에 챙겼다.

사실 그 두 권은 이제 필요 없었다. 하지만 미친 문사가 자 기 목숨처럼 아꼈던 서책인 만큼 다시 돌려주고 싶었다.

문화전의 학사를 대하자 미친 문사에게도 존경심이 생긴 것 일까? 이유는 알 수 없었다.

무명은 망자비서를 숨겨둔 책장으로 갔다.

그가 발을 멈춘 곳은 수십 권의 문집이 꽂혀 있는 책장 앞 이었다.

유명 시인과 문사의 문장이 수록된 문집은 일련번호가 적 혀 있었다. 무명은 그중에서 제십칠권(第十七卷)을 꺼냈다.

그런데 무명이 서책을 펼치자 안에서 망자비서가 나오는 것 이 아닌가?

무명은 피식 웃음을 흘렸다.

"무사히 있었군."

실은 그는 문집 중에서 제십칠권의 표지를 찢어서 벗긴 다 음 망자비서에 덧씌워서 책장에 꽂아두었던 것이었다.

겉표지는 수십 권의 문집 중에 열일곱 번째 서책. 그러나 속은 망자비서.

만에 하나 세작이 서고를 뒤졌더라도 번호만 쓰인 문집 책장을 살필 여유는 없었을 것이다. 서고에 보관된 서책은 제목만 읽는 데에도 며칠이 걸릴 정도니까.

그는 세 권의 서책을 챙긴 뒤 서고에서 나왔다.

학사는 뜨거운 물이 담긴 주전자에 막 찻잎을 넣고 있었다.

무명은 고개를 갸웃했다.

'아직 오전인데 벌써?'

중원에서는 보통 점심과 저녁 중간에 차 마시는 시간을 가진다. 항상 서책 정리에 전념하는 학사가 오전 중에 차를 마시는 일은 본 적이 없었다.

그런데 탁상 위에는 찻잔이 두 개였다.

학사가 무명을 보며 말했다.

"차나 한잔하세."

"…예."

딱히 거절할 이유는 없었다. 무명은 맞은편 의자에 앉았다.

학사가 잘 우려낸 차를 찻잔에 따랐다.

차는 평범한 중등품이었다. 소행자가 가져오던 황궁 주방의 용정차와는 비교도 할 수 없었다. 하지만 비 내린 후의 풀냄새 같은 진한 차향이 서고의 묵향과 어우러지자 묘한 분위기를 자아냈다.

무명은 잔을 들어 차를 한 모금 삼켰다. 뜨끈하고 상쾌한

맛이었다.

그때 학사가 무명을 물끄러미 쳐다보더니 이상한 말을 했다.

"후생가외로군."

"무슨 말씀이신지?"

"무슨 뜻인지 자네도 알지 않나?"

후생가외(後生可畏)는 공자가 한 말로, 자신보다 젊은 후배가 언제 재능을 떨칠지 모르니 함부로 대하지 말아야 한다는 뜻이다.

무명은 학사가 왜 그 말을 했는지 이해할 수 없었다.

"오늘 자네 눈빛과 기운이 예사롭지 않군. 그간 무슨 일이 있었는지 모르지만 영 딴사람을 보는 것 같아서 말야."

"……"

그 말은 사실이었다.

무명은 소행자가 평생 쌓은 일 갑자 이상의 내공 진기를 흡수했다. 지금 무명의 몸은 기운이 넘치는 것과 동시에 깃털처럼 가벼웠다.

학사는 무공을 전혀 모른다. 즉, 무명과 소행자 사이의 일을 짐작할 리 없었다.

무명이 학사의 눈치를 살피고 있을 때, 그가 말을 이었다.

"후학을 위해 한마디 해도 될까?"

"물론입니다. 말씀하시지요."

"학문이 높아지면 우환도 깊어지는 법이네."

"명심하겠습니다."

학사는 충고를 끝내고 조용히 차를 마셨다.

그때 어떤 생각이 뇌리를 스쳤다.

황태후는 인피면구를 쓴 무명을 영왕으로 착각했다. 그렇다면 인피면구의 주인은 영왕과 가까운 황족 중의 한 명이 아닐까?

무명이 물었다.

"황궁에 황족들의 초상화를 보관한 곳은 없습니까?"

그러나 학사는 고개를 저었다.

"황족들이 자비를 들여 초상화를 그리겠지만 황궁과는 상관없네. 황궁에서는 황상의 초상화인 어진만 보관하지."

"그렇군요."

무명은 기운이 빠졌다.

황제의 얼굴은 정혜귀비를 구한 일로 포상을 받을 때 본 적이 있었다.

하지만 당시 황제는 어둡고 음침한 인상이어서 항상 미소를 짓고 있는 영왕과는 전혀 달랐다. 황제의 얼굴로는 인피면구의 주인이 누구인지 알아낼 수 없으리라.

그런데 학사가 뜻밖의 말을 했다.

"황상의 어진을 보는 것은 어떤가?"

황상을 언급한 그는 포권지례를 하며 예를 올렸다.

"과거 황상께서는 두 눈에 총기가 넘치고 호연지기가 넘치셨지. 어진에 과거 황상의 용안이 그대로 담겨 있을 걸세."

"그랬군요. 감사합니다."

학사의 말이 일리가 있었다. 과거에 황제가 영왕 같은 성정이었다면 그때 얼굴이 그려진 어진을 확인하는 것도 밑지는 일은 아닐 것이다.

차를 다 마신 무명은 자리에서 일어났다.

"차 잘 마셨습니다."

"싸구려 차 한 잔이야 언제든지 대접하지."

학사의 대꾸는 여느 때와 다를 것 없이 소탈했다. 이제 다시는 들을 수 없는 목소리였다.

무명은 학사에게 깊이 허리를 숙인 뒤 몸을 돌려 서고를 떠났다.

무명은 황제의 어진을 보관하는 남훈전으로 갔다.

남훈전에 들어가는 것은 어렵지 않았다. 무명이 동창 소속이라는 것을 밝히자 금위군은 형식적인 질문을 몇 마디 한 뒤 통과시켰던 것이다.

'동창 환관은 참으로 편하군.'

하지만 방심할 때가 아니었다. 언제 우수전이 환관 장량을 잡으라는 명을 황궁 전역에 내릴지 모르니까.

건물에는 환관 하나가 청소를 하고 있었다.

무명이 뒷짐을 지고 위엄 서린 목소리로 말했다.

"청소는 제대로 하고 있는가? 먼지가 남았는지 볼 테니 잠시 나가 있게."

"네……."

환관은 목소리를 덜덜 떨면서 대답하더니 황급히 자리를 피했다.

황제의 어진을 허락 없이 함부로 볼 경우 중죄를 면치 못한다. 환관을 쫓아낸 무명은 아무도 없는 것을 확인한 다음 재빨리 복도를 돌았다.

그는 복도 중앙에 있는 방으로 들어갔다.

방은 기둥과 곳곳에 금칠을 하여 번쩍번쩍 빛을 내고 있었다. 황제의 어진은 정면으로 보이는 벽에 걸려 있었다.

당금 천하의 주인인 황제가 황룡포를 입은 채 의자에 앉아 있는 초상화였다.

무명은 고개를 끄덕이며 생각했다.

'학사가 말한 대로군.'

황제의 얼굴은 예전에 무명이 본 모습과 전혀 달랐다. 그때는 음침한 얼굴을 잔뜩 찌푸리고 있었는데 반해, 지금 어진 속의 얼굴은 마치 영왕을 보는 것처럼 호방한 성정이 그대로 드러나 있었다.

'학사 말을 듣길 잘했군. 황제의 진면목은 확실히 지금과는 다르……'

그때였다.

문득 무명은 황제의 얼굴이 누군가와 많이 닮았다는 것을 깨달았다.

　영왕은 아니었다. 자신감 있는 미소가 비슷할 뿐, 황제와 영왕은 부자 사이임에도 불구하고 이목구비가 조금씩 달랐다. 영왕은 황제보다 어머니인 황후를 닮았으리라 짐작되었다.

　'누구지?'

　분명 어진 속의 얼굴을 어디선가 본 기억이 있었다.

　그것도 얼마 전에.

　한참을 고심하던 무명은 불현듯 뇌리에 떠오르는 얼굴이 있었다.

　'그자가?'

　무명은 설마 하는 심정으로 다시 어진을 뚫어져라 쳐다봤다.

　틀림없었다. 어진 속의 황제는 그자와 쌍둥이처럼 얼굴이 흡사했다.

　무명이 넋을 잃고 중얼거렸다.

　"미친 문사……."

　잠행조가 망자비서를 찾아 얼어붙은 호수의 한가운데 있는 전각에 들어갔을 때, 진한 묵향이 풍기는 방에는 한 문사가 정신없이 글을 쓰고 있었다.

　문사는 오랜 시간 전각에 갇혀 있었는지 헛것을 보며 정신이 흐릿했다.

잠행조는 미친 문사를 전각에서 데리고 나왔다. 혹시 그가 망자비서와 지하 도시의 비밀을 알고 있을지 몰랐기 때문이다.

그러나 진실은 전혀 달랐다.

…미친 문사가 비밀을 알고 있는 게 아니라, 그가 비밀 그 자체였던 것이다.

무명이 신음을 흘렸다.

"대체 어떻게 이런 일이……?"

시끄럽게 헛소리를 지껄이던 미친 문사의 얼굴은 어진 속 황제와 판박이처럼 똑같았다.

문득 떠오르는 생각이 있었다.

"만약 황태후가 말한 아문이 미친 문사라면?"

무명은 아문이란 자의 정체가 황태후를 모시던 환관일 거라고 짐작했었다.

그러나 황제의 어진을 본 순간 생각이 바뀌었다.

"미친 문사는 황제와 혈연이 가까운 황족이다."

그는 지하 도시 건축에 참여하다가 어떤 문제가 터져서 빠져나오지 못한 채 빙옥환 호수에 갇혔을 것이다. 그 바람에 벽곡단으로 연명하며 오랜 시간 방에 틀어박혀서 책만 읽었다면? 정신이 이상해진 것도 무리가 아니었다.

아문이 황족이라면 황태후와의 친분도 모두 설명되었다.

게다가 미친 문사의 나이는 오십 대 정도로 보였다. 황제와 혈연이 가까운 황족이라면 딱 적당한 나이였다.

잠행조는 지하 도시의 비밀을 아는 자를 끌고 나왔다. 그러나 아무도 미친 문사가 주요 용의자라는 사실을 눈치채지 못했던 것이다.

무명은 한숨이 절로 나왔다.

"등잔 밑이 어두운 격이로군."

인피면구의 수수께끼를 알기 위해 황제의 어진을 봤는데 뜻밖에도 알아낸 사실은 미친 문사의 비밀이었다.

과연 미친 문사는 누구일까?

"빨리 안전가옥으로 가야 한다."

무명이 건물 밖으로 나오자 청소를 하던 환관이 눈치를 보며 서 있었다.

"먼지 한 점 없이 잘 청소했더군. 수고했네."

"감사합니다."

환관은 그제야 한숨을 돌렸는지 안도하는 표정이었다.

"내가 누구인지 아는가?"

"죄송합니다. 제가 환관 일을 시작한 지 얼마 안 돼서……."

그는 건물 청소를 하는 말단직이라 무명이 누구인지 모르는 눈치였다.

"나는 사례감 병필부에 있는 장량이네."

"……!"

무명이 동창 소속이라는 것을 밝히자 환관은 입을 딱 벌리며 경악했다.

"직전감에 가려면 어느 쪽으로 가야 하는가?"

직전감은 황궁의 건물 청소를 담당하는 환관 조직이었다. 말단이지만 눈앞의 환관이 바로 직전감 소속이리라.

환관이 검지를 들어 길을 가리켰다.

"남훈전을 나가서 남쪽으로 난 화원을 지나치신 뒤 길을 쭉 따라가면 됩니다."

"고맙네."

무명은 한마디 말을 던지고 건물을 떠났다.

그는 남훈전에서 남쪽으로 연결된 화원으로 들어갔다. 그런데 화원을 조금 걷다가 수풀이 무성한 곳에 이르자 그림자 속에 슬쩍 몸을 숨겼다. 그리고 주위를 살핀 뒤 북쪽으로 방향을 바꿨다.

실은 무명이 직전감을 물은 까닭은 따로 계책이 있어서였다.

"지금쯤 양순과 유지청이 나를 찾고 있겠지."

만약 둘이 남훈전까지 추적해 온다면 환관의 말을 듣고 무명이 직전감으로 향했으리라 추측할 것이다. 즉, 무명은 일부러 환관에게 자기 이름을 밝혀 놓아서 양순과 유지청을 따돌리려는 속셈이었다.

"이제 반의반 시진만 시간을 벌면 된다."

북문을 통해 황궁을 빠져나가는 데 충분한 시간이었다.

그때였다.

수풀 속에서 그림자 하나가 나오더니 무명의 앞을 가로막고 섰다.

그는 양순도 유지청도 아니었다.

"장 공공을 찾는 데 꼬박 한 시진이 걸렸소. 참으로 대단한 성동격서(聲東擊西)였소."

그림자는 바로 우수전이었다.

짝짝짝!

그림자가 박수를 치며 칭송하듯이 말했다.

"성동격서의 수법까지 쓰다니 대단하오. 장 공공을 찾느라 황궁을 한 바퀴 돌았소."

성동격서(聲東擊西), 동쪽에 소리를 내고 서쪽을 친다는 뜻이다.

한나라의 장군 한신은 병사들을 시켜서 낮에는 큰 소리를 지르게 하고 밤에는 환하게 불을 밝히도록 했다. 적은 한신이 곧 무리하게 공격을 감행할 거라 짐작했지만, 한신은 전장을 우회해서 기습으로 적의 뒤를 쳤다.

즉, 성동격서는 무명이 황궁 곳곳을 돌아다니며 행방을 숨긴 것을 두고 하는 말이었다.

물론 칭찬이 아니라 조롱이었다.

"암기만 잘 두는 줄 알았더니 병법에도 능통하군."

무명의 앞을 막아선 그림자는 바로 우수전이었다. 그는 어느새 무명을 추적해서 뒤를 잡은 것이었다.

그야말로 고양이와 외길에서 마주친 쥐 꼴이었다.

그런데 무명은 조금도 불안한 기색 없이 말을 맞받아치는 것이었다.

"우 공공이 일부러 나를 찾아다니다니 큰 광영이오."

무명의 표정과 말투는 뻔뻔하기 이를 데 없었다.

"그래, 무슨 볼일이시오?"

"……."

우수전은 무명의 반응이 뜻밖이었는지 양미간을 찡그렸다.

"하나 물어보지."

"좋으실 대로."

"주국성은 어디 있소?"

"환관 괴인과 싸우다 죽었소."

"환관 괴인?"

우수전이 피식 웃음을 터뜨렸다.

"그건 사람들이 공포심을 억누르기 위해 만들어낸 헛소문이오."

"헛소문이 아니오. 환관 괴인은 정말 있었소."

"그게 누구요?"

"알 것 없소, 이미 죽었으니까. 그리고 하나만 묻겠다고 했으니 더 대답할 이유도 없고."

우수전이 잠시 싸늘한 눈초리로 무명을 노려보다가 입을 열었다.

"어차피 달라질 것도 없군. 환관 괴인은 내 눈앞에 있으니, 주국성을 죽인 그를 동창에 잡아다가 심문하면 그만이니까."

우수전은 무명을 두고 환관 괴인처럼 말했다. 즉, 그에게 본격적으로 누명을 씌운 것이었다.

하지만 무명은 신경 쓰지 않는다는 듯이 툭 말을 내뱉었다.

"그러시든지. 할 수만 있다면."

"…장 공공. 며칠 사이에 사람이 변한 것 같군."

"착각이시겠지. 나는 그대로요."

"어떻게 주국성을 죽였는지 모르겠다만 자신감이 철철 넘치는군. 무슨 심계라도 꾸며놓은 것이오?"

"심계? 요즘 골치가 아파서 따로 생각한 게 없소만."

무명이 어깨를 으쓱하며 대답했다.

우수전의 말마따나 그의 목소리와 태도가 여유 만만했다. 그러나 무명 자신도 어디서 자신감이 생기는지 알지 못했다.

우수전의 표정이 싸늘하게 바뀌었다.

"동창 지하실에 들어가도 자신감이 넘치는지 두고 보겠소."

그가 무명을 향해 척척 다가왔다.

무명이 몸을 돌려서 수풀이 우거진 화원으로 뛰어 들어갔다.

우수전은 어이가 없다는 듯 피식 헛웃음을 지었다.

"대단한 심계라도 있는 줄 알았더니 고작 삼십육계 줄행랑이오? 파도 한 번에 쓸려 갈 모래성 같은 허장성세였군."

허장성세. 무명은 우수전의 말을 반박할 수 없었다. 이상하게도 눈앞의 우수전이 두렵지 않았지만 그에게 잡혀간다면 말 그대로 허세를 부린 셈이었다.

마침 무명의 앞에 작은 돌탑이 나왔다.

무명이 돌탑 뚜껑을 집어서 등 뒤로 던졌다. 휙!

그런데 돌탑은 비바람에 풍화되었는지 무명이 잡은 곳이 파삭 하고 부서졌다. 그 바람에 돌탑을 던지는 손에 힘이 들어가지 않았다.

우수전이 가볍게 손을 휘둘러서 느릿느릿 날아온 돌탑을 후려쳤다.

콱! 돌탑 뚜껑이 산산조각으로 박살 났다.

그런데 뜻밖의 일이 터졌다.

박살 난 돌탑 파편 몇 개가 계속 날아들더니 우수전의 가슴팍을 강타하는 것이 아닌가?

파파콱!

"크흡! 장 공공, 네놈이 감히?"

우수전이 양미간을 구기더니 땅을 박차며 몸을 날렸다. 쉬익! 그의 신형이 쏜살처럼 무명의 등을 향해 쇄도했다.

우수전이 무명의 뒷덜미를 향해 손을 뻗었다.

"잡았다."

순간 우수전의 눈앞에서 무명의 신형이 감쪽같이 사라졌다.

휙!

"이게 뭐야······?"

이름만 들어도 중원 천지의 관리들이 벌벌 떤다는 동창의 수장이 실성한 광인처럼 입을 멍하니 벌리고 주위를 두리번거렸다.

그러나 가장 놀란 자는 무명이었다.

등 뒤에서 우수전이 날아올 때, 무명은 다급한 마음에 두 발로 땅을 박차고 몸을 날렸다.

순간 시야에서 녹색 수풀이 싹 사라지고 갑자기 푸른색 공간이 눈앞을 가득 메웠다.

'······?'

무명은 어안이 벙벙했다. 우수전의 일격에 당해서 시야가 흐려지고 정신을 잃는 중인가? 하지만 혼절했다면 눈앞이 캄캄해져야 정상일 텐데?

문득 무명은 푸른색 공간이 무엇인지 알아차렸다.

하늘이었다.

무명은 설마 하는 심정으로 고개를 내렸다.

발밑으로 까마득히 아래에 건물들의 지붕과 수풀이 우거진 화원의 정경이 내려다보였다.

그는 지상에서 십여 장 높이의 공중에 붕 떠 있었던 것이다.

'으아아아악!'

무명이 속으로 비명을 질렀다. 공포에 질려서 목소리가 입 밖으로 나오지도 않았다.

우수전을 피해 도망치려고 땅을 박찼던 무명. 목숨의 위기에서 탈출하려는 본능이 그의 무의식을 깨우고 몸속에 잠들어 있던 능력을 해방시켰던 것이었다.

소행자에게서 흡수한 일 갑자의 내력이 온전히 무명의 것이 된 순간이었다.

하지만 무명은 아직 그 사실을 깨닫지 못했다.

무의식중에 십여 장을 뛰어오른 것이 그 사실을 증명했다. 내력을 경신법에 완벽하게 연결시킬 수 있었다면 쓸데없이 높이 뛰지 않고 우수전을 피할 수 있었으리라.

결국 무명은 허공에서 사지를 허우적거리며 아래로 추락했다.

"으어어어⋯⋯."

그는 혼자 힘으로 허공을 도약한 적이 없었다. 망자들을 피해 관음보살상에서 주작호로 뛰어들 때도 송연화가 그의 옆구리를 안고 공중을 날았다. 무공을 모르는 몸이니 당연했다.

그런데 지금 까마득히 높이 떠오른 뒤 밑으로 떨어지고 있는 것이다.

이대로 땅에 추락하면 죽음뿐이리라.

하지만 이상하게도 무명의 마음이 차갑게 가라앉았다. 그의 목구멍에서 터져 나오던 비명도 어느새 뚝 멈춰 있었다.

순식간에 화원이 눈앞으로 다가왔다.

화원으로 떨어지는 찰나, 무명이 길게 뻗어 있는 나뭇가지를 밟았다.

스으윽… 부웅!

그는 나뭇가지가 휘어졌다가 되돌아오는 반탄력을 이용해서 다시 훌쩍 뛰어올랐다. 그리고 맞은편에 있는 건물 지붕 위로 날아갔다.

타악! 무명이 지붕에 발을 디뎠다.

그의 발밑에 있는 기왓장은 소리를 내기는커녕 조금도 흔들리지 않았다. 그의 신형이 깃털처럼 가볍게 착지했다는 뜻이었다.

처억!

무명이 지붕에 발을 굳건히 뻗은 채 일자로 섰다.

그의 두 눈에서 은은하게 안광이 뿜어져 나왔다. 한 줄기 바람이 불어와 옷자락을 펄럭 휘날렸다.

"나를 속였군"

무명이 목소리가 들린 쪽으로 천천히 고개를 돌렸다. 우수전이 무명을 쫓아 지붕 위로 올라온 것이었다.

"암기를 둘 때만 해도 몸에 내공 진기라고는 하나도 없는 줄 알았는데 이제 보니 이빨을 숨기고 있던 것이었군."

"이빨은 당신이나 있지. 동창의 개니까."

"뭐라고?"

우수전이 늑대처럼 잔혹하게 웃었다.

"헛바닥을 다시는 놀리지 못하게 만들어주겠소."

"그러시든지."

무명이 차갑게 대꾸했다.

이제 무명은 자신의 힘을 깨달았다.

어차피 도망칠 방법이 없다면 싸우는 길밖에 남지 않았다.

우수전이 지붕 위를 걸어오는 찰나, 무명이 몸을 숙여서 지붕의 기왓장을 잡은 다음 그를 향해 집어 던졌다.

쉬익!

우수전의 얼굴을 향해 기왓장이 날아들었다.

"홍!"

우수전이 코웃음을 치며 주먹을 들어 기왓장을 쳐냈다. 퍽!

순간 그는 손이 부르르 떨리며 저리는 것을 느꼈다. 기왓장에 실려 있던 내력이 돌탑보다 훨씬 고강했던 것이다.

우수전이 두 눈을 부릅뜨며 무명을 노려봤다.

"네놈이……."

그때였다. 박살 난 기왓장의 파편 속에서 또 다른 기왓장이 한 장 날아드는 게 아닌가?

쌔액!

기왓장은 순식간에 우수전의 코앞으로 날아왔다.

무명이 두 장의 기왓장을 일직선으로 던지면서 첫 번째 것은 느리게, 두 번째 것은 빠르게 던진 것이었다.

"허튼수작!"

우수전이 슬쩍 옆으로 비껴 서며 화살보다 빨리 날아드는 기왓장을 피했다.

그런데 기왓장이 갑자기 혼자서 박살이 났다. 퍽!

"……?"

우수전은 영문을 몰라서 눈을 가늘게 떴다. 하지만 기왓장이 허공에서 산산조각 나며 돌가루를 뿌리는 바람에 뿌연 먼지로 시야가 가려졌다.

사실 무명은 두 번째 기왓장을 던지고 연속으로 한 장을 더 투척한 것이었다.

무명이 연속해서 기왓장을 던진 것은 우수전을 맞추려는 게 아니었다. 그가 쳐서 박살 내든 자기들끼리 충돌해서 박살 나든, 공중에 돌가루를 흩뿌리는 것이 목적이었다.

그리고 자욱한 돌가루 때문에 흐릿해진 시야 속으로 그림자가 날아왔다.

무명이었다.

무명이 앞으로 뛰어들며 오른발을 멀리 뻗었다. 그리고 날카롭게 세운 손날을 우수전의 복부로 찔러 넣었다.

무명의 손날이 몸의 중심축이 되는 왼발과 일직선을 그렸다.

몸을 최대한 뻗어 멀리 있는 적을 단숨에 찌른다. 비록 검은 없이 손날을 뻗고 있지만 정영의 사일검법을 응용한 수법이었다.

선수필승. 실패하면 죽음뿐.

쉬익!

우수전의 두 눈이 크게 뜨였다.

빠악!

뼈가 부러지는 소리와 함께 손날에 제대로 감촉이 느껴졌다.

무명이 씨익 미소를 지었다. 성공했군.

과거 기억을 잃은 그는 이렇다 할 무공 초식을 펼칠 수 없었다. 때문에 정영이 망자들을 찌르던 수법을 떠올리면서 검대신 손날로 우수전을 공격했다.

초식의 정묘함으로 따지자면 방금 무명의 수법은 단순하기 짝이 없었다.

그러나 일 갑자의 내력이 실린 무명의 손날은 강철 도끼처럼 고강했고, 결국 우수전의 갈비뼈를 분지르는 데 성공한 것이었다.

갈비뼈가 골절되면 호흡이 곤란해진다.

호흡이 곤란하면 경신법을 오래 펼치는 데 무리가 따른다.

'시간을 끌수록 불리하다.'

무명은 우수전에게 치명상을 입힐 생각이 없었다. 그저 경신법으로 자신을 추적하지 못하도록 하면 그만이었다.

아니나 다를까, 우수전은 충격을 입었는지 뒤로 세 걸음을 물러섰다.

"잘 있으시오."

무명은 몸을 돌려서 달아나려고 했다.

순간 등 뒤에서 한 줄기 세찬 공기의 흐름이 느껴졌다. 무명은 반사적으로 몸을 숙이며 지붕 위를 데굴데굴 굴렀다.

쉭! 콱!

무명이 있던 자리에 우수전의 일 초가 폭발했다.

만약 등을 돌린 상태였다면 무명의 척추는 두 동강이 났으리라.

'갈비뼈가 골절되었는데도 이런 움직임이 가능하다니?'

무명은 절정 고수의 무서움을 새삼 깨달았다. 그런데 정신을 차리고 보니 그게 아니었다.

"왜? 계책이 어긋나서 실망했소?"

실은 우수전은 복부에 중상을 입은 게 아니었다.

무명이 손날을 찌르는 찰나, 그는 임기응변으로 왼팔을 내렸다. 그 바람에 왼쪽 팔뚝이 부러졌지만 복부에 치명상을 당하는 일은 피했던 것이었다.

무명이 심계와 내력을 짜내서 쏟아부은 회심의 일 초는 실패로 돌아갔다.

"대단한 일 초였다는 것은 인정하오. 단순하지만 쾌속강맹한 일 초로 적을 끝장낸다. 왼팔만 멀쩡하다면 박수를 쳐주고 싶은걸?"

"……."

"무공을 펼치기 시작하더니 말수는 적어졌군. 그것도 좋소. 쓸데없이 말만 많은 자는 일찍 죽게 마련이지."

"지금 말이 많은 건 당신 아닌가?"

"후후, 그럼 입은 다물고 제대로 시작해 봅시다."

우수전이 다친 왼팔을 가슴 옷자락에 찔러 넣은 뒤 무명을 향해 몸을 날렸다.

탓!

무명은 기왓장을 집어서 우수전에게 던지려고 했다.

그런데 눈 깜짝할 사이에 우수전의 신형이 코앞으로 날아드는 것이 아닌가?

"……!"

무명은 깜짝 놀라서 두 팔을 든 다음, 벨 예(乂) 자로 교차해서 목과 가슴 부위의 급소를 방어했다.

그때 우수전이 무명의 몸에 바싹 붙었다.

"왜 그러시오? 자신만만하던 얼굴은 그새 어디로 사라졌소?"

그의 얼굴은 무명의 코앞에서 채 한 뼘도 떨어져 있지 않았다.

무명은 닥치는 대로 두 주먹을 휘둘렀다.

부웅부웅!

그러나 우수전은 슬쩍 몸을 기울이는 것만으로 주먹을 피했다.

그리고 동시에 오른손을 뻗어 무명의 목젖을 가격했다. 이어서 기세를 죽이지 않고 팔을 접으며 팔꿈치로 명치를 강타했다.

계속해서 그는 몸을 빙글 돌리며 발뒤꿈치를 내리찍어서 무명의 무릎을 꺾었다. 그리고 등 뒤로 돌아가며 옆구리에 무릎 차기를 먹였다.

퍼퍼퍼퍽!

전광석화 같은 네 번의 연속 공격이 무명의 몸에 작렬했다.

우수전이 전광석화처럼 네 번의 연타를 퍼부었다.

퍼퍼퍼퍽!

그는 무명의 목젖과 명치에 권격을, 무릎과 옆구리에 각법을 찔러 넣었다.

무명이 외마디 비명을 토했다.

"커헉!"

한 번의 초식 속에 이어지는 네 번의 연속 공격.

무명은 기습 공격으로 우수전의 왼팔을 분질렀다. 그러나 팔 하나를 쓰지 못해도 우수전은 무명이 넘볼 수 있는 상대가 아니었다.

"벌써 기권이오? 동창은 언제까지 고문을 하는지 아시오?"

우수전이 왼팔을 옷에 찔러 넣은 채 맹공을 퍼붓기 시작했다.

"목숨이 끊어질 때까지요."

쉬익!

그가 불끈 쥔 주먹으로 무명의 복부를 찔렀다.

무명은 비틀거리면서도 두 팔을 아래로 내려 공격을 막으려 했다.

그러나 우수전의 일권은 허초였다. 무명이 두 팔로 가로막자 그는 손바닥을 펴면서 허공에 반원을 그렸다. 일직선으로 내지르던 권격이 곡선으로 휘어지며 장권으로 바뀌었다.

퍼억! 우수전의 손등 뼈가 무명의 턱뼈를 강타했다.

"크윽!"

무명은 머리가 어질어질하고 눈앞에 별이 보이는 것 같았다.

하지만 고통을 참을 시간도 없었다.

우수전이 왼발을 가로로 휘둘러서 무명의 복사뼈를 걷어찼던 것이다.

빠악!

거의 동시에 이루어진 두 번의 연속 공격.

계속해서 무명이 발을 헛딛고 휘청거리는 찰나, 우수전이 팔을 스윽 뻗더니 무명의 왼쪽 어깨에 손바닥을 턱 얹었다.

우수전의 의도가 무엇인지 알 수 없었지만 무명은 반사적으로 역공을 펼쳤다.

무명은 왼손을 올려서 우수전의 팔꿈치에 덩굴처럼 감았

다. 이어서 상체를 낮추면서 오른발을 뒤로 뺌과 동시에 몸을 빙글 돌렸다.

그리고 우수전의 팔꿈치와 왼손이 뒤엉키는 순간, 전신의 힘을 왼손에 실으며 내리눌렀다.

기억을 잃은 무명이 유일하게 펼칠 수 있는 무공 초식, 금나수의 수법이었다.

콰드득!

우수전의 팔꿈치가 역으로 꺾이며 탈골되는 소리가 들렸다.

…고 느낀 것은 무명의 착각이었다.

갑자기 무명은 왼쪽 어깨에 극심한 격통을 느꼈다.

"크윽!"

그는 지붕을 박차고 뒤로 몸을 날려 우수전을 피했다.

우수전은 연속 공격을 퍼붓지 않고 그대로 자리에 서 있었다. 그가 입꼬리를 올리며 씨익 웃었다. 고양이가 쥐를 갖고 놀 때 보이는 미소였다.

"참으로 고명한 금나수 수법이었소."

"……."

우수전이 대놓고 무명을 조롱했다.

무명의 왼쪽 어깨는 옷이 갈기갈기 찢겨 있었고, 어깻죽지에는 다섯 개의 깊은 구멍이 뭉텅 파여서 선혈이 줄줄 흘러내렸다.

우수전이 오른손을 쥐었다가 폈다가 하며 웃었다. 손가락에는 핏물과 살점이 묻어 있었다.

"동창의 수법이 어떻소? 후후후."

무명이 들었던 것은 어깨뼈에 우수전의 손가락이 박히는 소리였다. 우수전이 손가락 다섯 개를 무명의 어깻죽지에 박아 넣은 뒤 살점을 깊이 후벼 팠던 것이다.

그나마 살점만 뜯겼을 뿐, 근골이 상하지 않은 것이 천만다행이었다.

우수전도 그 점을 지적했다.

"호신강기로 몸을 보호하다니 대단하오. 며칠 못 보는 사이에 무슨 수로 내력을 얻었지? 영약이나 환단이라도 복용했소?"

"……."

"알려줄 생각이 없나 보군."

무명은 소행자의 일 갑자 내력을 흡수했기 때문에 전신에 은은하게 호신강기가 뿜어져 나오고 있었던 것이다.

만약 어제의 무명이었다면 우수전의 일 초에 어깨뼈가 박살 났으리라. 아니, 그 전에 이미 우수전의 연속 공격을 견디지 못하고 초주검이 되었으리라.

우수전이 씨익 웃으며 말을 이었다.

"강호인은 주로 검을 쓰지. 하지만 황궁에서는 병장기를 소지할 수 없으니 이런 무공이라도 익혀야 하지 않겠소?"

"…확실히 대단한 조법이군."

무명은 짐짓 태연한 척 가장했으나 우수전의 무공에 기세가 꺾인 사실은 숨길 수 없었다.

"이건 내가 만든 무공으로, 한빙조라고 하오."

"한빙조(寒氷爪)?"

"그렇소. 한빙조는 처음에는 돌이나 바위를 부수면서 수련하오."

조법(爪法)은 강한 악력으로 상대의 근골을 부수거나 잡아 뜯는 수법이다.

"문제는 돌과 바위로는 일정 경지에서 정체가 생긴다는 것이오. 한빙조를 십성까지 수련하려면 어떻게 해야 되는지 아시오?"

"모르오."

"사람 뼈를 분지르고 으스러뜨리는 과정을 반드시 거쳐야 십성 경지에 오를 수 있소."

뼈가 가루처럼 박살 나면 죽거나 최소한 불구가 되는 게 상식이다.

그런데 그 과정을 거쳐야 십성에 오른다고? 우수전의 독문 무공은 여인처럼 곱상한 외모와는 달리 악랄하기 짝이 없는 것이었다.

무명은 선혈이 흐르는 어깨를 감싸 쥐며 고통을 참았다.

그런데 우수전이 한마디 말을 보탰다.

"걱정 마시오. 곧 피가 멈출 테니까."

"무슨 뜻이오?"

"한빙조에 당하면 상처가 얼어붙어서 지혈 효과가 있소. 괜히 한빙조겠소? 후후."

"……!"

무명은 침을 꿀꺽 삼키며 경악했다.

우수전의 말대로 물처럼 줄줄 흐르던 선혈이 어느새 멈춰 있었다.

살점이 깊이 파인 상처가 저절로 지혈이 된다면 그보다 더 좋을 수 없다.

문제는 한빙조의 특성이었다. 한빙석처럼 한빙조도 상처를 얼린다는 뜻이리라. 그 말은 상처를 치료해서 지혈하는 게 아니라 혈맥을 얼어붙여 마비시킨다는 얘기가 아닌가?

아니나 다를까, 왼쪽 팔이 돌덩이처럼 무거워졌다.

어느새 마비가 시작된 것이었다.

"나도 장 공공도 왼팔을 잃었으니 공평하게 되었군."

"……"

"그럼 이차전이오."

탓!

말이 끝나기도 전에 우수전의 신형이 쏜살처럼 날아왔다.

우수전이 괴조의 발톱처럼 구부린 손가락들을 무명을 향해 뻗었다. 무명은 발을 뒤로 빼고 몸을 돌려서 한빙조를 피하려

했다.

순간 우수전의 손이 네 개로 나뉘어졌다.

슈슈슈슉!

네 개의 손이 각각 무명의 울대, 명치, 옆구리, 낭심을 향해 날아들었다.

네 개의 손 가운데 하나만 실초이고 나머지는 잔상으로 보이는 허초이리라. 그러나 무명은 어느 손을 막아야 될지 알 수 없었다. 네 군데 모두 한빙조에 잡히는 날에는 목숨이 위험한 급소였다.

결국 무명은 몸을 숙이며 지붕 위를 다급히 굴렀다.

좌르르륵!

기왓장이 요란한 소리를 내며 진동했다.

하지만 꼴사나운 나려타곤의 수법을 썼음에도 불구하고 우수전의 한빙조는 피할 수 없었다.

촤악! 우수전이 무명의 옆구리에서 살점을 한 움큼 쥐어뜯었다.

"크으윽!"

무명이 비명을 질렀다. 그나마 손가락이 얕게 박힌 게 다행이었다. 만약 한 치만 더 깊이 박혔더라면 살이 찢어져서 내장이 빠져나왔으리라.

우수전은 발을 뻗어 계속해서 지붕 위를 뒹구는 무명의 등을 걷어찼다.

퍼억!

무명은 지붕에서 멀리 날아가 수풀이 무성한 화원 속에 처박혔다. 털퍼덕.

"커헉!"

무명이 땅바닥에 엎드린 채 한 모금의 선혈을 토했다.

"대체 어떻게 된 영문인지 모르겠군."

등 뒤에서 우수전의 목소리가 들렸다. 지붕에서 떨어진 무명의 뒤를 바로 쫓아온 것이었다.

"내공을 숨기고 있던 게 아니라 쓸 줄도 모르는 바보였소?"

"……."

무명은 대답할 말이 없었다. 우수전의 말이 하나같이 옳았으니까.

"뭐라고 설명 좀 해보시오, 장 공공."

"…나는 정신을 잃고 깨어난 뒤로 과거 기억이 없는 상태요."

무명이 천천히 입을 열었다.

"때문에 아는 무공이 없소. 아니, 무공을 수련했는지 아닌지조차 기억 못 하오."

"하하, 동창 앞에서 말도 안 되는 거짓말을……."

"거짓말이 아니오. 초식을 겨뤄봤으니 알 것 아니오? 내가 무공을 숨기는 건지, 삼류 무사만도 못한 일반인인지."

"흐음."

이번에는 우수전이 말을 멈추고 침묵했다.

"내가 아는 무공이란 정신을 차린 뒤 몇 개월간 보아온 다른 자들의 초식이 전부요."

"그게 사실이라면 어이가 없군."

"사실이오."

"황태후 앞에서 암기를 둘 때만 해도 무공을 모르는 줄 알았소. 한데 갑자기 호신강기를 내뿜는 몸으로 나타나더니 뭐라고? 기억을 잃어서 할 줄 아는 무공이 없다고?"

"그렇소."

"망자비서를 찾아냈다는 세작이 고작 이런 놈이었다니."

"과대평가한 것이오."

무명은 비틀거리며 몸을 일으켰다. 그리고 두 발을 휘청거리면서 달아나기 시작했다.

뒤에서 우수전이 쓴웃음을 짓는 소리가 들렸다.

"이제 그만 단념하시지?"

"……."

무명은 말을 듣지 못한 것처럼 계속 걸었다.

"강호 놈들이 자주 하는 말이 생각나는군. 권주를 마다하면 벌주를 내릴 수밖에!"

탓! 우수전이 무명의 등을 향해 달려들었다.

순간 비틀거리며 걷던 무명의 옆구리에서 무언가가 번개처럼 튀어나왔다.

쉬익!

무명이 오른손을 왼쪽 옆구리로 돌려서 등 뒤로 내지른 것이었다.

실은 지금 무명의 일 초는 정영의 수법을 따라 한 것이었다. 정영은 화산쌍로와 싸울 당시 달려드는 상대를 향해 몸을 돌리지 않은 채 검을 거꾸로 해서 옆구리 사이로 찔렀다.

위기의 찰나 오히려 상대의 방심을 노려 역습한다.

정영의 구명절초 중 하나인 수법.

무공을 모르는 무명은 그 장면을 떠올려서 우수전에게 역공을 펼친 것이었다.

스팟!

강기에 싸인 무명의 손날이 우수전의 가슴팍을 파고들었다.

그러나 비장의 한 수는 보기 좋게 실패했다.

탁!

손날이 가슴팍에 꽂히기 전에, 우수전이 오른손을 뻗어 무명의 손목을 틀어쥔 것이었다.

"이런, 이런. 설마 이게 구명절초였던 건 아니겠지?"

"……."

"어라? 맞았나 보군. 장 공공, 무공에 대해 하나 가르쳐 줄까?"

"무엇이오?"

"실패한 초식은 구명절초가 아니라 곧 자살행위요."

푹!

우수전의 손가락들이 무명의 팔뚝에 틀어박혔다.

그때였다.

틱. 무명이 팔을 빼려고 하기는커녕 오히려 손을 돌려서 우수전의 손목을 붙잡았다.

둘은 마치 악수하는 것처럼 서로의 손목을 잡은 자세가 되었다.

우수전이 기가 막힌 듯 실소했다.

"나랑 조법을 겨뤄보자는 것이오? 어디 한번 해보시지!"

콰드드득!

우수전의 다섯 손가락이 무명의 손목을 옥죄어들자 순식간에 뼈가 뒤틀리는 소리가 났다.

손목뼈가 수수깡처럼 분질러질 위기.

그런데 무명은 신음을 흘리기는커녕 빙그레 미소를 짓는 것이 아닌가?

"네놈이 지금 웃어?"

우지지직!

한빙조가 강철 사냥 덫처럼 손목뼈를 조였다.

하지만 무명은 여전히 미소를 지은 채 입을 열었다.

"나는 제대로 된 무공 초식을 아무것도 모르오."

"말 안 해도 알겠다. 방금 구명절초랍시고 펼친 초식도 형편 없었지."

"근데 예외가 하나 있다는 것을 깜빡했소."

"예외?"

"실은 내 몸이 기억하는 무공이 딱 하나 있소. 바로 이것이
오."

순간 무명의 손바닥이 시뻘겋게 달아오르기 시작했다.

스스스스스.

"이건 설마……."

우수전이 두 눈을 접시처럼 크게 뜨며 말했다.

"흡성신공?"

"수십 년 전 실전된 무공까지 알고 있다니, 과연 동창의 수
장은 모르는 게 없군."

"장량, 네놈!"

우수전은 무명의 손목을 놓으며 팔을 뒤로 빼려고 했다.

하지만 무명의 손은 지남철처럼 철썩 붙어서 떨어지지 않았
다. 그뿐 아니라 우수전의 손가락들 역시 활짝 펼쳐지지 않고
그대로 무명의 손목에 붙어 있었다.

절정 경지에 오른 우수전은 무슨 일인지 깨달았다.

"내 내력을 흡수한다고?"

무명의 손바닥이 우수전의 내력을 빨아들였다. 동시에 우
수전의 손바닥에서는 그의 내력이 무명에게 빨려 나가고 있
었다.

마치 둘이 손목을 붙잡은 채 내공 대결을 벌이는 듯한 상황.

우수전이 손을 뗄 수 없는 게 당연했다.

"등 뒤로 찌른 일 초는 허초였소."

무명이 차갑게 말했다.

"이게 실초요."

"……!"

우수전이 경악하는 눈으로 무명을 쳐다봤다.

"하아아앗!"

우수전이 몸을 띄워 두 발로 무명을 걷어찼다.

그가 발끝을 세워 무명의 인중과 울대를 쳤다. 이어서 발뒤꿈치를 명치와 배에 꽂았다.

퍼퍼퍼퍽!

단 한 번만 맞아도 피를 토할 만한 각법이 순식간에 네 번 무명의 몸을 강타했다.

하지만 무명의 손은 떨어지지 않았다.

"으아아아아아!"

계속해서 우수전이 발끝, 발등, 뒤꿈치, 무릎을 십여 차례 무명의 몸에 쑤셔 박았다.

터터터터터텅!

보는 이가 있다면 눈이 호강할 법한 전광석화의 연속 각법. 강호인이 권각으로 두들기는 목인상처럼 무명의 전신이 전후

좌우로 격렬하게 흔들렸다.

…그러나 그의 손은 떨어지지 않았다.

우수전이 소리쳤다.

"개자식아, 손을 놔라!"

그때 비틀거리던 무명이 두 눈을 번쩍 위로 치켜떴다.

무명과 시선이 마주친 우수전은 자기도 모르게 침을 꿀꺽 삼켰다.

무명이 말했다.

"당신의 구명절초도 별것 아니군."

우수전이 무명의 전신에 연속 각법으로 맹폭을 퍼부었다.

그러나 무명은 손을 놓지 않았다.

"이 개자식이!"

원래 우수전의 무공 수위라면 무명은 벌써 목숨을 잃거나 최소한 치명상을 입어야 했다.

하지만 소행자의 일 갑자 내공을 흡수한 무명은 과거의 그가 아니었다. 은은한 호신강기가 전신을 감싸고 있어서 우수전의 연속 공격에도 큰 충격을 받지 않았던 것이다.

우수전이 미친 듯이 발등과 발바닥으로 무명의 얼굴을 찼다.

퍼퍼퍼퍽!

"이래도! 이래도냐!"

그러나 무명은 꿈쩍도 하지 않았다.

"다 했소?"

"······!"

우수전은 기가 질린 표정으로 무명을 쳐다봤다.

호신강기 말고도 우수전의 각법에 충격을 받지 않는 이유가 있었다.

바로 흡성신공이었다.

우수전의 내공 진기는 시간이 흐를수록 점점 더 빠르게 무명에게 흡수되고 있었다. 한번 물꼬가 트이자 걷잡을 수 없는 물살처럼 내력이 빠져나갔다.

즉, 우수전은 힘이 빠지고 있는데 반대로 무명은 그 힘을 고스란히 얻고 있었다.

한쪽은 더하기, 한쪽은 빼기.

때문에 우수전의 각법은 자신도 모르는 사이 급속히 위력을 잃어버렸던 것이었다.

"대체 왜······?"

우수전이 믿을 수 없다는 듯 소리쳤다.

"끄아아아아아!"

그가 발광하면서 연타를 날렸다.

퍼퍼퍼퍼······.

하지만 이제 그의 각법은 채 일성(一成)의 공력도 담겨 있지 않았다.

우수전도 그 사실을 깨닫고 경악했다.

"네놈이 감히… 고작 강호 삼류 놈들의 세작 따위가 어떻게……."

"맞는 말이군. 나는 강호의 삼류 무사만도 못하오."

무명이 피식 쓴웃음을 지으며 대꾸했다.

"한데 그것 아시오?"

"무엇이냐?"

"후생가외. 재능 있는 후배는 언제 두각을 드러낼지 모르니 선배는 예의 주시해야 한다. 바로 당신을 두고 하는 말 같소만?"

"네놈……."

"아, 정정하겠소. 내가 당신 후학이라는 보장은 없지. 과거의 내가 동창 따위는 우습게 볼 만큼 선배였을지 누가 알겠소?"

"……!"

"안녕히 가시오, 우 공공."

우수전은 멍하니 무명을 쳐다보다가 곧 정신을 차리고는 마지막 힘을 다해 소리쳤다.

"하아아앗!"

그가 몸을 붕 띄워서 두 다리를 무명의 어깨에 걸쳤다. 그리고 두 다리를 교차해서 무명의 머리를 틀어 감았다.

"죽어라앗!"

우수전이 전신을 소용돌이처럼 휙 비틀었다. 각법에 내력이 실리지 않아 타격이 통하지 않자 두 다리로 무명의 목뼈를 꺾어버리려는 것이었다.

우두두둑!

무명의 목뼈에서 수레바퀴가 바윗길을 지나가는 듯한 소리가 났다.

순간 무명이 땅을 박차며 몸을 날렸다. 타앗!

무명과 우수전은 공중에서 몇 바퀴를 빙글 회전한 뒤 뒤엉킨 자세로 땅바닥에 처박혔다.

쿠웅!

흙먼지가 자욱이 흩날리는 가운데 둘은 쓰러진 채 미동도 하지 않았다.

잠시 후, 그림자 하나가 먼지 속에서 천천히 몸을 일으켰다.

다름 아닌 무명이었다.

무명이 여태껏 틀어쥐고 있던 우수전의 손목을 놓았다.

툭!

우수전의 손은 힘없이 땅에 떨어졌다.

그의 손은 살가죽이 바짝 말라붙어서 가뭄에 말라 죽은 고목나무를 보는 것 같았다. 손뿐 아니라 얼굴 역시 피골이 상접해서 해골바가지가 따로 없었다.

전신의 내공 진기를 몽땅 빨려 버린 우수전.

그는 이미 미라가 되어 생기를 잃고 숨을 다한 지 오래였던 것이다.

무명이 눈을 감고 천천히 숨을 들이마셨다가 길게 내쉬었다.

후우우우우우.

한번 내쉬는 숨이 족히 차 한 잔 마실 시간 동안 이어졌다.

무명이 눈을 뜨자 은은한 안광이 번쩍거렸다.

내공 진기로 가득 찼던 그의 단전은 어느새 텅 비워져 있었다. 운기조식을 하자 내력이 전신으로 퍼지며 분산되었기 때문이다.

무명이 씁쓸하게 중얼거렸다.

"이것으로 두 명째인가?"

소행자와 우수전.

무명은 고작 반나절 되는 사이에 두 고수의 내력을 얻은 것이었다.

자신이 얻은 내력이 어느 수준인지 짐작할 길이 없었다. 우수전의 내력은 소행자만큼은 못 되었다. 하지만 소행자가 엄청난 내공 고수여서 비교가 안 되는 것일 뿐, 우수전 역시 절정 경지에 오른 고수였다.

실로 기연이었다. 하나만 먹어도 절정 고수의 내공을 얻는 영약을 연이어 두 번 먹은 셈이 아닌가?

그러나 소행자에게 흡성신공을 쓴 게 기연이라면 우수전의 경우는 조금 달랐다.

이번에는 무명이 심계를 써서 함정을 판 것이었다.

괴이한 우연을 기회로 만들었다고나 할까?

그런데 한 가지 이상한 점이 있었다.

"왜 주화입마의 기미는 보이지 않는 거지?"

소행자의 내력을 흡수했을 때는 통제할 수 없는 기운이 몸에 흘러넘쳐서 사경을 헤맸었다. 만약 한빙석 침상이 근처에 없었다면 갑자기 흡수한 내력을 견뎌내지 못하고 꼼짝없이 주화입마에 들었으리라.

그런데 지금은 차 한 잔 마실 시간 동안 운기조식을 한 것만으로 우수전의 내력을 단전에서 비우고 관리하는 데 성공한 것이었다.

"대체 어떻게?"

도무지 이유를 알 수 없었다.

무명은 시험 삼아 전신의 내력을 몽땅 단전에 모아볼까 마음먹었다.

하지만 곧 고개를 저으며 보류했다.

"아직 이르다."

소행자와 우수전의 내력을 합하면 명문정파인이 일백 년은 수련해야 쌓을 수 있는 수위가 될 것이다.

그 내력을 섣불리 운용하려다가 주화입마가 오면 되돌릴 수 없다. 게다가 한빙석 침상은 더는 쓸 수 없는 상황이 아닌가.

그때 근처에 돌탑 하나가 보였다.

"살짝 한 번만 시험해 보자."

무명은 돌탑으로 다가간 다음 조심해서 운기조식을 했다.

그리고 단전에 조금 내력이 모였다 싶을 때 숨을 빠르게 내쉬며 진기를 손으로 이동시켰다. 이어서 손날로 돌탑의 처마 부근을 내려쳤다.

탁.

별로 대단한 소리가 나지도 않았다. 그런데 눈앞의 장면이 무명을 깜짝 놀라게 만들었다.

돌탑의 처마가 가위로 종이를 자른 것처럼 반듯하게 떨어져 나간 것이 아닌가?

"……!"

아무리 오랜 세월을 비바람에 노출되어서 풍화되었다고 해도 돌은 돌이다.

그런데 그 단단한 돌을 무 베듯이 잘라 버렸다.

그것도 검이 아니라 손날로…….

무명은 침을 꿀꺽 삼키며 자신의 손날을 쳐다봤다.

여전히 무공 초식은 기억나지 않지만 이제 그는 무공을 모르는 백면서생이 아니었다. 전신을 흉기처럼 쓸 수 있는 내공 고수였다.

단지 무작정 내력을 운용할 수 없다는 것이 약점이었다.

"뭐, 당장은 문제없겠지."

무명은 긍정적으로 생각하기로 마음먹었다.

…그러나 그가 미처 생각지 못한 것이 후에 큰 화근이 되어

서 돌아올 줄은 그때는 짐작조차 할 수 없었다.

무명은 뒤에 쓰러져 있는 우수전을 흘깃 쳐다봤다.

"선물 고맙소. 명복은 빌어드리지."

그는 다시는 뒤를 돌아보지 않고 수풀 속으로 들어가 사라졌다.

무명은 황궁의 북문으로 바쁘게 걸음을 옮겼다.

시간이 넉넉하지 않았다. 미라가 된 우수전이 언제 발견될지 몰랐다.

내심 내력을 돋워서 경신법을 쓸 수 있는지 시험해 보고 싶었다. 우수전과 싸울 때도 무심결에 공중을 십여 장 높이 도약하지 않았는가.

하지만 경거망동할 수는 없었다.

'황궁은 벽에도 눈이 있는 법.'

그는 평소처럼 환관 특유의 걸음걸이로 북문으로 향했다.

우수전과 싸웠던 화원은 황궁의 남쪽에 위치해 있었다. 때문에 밥 한 끼 먹을 시간을 꼬박 걸어서야 북문에 도착할 수 있었다.

황궁 주위는 너비가 십여 장이 넘는 통자하로 둘러싸여 있다. 통자하는 긴 다리를 거치는 것 말고는 건널 방법이 없었다.

무명은 북문으로 가기 전에 건물 모퉁이에 숨어서 잠시 주변을 살폈다.

혹시 양순과 유지청이 매복하고 있을지 몰라서였다.

'다리를 건너는 중에 동창 환관에게 들켜서 금위군에게 포위되면 끝장이다.'

다행히 둘의 모습은 보이지 않았다. 아마도 소식이 없는 주국성을 찾고 있으리라고 짐작되었다.

안전을 확인한 무명은 모퉁이에서 나왔다.

그때 누군가가 무명을 알아봤다.

"장 공공, 여기 계셨군요?"

무명은 목소리를 듣자마자 누구인지 알아차렸다.

"북문을 나가시려고요? 또 탐문 수사를 가시는 겁니까?"

목소리의 주인은 왕직이었다.

'내가 북문을 나가려던 걸 어떻게 알았지?'

북문에서 마주친 것이 우연일까? 아니면 지금까지 뒤를 밟은 것일까?

무명은 대답 없이 왕직을 쳐다봤다. 좌우지간 염탐 하나는 기가 막힌 자였다.

그때 왕직이 이상한 말을 했다.

"그나저나 문화전의 학사 나리는 여전히 무뚝뚝하시더군요."

"……"

순간 무명은 깨달았다.

'우수전에게 내 행방을 알린 자가 당신이었군.'

환관 공동 숙소에서 식사를 한 무명은 여러 곳을 돌아다니다가 문화전으로 향했다. 서고에서 서책을 챙긴 뒤에는 어진을 보기 위해 남훈전으로 갔다. 남훈전 환관에게는 일부러 직전감으로 가는 방향을 물었다.

모두 우수전의 눈길을 피하기 위해서였다.

그런데 남훈전을 나오자마자 기다리고 있던 것처럼 우수전이 나타났다.

학사에게서 무명이 어진을 보러 남훈전으로 갔다는 얘기를 듣지 못한 이상 절대 불가능한 일이었다.

'왕직이 학사에게 내 행방을 물어본 뒤 우수전에게 알렸군.'

무명이 지그시 왕직을 노려봤다.

이상한 기분이 들 법도 한데 왕직은 뻔뻔하게 웃으며 눈길을 피하지 않았다.

"장 공공, 무슨 하실 말씀이라도?"

"…자네가 약초를 써서 탕약을 만든다면서?"

"네? 아아, 취미 삼아 탕약을 제조하고 있습죠, 헤헤헤."

왕직이 실실 웃음을 흘리며 대답했다.

그가 우수전의 끄나풀 같지는 않았다.

하지만 떡고물이 떨어지는 일은 무엇이든지 닥치는 대로 하는 게 분명했다. 우수전은 물론 수로공에게도 무명에 대한 정보를 숱하게 귀띔했으리라.

무명이 품에서 은자 하나를 꺼냈다.

"그동안 수고 많이 했네. 이거 탕약 만드는 데 보태 쓰게."

그가 아무렇게나 은자를 던졌다.

"감사합니… 커헉!"

왕직이 숨을 멈추며 비명을 토했다.

겉보기에는 포물선을 그리며 느릿느릿 날아왔지만 실은 무명이 내력을 담아서 던진 은자였다. 그 바람에 은자가 왕직의 명치에 정통으로 꽂혔던 것이었다.

빡!

왕직은 숨이 턱 막히는지 무릎을 꿇고 주저앉았다.

무명은 냉랭하게 한마디를 내뱉고 몸을 돌렸다.

"더는 수고할 일 없을 걸세."

그리고 북문으로 가서 금위군에게 목패를 보인 다음 다리를 건넜다.

왕직이 간신히 정신을 차리고 고개를 들었을 때, 이미 통자하 다리에서 무명의 모습은 보이지 않았다.

황궁을 떠난 무명은 안전가옥으로 향했다.

제갈성이 마련한 안전가옥은 신진 방파의 무사들이 지키고 있었다. 정영과 진문이 안전가옥에 머물며 화산쌍로에게 당한 내상을 치유하고 있을 것이다.

그리고 그곳에 지하 도시에서 데려온 문사가 있었다.

황제와 얼굴이 판박이처럼 닮은 문사.

과연 그에게 얽혀 있는 비밀은 무엇일까?

'이 사실을 제갈성에게 알리고 뒷일을 의논해야 한다.'

무명은 세작의 눈에 띌까 봐 우려되어서 말도 가마도 타지 않고 도보로 이동했다. 그 바람에 안전가옥에 도착했을 때는 오시(午時)가 넘어서 점심 먹을 시간이 되어 있었다.

안전가옥을 지키는 무사들이 무명을 알아보고 제갈성에게 안내했다. 마침 제갈성이 가옥에 있었던 것이다.

안전가옥은 허름하기 짝이 없었다. 복도 바닥은 나무를 깔아서 만들었는데, 어찌나 낡았는지 걸음을 잘못 디뎠다가는 나무짝이 쪼개져서 발이 빠질 것처럼 보였다.

'이강이 여기 있다면 불평깨나 하겠군.'

제갈성이 있는 방 역시 소박하고 조촐했다. 그는 탁상에 길게 종이를 펼쳐놓은 뒤 붓을 들고 서찰을 쓰는 중이었다.

"어서 오시오, 무명."

그는 고개를 들지 않고 여전히 서찰을 쓰면서 말했다.

"이런 시간에 황궁을 나와 일부러 안전가옥에 오다니, 분명 큰일이 생긴 모양이군."

말 한마디 듣지 않았는데 제갈성은 무명의 속마음을 짐작했는지 정곡을 찔러왔다.

무명이 물었다.

"지하 도시에서 데려온 문사는 어디 있소?"

"문사? 그가 왜?"

"문사가 지하 도시를 설계한 자일지도 모르오."

무명이 어떻게 된 일인지 설명했다.

"황태후의 말에 따르면 아문이란 자가 지하 도시를 설계한 것 같소."

"그런데?"

"우연히 황제의 어진을 보게 됐소. 한데 황제와 문사의 얼굴이 판박이처럼 닮아 있었소."

"문사가 황제와 피를 나눈 황족이라는 뜻이오?"

"맞소."

무명이 고개를 끄덕이며 말했다.

"지하 도시에 갇혀 있던 문사는 황족이었소. 황태후가 말한 아문은 바로 문사요. 그를 심문하면 지하 도시와 망자의 비밀을 캐낼 수 있을 것이오."

종이 위를 거침없이 종횡하던 붓이 딱 멈췄다.

제갈성이 천천히 고개를 들었다.

소림사로 가는 길

3장.

제갈성이 서찰을 쓰던 붓을 멈추고 고개를 들었다. 그는 평소처럼 이목구비를 알아볼 수 없는 은사모를 쓰고 있었다. 혼자 있을 때 군이 얼굴을 숨길 이유가 없으니, 무명이 왔다는 말을 듣고 바로 은사모를 썼으리라. 무명은 생각했다.

'강호의 기인이사 노릇도 쉽지 않겠군.'

은사 속에서 두 개의 안광이 은은하게 새어 나왔다. 그런데 무명이 대답을 기다리고 있어도 제갈성은 좀처럼 말을 꺼내지 않았다.

'이건 꼭 심문받는 듯한 기분이군.'

하지만 제갈성이 아무 말도 묻고 있지 않으니 심문이라고 하기에는 무언가 이상했다. 게다가 심문을 받을 이유도 없지 않은가? 이윽고 제갈성이 입을 열었다.

"문사는 지금 이곳에 없소."

"뭐라고?"

무명이 깜짝 놀라며 물었다.

"그럼 어디에 있소?"

"진문이 소림사로 가는 길에 문사를 데려가도록 했소."

"진문 혼자서 문사를 호송하는 것이오?"

"그럴 리가. 정영과 무사들도 함께 보냈소. 사람들의 눈을 피하기 위해 어젯밤 해시에 출발했소."

"……."

무명은 기운이 쭉 빠졌다. 어제 해시라면 주국성과 함께 환관 괴인이 출몰하길 기다리고 있을 때가 아닌가? 자정이 지나서 무명과 주국성이 환관 장술의 뒤를 미행하기 시작했을 때, 진문과 정영은 이미 문사를 대동하고 도성 밖으로 나갔던 것이었다. 무명은 입술을 깨물었다.

'하루만 일찍 안전가옥에 왔어도……'

운이 없어도 너무 없었다. 환관 괴인이 출몰하는 날과 소림 사행이 떠나는 날이 하필 같았던 게 못내 아쉬웠다. 무명이 침음하고 있자 제갈성이 말을 이었다.

"다른 창천칠조 네 명도 각자 맡은 임무를 처리하기 위해 나가서 지금은 없소."

창천칠조 네 명이란 장청, 당호, 남궁유, 송연화를 말하는 것이리라. 정영까지 합하면 창천칠조는 이제 전부 다섯 명이었다.

"이강은?"

"그는 안전가옥에 오자마자 볼일이 있다며 외출했소. 열흘이나 보름 안으로 돌아온다고 했으니 사나흘 뒤면 오겠군. 물론 약속을 지킨다는 가정하에 말이오."

누구와도 함께 하지 않고 홀연히 강호출행을 한다. 지극히 이강다운 행보였다. 문사가 없다는 말을 듣자 무명은 맥이 빠졌다. 생각해 보니 주작호에서 돌아온 뒤에도 목숨의 위기를 거듭해서 헤쳐 나왔다.

주국성, 소행자, 우수전. 목숨을 걸고 싸운 상대들은 공교롭게도 세 명의 환관이었다. 어쨌든 그들은 구천지하를 떠도는 귀신 신세가 되었으며 살아서 땅을 밟고 있는 자는 무명 하나였다. 무명은 한숨을 돌리며 생각했다.

'일이 아주 틀어진 것은 아니다.'

소림사행이 떠난 지 아직 만 하루가 지나지 않았다. 지금 말을 타고 밤낮을 쉬지 않고 따라간다면 충분히 따라잡을 수 있는 거리였다. 무명이 말했다.

"당장 소림사행을 따라가겠소."

그런데 제갈성의 반응이 이상했다.

"왜?"

"왜냐니, 한시라도 빨리 문사를 심문해서 지하 도시의 망자의 비밀을 캐내야 하지 않소?"

"문사는 어차피 소림사 참회동에 들어갈 예정이오."

잠깐 붓을 멈췄던 제갈성이 다시 고개를 내리고 서찰을 쓰기 시작했다.

"설마 정신이 흐리멍덩한 문사가 참회동에서 탈출이라도 하겠소? 심문할 시간은 넉넉하지 않소?"

"그렇긴 하지만……."

무명은 대답이 궁해서 말을 흐렸다.

슥슥슥. 제갈성은 무슨 생각을 하는지 말없이 서찰을 썼다. 먹을 듬뿍 먹은 붓이 거침없이 종이 위를 종횡했다.

"지하 도시의 설계자, 망자의 비밀, 문사의 정체, 모두 중요한 문제요."

제갈성이 서찰을 쓰면서 입을 열었다.

"문사는 참회동에 들어갈 테니 그 문제들은 언제라도 알아낼 수 있소. 한데 지금 그보다 더 시급한 문제가 생겼소."

"그게 무엇이오? 그래서 서찰을 쓰는 거요?"

"글쎄."

제갈성이 대답을 미뤘다. 생각할수록 이상했다. 글쎄? 머리 회전이 빠르고 비상한 제갈성이 꺼낼 말이 아니었다. 제갈성이 착 가라앉은 목소리로 물었다.

"망자비서는 어디 있소?"

순간 무명은 본능적으로 망자비서를 순순히 내놓으면 안 된다고 느꼈다. 그는 사실과 다르게 슬쩍 말을 바꾸었다.

"당연히 황궁에서 갖고 나왔소."

"지금 가지고 있소?"

"아니오. 오는 중에 전장에 들러서 맡겨두었소."

"왜?"

"여기까지 오는 동안 자객과 마주칠지 몰라서요."

"어느 전장이오? 무사들을 시켜서 가져오도록 하지."

"내가 직접 가야 되오. 암호를 말해야 전장에서 물건을 내어줄 테니까."

"그럼 암호를 가르쳐 주시오."

"굳이 그럴 필요가 있소? 무사 몇 명만 함께 보내주면 내가 가서……."

"아니. 당신은 여기 있으시오."

탁. 제갈성이 서찰을 다 쓰고 붓을 내려놨다.

무명이 제갈성의 진의를 알지 못해서 어리둥절해하고 있을 때, 그가 입을 열었다.

"두 가지 묻고 싶은 것이 있소."

"무엇이오?"

"첫째, 문사가 정체를 숨기고 있는 인물이라는 사실을 알고 있었소?"

"아니오. 어진을 보기 전까지는 몰랐소."

"그럼 말이 더욱 이상해지는군."

은은하던 제갈성의 안광이 어느새 칼날처럼 날카롭게 변해 있었다.

"당신은 우연히 황제의 어진을 봤다고 했소. 그전에는 문사가 황제와 혈연지간이라는 것을 몰랐다는 뜻이오. 그럼 어진은 무슨 이유 때문에 보았소?"

"그건……."

"나는 강호인이라 황궁 일은 당신보다 모르오. 하지만 황제의 어진이 보고 싶다고 해서 쉽게 볼 수 있는 물건일까? 나는 아니라고 생각하오. 그렇다면 일부러 봤다는 뜻이지."

"……."

"혹시 다른 이유로 어진을 봤는데 문사와 닮은 사실을 우연히 알아차린 것은 아니오?"

무명은 그만 할 말을 잃어버렸다.

제갈성의 추궁은 그야말로 정곡을 찌르는 것이었다. 그는 마치 이강처럼 무명의 머릿속을 낱낱이 읽고 있었다. 무명이 대답 못 하는 이유는 바로 인피면구 때문이었다. 그는 인피면구의 주인이 영왕과 가까운 황족이리라 짐작했다. 황제의 어진을 본 까닭도 그래서였다. 문제는 인피면구의 존재를 말할 수 없다는 것이었다. 기억을 잃은 채 깨어난 무명이 황가전장에 들렀을 때 그곳에는 네 가지 물건이 보관되어 있었다.

서고 지도, 무림패, 비녀, 인피면구.

대체 왜 그 물건들이 황가전장에 있었을까? 몸에 황가전장의 암호까지 새겨가며 물건을 맡겨둔 이유가 무엇이었을까?

즉, 인피면구 등은 과거 비밀을 안고 있는 핵심 물건이라고 할 수 있었다. 그리고 지금까지 알아낸 사실로 짐작되는 과거는……

'나는 이매망량이란 조직에게 세뇌당한 세작일 확률이 높다.'

그렇다. 사파의 마두까지는 아니지만 적어도 정정당당히 신분을 밝힐 수 없는 처지임은 다를 게 없었다. 그런 참에 인피면구를 명문 정파의 원로인 제갈성에게 보인다고? 절대 피해야 되는 일이었다.

인피면구의 존재를 말할 수 없으니, 황제의 어진을 본 이유도 설명이 불가능했다. 자승자박. 스스로 꾸민 함정에 자신이 빠진 격이었다. 제갈성이 추궁을 계속했다.

"왜 대답을 못 하시오? 좋소. 그럼 나머지 궁금한 것을 묻겠소."

"…무엇이오?"

"둘째, 내공은 어떻게 되찾은 것이오?"

"……!"

무명은 그야말로 경악했다.

"당신이 단순한 환관 세작도, 강호의 삼류 서생도 아니라는 것은 이미 짐작하고 있었소."

제갈성의 말 한마디, 한마디가 비수처럼 무명의 가슴을 파고들었다.

"때문에 진문의 말을 들었을 때도 큰 의미를 두지 않았소."

"진문의 말?"

"지하 도시에서 그에게 전음을 보냈다고 하던데?"

무명은 다시 한번 입을 다물었다. 그가 깜빡 잊고 있던 일을 제갈성은 놓치지 않고 계산에 두고 있었던 것이다.

"전음을 보냈다는 것은 과거 내공심법을 수련했다는 증거요. 남들 눈을 속일 수 있게 내력을 없앴지만 전음을 보낼 만큼의 진기는 전신에 남아 있었다는 뜻이지."

제갈성이 말을 멈추더니 탁상에 새 종이를 깔았다. 그리고 붓을 들어 새 서찰을 쓰기 시작했다.

"어쩌면 일 초식 정도는 내력을 실어 출수할 수 있었을지도 모르겠군."

"……"

무명은 등줄기에서 식은땀이 흐르는 것을 느꼈다. 향후 명문 제갈세가를 이끌어갈 자의 추리는 확실히 남달랐다.

제갈윤? 그는 잠행조의 일원이 무림맹을 배신할 경우를 대비해서 넣어둔 세작에 불과했다. 세작이 주제 파악을 하지 못하고 소가주인 제갈성의 계산에서 벗어난 행동을 한 게 문제였을 뿐.

"나도 진문도 그 사실을 크게 문제 삼지 않았소. 강호인은 누구나 숨기는 게 하나쯤 있게 마련이니까."

제갈성이 고개를 들자 모자챙에 달린 은사가 살짝 출렁거렸다.

"나 또한 숨기는 게 있기도 하고."

그 말은 자신의 얼굴을 숨기고 있는 은사모를 뜻하는 것이리라.

"하지만 지금은 사정이 바뀌었소."

은사 아래로 드러난 제갈성의 입가가 희미하게 미소를 지었다. 심장이 얼어붙을 만큼 차가운 미소였다.

"이 안전가옥은 낡고 허름해서 복도를 걸으면 나무 바닥이 삐걱거리오. 내가 데려온 아이들은 무공을 모르지는 않으나 발소리까지 없앨 수준은 못 되오."

슥슥슥.

제갈성의 붓이 종이 위를 거침없이 오고 갔다.

"그런데 당신은 얼음 위를 걷는 것처럼 바닥이 삐걱대는 소리가 전혀 들리지 않더군."

무명은 침을 꿀꺽 삼켰다. 그것까지 살피고 있었다는 말인가?

"내공을 얻었다는 증거는 하나 더 있소."

제갈성이 글씨를 쓰지 않는 왼손 검지로 무명을 가리켰다.

그가 가리킨 곳은 무명의 어깨와 허리였다.

"옷이 찢어지고 붉게 물든 것으로 보아 상당한 외상을 입었군. 그런데 지금은 멀쩡해 보이니 어찌 된 일이오?"

"……"

"혹시 호신강기 덕분에 치명상을 면한 것이 아니오?"

무명은 재차 대답이 궁해졌다.

이번 제갈성의 추궁은 무명도 미처 생각지 못한 것이었다.

우수전은 무명에게 한빙조를 두 번 적중시켰다. 그러나 호신강기가 무명의 몸을 감싸고 있는 바람에 살갗을 뜯어내는 데 그쳤으며, 한빙조의 특성 때문에 출혈이 금세 멈췄던 것이다.

또한 문사의 정체를 빨리 심문하려는 마음에 무명은 안전가옥으로 허겁지겁 발걸음했다. 때문에 잠시 고통을 까맣게 잊고 있었던 것이다.

지금 무명의 몸은 호신강기가 감싸고 있는 것은 물론, 발걸음 하나마다 내공 진기의 영향을 받고 있었다.

제갈성이 말했다.

"불과 며칠 사이에 다른 사람이 된 것 같군."

평생 글만 읽은 문화전의 학사도 깨달았던 것을 제갈성이 눈채채지 못할 리 없었다.

"백면서생이 하루아침에 안광과 호신강기를 뿜어내는 고수가 되어 나타났다? 나는 당신이 정파의 무공이라고는 생각할 수 없는 사술을 썼다고 짐작하오."

무명은 속으로 자신을 탓했다.

'내 실수다.'

황궁만 탈출하면 안전할 줄 알았다. 그러나 어리석은 착각이었다. 어제의 동료가 오늘의 적이 되어 서로 검을 겨누는 곳이 강호가 아닌가?

"두 가지 물음을 해명해 보시오."

"……"

무명은 여전히 입을 다문 채 침묵할 수밖에 없었다. 제갈성의 질문은 대답이 불가능했다. 인피면구의 존재는 물론, 내공을 얻은 과정 역시 말할 수 없었다. 두 가지 사실을 발설하는 순간, 무명의 정체는 한 가지로 귀결될 게 뻔했다.

흡성신공을 쓰는 정체불명의 세작. 제갈성이 심문했다.

"황제 어진을 본 이유는 무엇이오? 내공은 어떤 방법으로 얻었소?"

"……"

"대답이 없군. 그렇다면 무림맹에 반하는 계획을 꾸미고 있다고 생각해도 되겠소?"

그때 제갈성이 탁상에서 새로 쓴 서찰을 들어서 무명에게 펼쳐 보였다.

"이걸 보고도 대답 안 할 것이오?"

무명은 영문을 몰라서 서찰을 훑어보다가 깜짝 놀랐다.

서찰은 다음과 같았다.

'소림 방장님께. 이자가 진실을 말할 때까지 참회동에 가두십시오. 제갈성.'

글귀는 간단했지만 내용은 소름이 돋았다. 제갈성은 무명을 소림사 참회동에 가두고 심문하려는 계획의 서찰을 쓰고 있었던 것이다. 무명의 눈앞에서 다른 일을 하는 것처럼 태연하게…….

"서두르면 어제 떠난 소림사행을 따라잡고 당신을 호송할 수 있을 것이오. 그러면 당신은 문사와 함께 참회동에 들어가게 되오."

스윽.

제갈성이 빠르지도 느리지도 않게 자리에서 일어섰다. 비무전에 기수식을 취하는 것처럼 우아한 몸놀림이었다.

"지금이라도 모든 사실을 실토하면 서찰은 찢어버리겠소."

"……."

무명은 아무 대답도 할 수 없었다.

인피면구와 흡성신공을 언급하는 순간 사파의 세작으로 낙인찍혀서 참회동에 갇히게 되는 것은 마찬가지가 아닌가?

제갈성이 냉랭하게 한마디를 내뱉었다.

"찢지 말아야겠군."

제갈성이 무명의 눈앞에서 그를 참회동에 가두라는 서찰을 썼다. 하지만 무명은 사실을 말할 수 없었다.

정체불명의 인피면구를 지니고 흡성신공을 연마한 이매망량의 세작. 그 사실을 알 경우 제갈성은 서찰을 찢기는커녕 더더욱 무명을 참회동에 가두려고 할 게 틀림없었다.

어쩌면 영영 나오지 못하도록.

"서찰은 찢지 않겠소."

제갈성이 탁상을 돌아 앞으로 나왔다.

그가 손을 뻗어 옷자락을 스윽 걷어 젖혔다. 비무를 하기 전에 명문정파인이 흔히 취하는 동작이었다.

그러나 지금은 비무가 아니라 실전이었다.

"세간에서는 이럴 때 하는 말이 있더군. 권주를 마시겠소, 아니면 벌주를 마시겠소?"

"……."

순간 무명은 분노가 치밀었다. 지금 제갈성이 말하는 권주는 저항을 포기하고 순순히 소림사로 가는 선택일 것이다. 반면 벌주는 그에게 반항하다가 쓴맛을 본 뒤 억지로 끌려가는 선택이리라.

결국 두 선택 모두 참회동에 간힌다는 것은 똑같지 않은가?

그런데 정파인이든 사파인이든 혹도 무리든 동창 환관이든 간에 권주와 벌주를 운운하면서 자신의 선택을 따르라고 협박하는 것이다.

권주와 벌주. 생각할수록 기분 나쁜 말이었다. 차라리 이강처럼 마음에 안 들면 두말없이 손을 쓰는 악인이 나았다.

그는 최소한 약자를 갖고 놀지는 않으니까. 그런 생각이 들자 무명은 피식 웃음이 나왔다.

제갈성이 고개를 갸웃거리며 물었다.

"무엇이 우습소?"

"제갈세가의 인물은 문무를 겸비했다고 들었는데 오늘 당신의 문자를 들으니 과연 공자 앞에서도 제법 큰소리를 내겠구나 싶어서 웃었소."

"뭐라고?"

이번에는 제갈성이 분노를 참지 못하고 일갈했다.

무명이 '문자'와 '공자'를 운운한 것은 제갈성을 두고 '공자 앞에서 문자 쓰네'라고 조롱한 셈이기 때문이었다.

"둘 다 마시지 않겠소."

무명은 분노와 비웃음이 반반 섞인 목소리로 말했다.

"차라리 독주를 마시지."

그 말에 제갈성이 뜻밖이라는 듯 고개를 갸웃거렸다.

젊은 나이에 무림맹 원로의 지위에 오른 제갈성. 그가 입을 열면 정파인은 물론 흑도 무리도 귀를 기울이고 감히 거역하지 못했다.

그런데 환관 세작, 기껏해야 삼류 서생 따위가 대놓고 면전에서 비웃음을 던지자 잠시 어이가 없었던 것이다.

무명이 재차 비아냥거리며 말했다.

"문(文)은 방금 대단한 문장을 들어서 잘 알았으니 이제 무(武)를 보여주시지?"

"……"

살짝 출렁거리던 은사가 움직임을 딱 멈췄다.

제갈성이 금세 냉정함을 되찾은 것이었다.

"아직 문을 다 보여주지 않았소만?"

그가 탁상에서 글씨를 쓰지 않은 종이 한 장을 집어서 무명을 향해 던졌다.

펄럭.

두루마리처럼 길쭉하고 폭이 넓은 종이가 허공을 미끄러지며 느릿느릿 날아왔다.

무명은 몸을 돌려서 종이를 피하려고 했다. 그런데 종이가 중간에서 경로를 바꾸며 갑자기 쏜살처럼 코앞으로 날아드는 것이 아닌가?

촤르르르!

무명은 깜짝 놀라서 두 주먹을 휘둘러 종이를 쳐내려고 했다. 그런데 더욱 경악할 일이 벌어졌다. 종이가 비단천처럼 흐느적거리더니 무명의 두 주먹을 보자기처럼 감싸 버리는 것이었다.

"……!"

제갈성이 종이에 내공 진기를 실어서 던진 것이었다.

종이는 살아 있는 생물처럼 무명의 두 주먹을 빙빙 감쌌다. 그리고 죄수에게 채우는 수갑처럼 두 주먹을 묶어버렸다.

꼼짝없이 종이에 두 손이 제압당하려는 찰나, 무명이 본능적으로 양 손바닥을 활짝 펼쳤다. 동시에 가슴 깊은 곳에서부터 숨을 토해내며 쌍장을 앞으로 쭉 뻗었다.

스스스스.

퍼엉!

종이가 굉음과 함께 산산조각이 났다. 수백 수천 조각으로 쪼개진 종잇장이 한겨울에 눈이 내리듯이 방 안에 흩날렸다.

제갈성의 은사모가 살짝 옆으로 기울어졌다. 그가 진심으로 놀랐을 때 취하는 행동이었다.

"벽공장?"

그러나 더욱 놀란 것은 무명이었다. 손바닥을 뻗어서 내력으로 허공을 타격하는 수법. 방금 출수한 동작은 제갈성의 말대로 소행자의 벽공장이 분명했다. 무명이 벽공장을 본 것은 소행자가 주국성을 상대하며 몇 번 출수하던 장면이 전부였다.

물론 무명은 손에 찰싹 달라붙은 종이를 친 것이니, 멀리 떨어진 허공까지 타격하는 소행자의 수준과는 큰 격차가 있었다. 하지만 벽공장의 원리에 따라 내력을 출수한 것은 부정할 수 없었다.

무명은 어리둥절한 눈으로 흩날리는 종잇조각을 쳐다봤다.

그가 자신에게 물었다. 내가 벽공장을 수련했었나?

모른다. 전혀 기억이 없었다.

그렇다면 내공 진기를 손바닥으로 내보내는 요결을 알지 못하면서 소행자의 수법을 몇 번 본 것만으로 벽공장을 따라 했다고?

무명은 방금 자신이 펼친 수법이 믿기지 않았다. 사실대로 말한다고 해도 제갈성 역시 터무니없다며 비웃으리라.

아니나 다를까, 제갈성이 냉랭하게 말했다.

"이제 보니 무공을 모르는 척하던 것도 모두 거짓이었군."

"……."

"대단하군. 세작이 내공을 지우고 신분을 속여서 무림맹에 잠입할 줄이야."

제갈성이 멋대로 짐작해서 추리했다.

그러나 무명은 딱히 반박할 말이 없었다. 어차피 벽공장을 수련한 적 없다고 말해도 믿지 않을 것이 아닌가.

"참회동에 가두어야 할 이유가 확실해졌군."

탁.

제갈성이 손을 들어 가볍게 탁상을 내려쳤다.

그러자 벼루에 담긴 시커먼 먹물이 위로 튀어 올랐다. 순간 그가 손을 빙글 돌린 다음 앞으로 뻗자, 허공에 뜬 먹물 방울들이 무명을 향해 쇄도했다.

파파파팟!

액체에 내공을 실어서 암기처럼 날리는 수법.

바로 제갈성의 독문 무공인 검우낙화였다.

검우낙화(劍雨落花). 검격처럼 쏟아지는 비에 꽃잎이 떨어진다는 뜻이다.

제갈성은 세찬 장마가 내리는 중에 빗방울을 암기처럼 쏘아서 흑도 무리 십여 명을 쓰러뜨린 것으로 처음 강호에 위명을 떨쳤다. 그가 약관의 나이, 불과 스무 살 때의 일이었다.

검우낙화는 단순히 절정 수준의 내공을 지녔다고 해서 출수할 수 있는 게 아니었다.

물은 정해진 형체가 없는 액체다. 그 물방울에 내력을 실어서 암기처럼 쏘는 것이니, 검우낙화는 내공 진기를 극한으로 정묘하게 다뤄야만 비로소 출수가 가능했다.

살을 찢고 뼈를 관통하는 위력이 담긴 먹물 방울들이 무명에게 날아들었다.

만약 이전의 무명이었다면 먹물 방울들이 살갗을 찢는 중에도 무슨 일이 벌어지는지 까맣게 몰랐을 것이다.

하지만 지금 무명의 눈에는 화살의 속도로 날아오는 먹물 방울들이 똑똑히 보였다.

아니, 느릿느릿 날아오는 것처럼 보였다.

무명은 옆으로 한 걸음을 비키며 먹물 세례를 피했다. 그러나 요혈로 날아드는 세 개의 방울은 피할 방법이 없었다.

순간 무명이 일장을 세 번 뻗었다.

먹물 방울 세 개가 벽공장을 맞아 공중에서 폭발했다.

펑펑펑!

먹물이 뿌연 안개처럼 점점이 흩어졌다. 무명이 피해 버린 먹물 방울들은 뒤의 벽에 날아가 구멍을 내며 박혔다.

후두두둑!

무명은 속으로 경악을 금치 못했다.

제갈성이 날린 종이를 찢어버릴 때는 얼떨결에 벽공장을 출수했다. 그런데 지금은 쏜살처럼 날아드는 먹물 방울을 똑똑히 보면서 정확히 벽공장을 내지른 것이었다.

혹시 소행자의 내력을 흡수하면서 벽공장 수법도 흡수했다는 말인가?

설마 그럴 리가 없지 않은가!

말도 안 되는 생각에 무명은 쓴웃음이 나왔다.

제갈성 역시 무명의 벽공장에 꽤 놀란 눈치였다. 그의 은사모가 아까보다 더욱 가파른 각도로 기울어졌던 것이다.

실은 그는 검우낙화에 십성이 아니라 칠성(七成)의 공력만 실었다. 무명을 죽이지 않고 부상을 입히거나 점혈만 하려던 생각이었다.

하지만 무명이 세 번의 벽공장을 출수해서 자신의 독문 무공을 막아낸 것이었다.

과연 십성의 공력을 실었더라도 그를 제압할 수 있었을까?

제갈성은 자신할 수 없었다.

"정말 대단하군."

그가 냉랭하게 말을 내뱉더니 이번에는 벼루에 걸쳐놓은 붓을 집어 들었다.

제갈성이 손을 튕겨서 붓털에 묻은 먹물을 털었다.

"이번 공격도 한번 막아보시오."

그의 목소리에 하수를 상대하는 고수의 여유로움이 배어 나왔다.

그때 잠자코 있던 무명이 툭 말을 내뱉었다.

"그게 제갈세가의 비전 무공이오?"

"비전 무공? 무슨 뜻이지?"

"종이와 먹물에 이어 붓을 들었지 않소? 제갈세가는 문방사우를 쓰는 비전 무공이 있는 것 같으니 다음 차례는 벼루겠군."

"…내공만 얻은 줄 알았더니 입까지 거칠어졌군."

은사모 아래로 드러난 제갈성의 입가가 일자로 딱딱하게 굳었다.

그가 앞으로 가볍게 한 걸음을 내디뎠다.

척.

그런데 단 한 발짝 내디딘 것뿐인데 제갈성의 신형이 방을 대각선으로 가로지르며 순식간에 무명의 코앞에 다가왔다.

동시에 제갈성이 붓 끝으로 무명을 찔렀다.

짧지만 날카로운 병기로 찌르는 수법. 제갈윤의 판관필이 떠오르는 공격이었다.

무명은 벽공장으로 응수하려고 했다.

순간 손바닥을 펼치려던 무명은 붓에 담긴 공력을 알아차리고 화들짝 놀랐다.

쉬이이익!

무명이 황급히 손바닥을 회수하면서 뒤로 세 걸음 물러섰다.

실로 꼴사나운 후퇴.

그러나 무명의 선택은 정확했다. 만약 벽공장으로 계속 대항했다면 제갈성의 붓에 손바닥이 꿰뚫리고 말았을 위기였던 것이다.

싸악!

붓이 허공을 가르는 소리가 귀청을 따갑게 파고들었다.

제갈성의 붓은 말총을 엮어 만든 것이었다. 누군가 부드러운 말총으로 사람을 찌를 수 있다고 주장하면 주위 사람들은 다들 웃음을 터뜨릴 것이다.

하지만 무명은 웃음이 나오지 않았다.

제갈성의 내력이 담긴 붓은 더 이상 평범한 문방사우가 아니었다. 제갈윤의 판관필보다 열 배, 아니, 그 이상 두려운 병기로 탈바꿈한 것이었다.

제갈성이 말했다.

"내공을 얻으니 경신법도 터득했나 보군."

무명은 일부러 대꾸하지 않았다.

우수전과 싸울 때 공중 높이 뛰어올랐던 것처럼, 확실히 무명은 이전과 몸놀림이 달라져 있었다. 그러나 자유자재로 운신하는 게 아니라 무의식중에 나오는 동작일 뿐이었다.

무명은 생각했다.

'지금 그 사실을 제갈성에게 들켜서는 안 된다.'

그는 정신을 바싹 차리고 제갈성의 초식을 피하려고 했다.

그러나 다음 순간 정신이 아득해졌다.

붓 끝이 살짝 흔들리는가 싶더니 눈앞에서 다섯 개로 나뉘어지는 것이 아닌가?

츠츠츠츠츠!

마치 전설 속의 요괴 손오공이 분신술을 쓴 것 같은 장면.

다섯 개의 붓이 무명의 전신 요혈을 노리고 날아들었다.

"어디 초식 요결도 심득을 얻었는지 보겠소."

제갈성이 시험문제를 내듯이 말했다. 다섯 번의 붓 찌르기 중에서 실초와 허초를 구분해 보라는 뜻이었다.

그러나 어느 게 실초이고 허초인지 구분하는 자체가 의미없었다. 제갈성은 마음만 먹으면 다섯 번을 모두 적중시키고도 남을 고수였으니까.

다급해진 무명은 허리를 굽히며 몸을 돌렸다. 그리고 뒤를 향해 재빨리 바닥을 굴렀다.

만약 강호인이 보았다면 '나려타곤도 대놓고 하니까 곤륜파의 운룡대팔식 뺨치는군!'이라며 비웃을 만한 동작이었다.

어쨌든 무명은 개의치 않았다. 좌우지간 제갈성의 공세는 피할 수 있었으니까.

하지만 피했다고 짐작한 것은 무명의 착각이었다.

"싸움 중에 상대에게 등을 보인다? 경신법을 터득했다는 말은 취소해야겠군."

제갈성이 차갑게 냉소했다.

"붓은 한번 종이에 대면 일 획을 그어야 하는 법."

싸아아악!

목표를 잃은 것으로 보이던 다섯 개의 붓 공세가 허공에 포물선을 그리며 경로를 바꿨다. 제갈성의 일 초식은 아직 끝나지 않았던 것이다.

진한 묵향이 무명의 등 뒤로 해일처럼 밀려왔다.

그때였다.

무명이 방 한쪽에 놓여 있는 어떤 물건을 집어 들었다. 그리고 팔을 비틀어서 뒤를 향해 다섯 번 내질렀다.

투투투투투!

제갈성의 붓 초식이 실초와 허초가 몽땅 물건과 충돌해서 막혀 버렸다.

무명이 천천히 몸을 돌린 뒤 제갈성의 초식을 막아낸 물건을 들어 보였다.

"아직 초식 요결은 터득 못 해서 실초와 허초를 구분 못 하고 그냥 다섯 번 찔렀소. 하지만 초식은 몰라도 깨달은 것이 하나 있소."

그가 담담한 목소리로 말했다.

"명필은 붓을 가리지 않는 법."

제갈성의 초식을 막아낸 물건은 어이없게도 빗자루였다.

빗자루는 긴 대나무를 자루로 하고 끝에 싸리나무 뭉치를 엮어서 만든 것이었다.

무명이 싸리나무 부분을 발로 밟아서 부러뜨렸다. 뚝. 이제 빗자루는 대나무로 된 자루 부분만 남았다.

길이가 석 자를 조금 넘는 빗자루.

"그럭저럭 검처럼 되었군."

무명이 자루만 남아 석 자 길이가 된 빗자루를 들며 말했다.

"당신의 판관필에 맞서 싸우기에 충분할 것 같소만?"

붓과 빗자루를 판관필과 검에 비유한 무명.

그의 말은 제갈성이 하수를 상대하듯 하는 태도를 크게 비웃는 것이었다.

잠시 침음하던 제갈성이 입꼬리를 올리며 씨익 웃었다. 무명은 그가 그토록 활짝 미소 짓는 모습을 처음 보았다.

"아주 좋소."

그의 목소리가 오뉴월에 내리는 서리처럼 싸늘했다.

"등을 돌린 채 초식을 보지도 않고 막아낸다? 기억을 되찾아서 무공까지 돌아온 것이오?"

"글쎄? 좋을 대로 짐작하시오."

무명이 태연자약하게 맞받아쳤다.

하지만 허세에 불과했다. 실은 무명 자신도 대체 어떻게 제갈성의 초식을 막아낸 것인지 믿기지 않았기 때문이다.

단지 자신이 펼친 동작을 어디선가 본 듯한 기억이 들었다.

무명은 소행자의 수법을 몇 번 본 것만으로도 벽공장을 출수했다. 팔을 뒤로 돌려서 빗자루로 붓 공세를 막은 것처럼.

대체 언제 그런 초식을 목격했었지?

무명이 잠깐 딴청을 팔고 있을 때, 제갈성이 공격을 재개했다.

"그럼 두 번째 합을 겨뤄보도록 하지."

스윽.

제갈성이 마치 붓을 건네는 것처럼 천천히 앞으로 내밀었다.

느릿느릿 날아오는 붓. 하지만 그 단순한 동작에 제갈성의 십성 공력이 실려 있었다.

무명은 침을 꿀꺽 삼키고 붓에서 시선을 떼지 않았다.

아니나 다를까, 굼뜨게 날아오던 붓이 어느 순간 네 개로 나뉘어졌다.

츠츠츠츠!

네 개의 붓이 동서남북의 방위를 점하며 날아들었다. 물론
어느 것이 실초이고 허초인지 구분할 수 없었다.

무명이 대나무 자루만 남은 빗자루를 들어 가로로 휘둘렀
다.

투툭!

동서로 날아오는 두 개의 붓이 빗자루의 끝과 부딪쳐서 튕
겨 나갔다.

아직 완전하지는 않지만 무명의 호신강기가 손에 쥔 빗자
루까지 흐르고 있었다. 그게 아니었다면 제갈성의 공력이 실
린 붓이 대나무 빗자루를 진작에 쪼개 버렸으리라.

남은 것은 남북 방위의 붓 두 개였다.

그런데 무명이 얼굴로 날아오는 붓을 쳐내려고 하는 찰나,
남쪽 붓이 갑자기 속도를 높이며 세차게 쏘아지는 것이었다.

쌔애애액!

네 개의 붓 중 세 개는 허초고 남쪽 방위의 붓만 실초였던
것이다.

이미 팔을 위로 휘두른 무명은 꼼짝없이 복부로 날아드는
붓을 쳐다만 볼 수밖에 없었다.

"……!"

그때였다.

절체절명의 순간에 무명이 제갈성을 등지며 몸을 돌렸다. 이번 동작 역시 무의식중에 취한 것이었다.

무공을 겨루는 중에 등을 보인다? 그것은 상대를 업신여긴다는 뜻이었다.

제갈성의 입매가 좌우로 비틀렸다.

"한 번은 통했을지 몰라도 두 번은 어림없지."

그가 손속에 사정을 두지 않고 십성 공력이 실린 붓을 찔렀다.

순간 무명의 팔이 기이하게 비틀렸다.

휘익!

실은 팔이 비정상적으로 비틀린 게 아니었다.

무명의 팔은 위쪽으로 휘두르고 있어서 팔꿈치가 거꾸로 꺾어지지 않는 이상 복부를 막을 수 없었다. 그런데 몸을 비스듬히 돌리는 바람에 손목을 돌려서 빗자루 끝을 아래로 내리는 게 가능해진 것이었다.

퉁!

빗자루가 붓을 살짝 팅겨서 방향을 바꿨다. 제갈성의 일초는 허공을 찌르고 말았다.

항상 냉정함을 잃지 않던 제갈성이 입을 살짝 벌리며 신음성을 흘렸다.

"설마 남궁유의 수법을?"

남궁유의 애병은 검날이 버드나무처럼 휘어지는 연검이다.

그녀는 사방팔방으로 휘어지는 연검을 써서 어떤 방위로

날아오는 초식도 가볍게 막아냈다. 또한 뒤를 보면서 앞을 찌르고, 왼쪽으로 검을 출수해서 오른쪽을 베었다.

지금 무명이 든 병기는 연검과는 비교도 안 되는 대나무 빗자루였다.

그러나 그가 취한 동작은 남궁유의 수법과 원리가 동일했다. 단지 빗자루가 휘어지지 않으니 몸을 돌리고 팔을 비트는 것으로 절대 막을 수 없는 방위를 방어했다.

변화무쌍한 남궁유의 연검 수법을 몸을 비틀어서 따라 했으니, 무명의 동작은 언뜻 보기에 기괴하기 짝이 없었던 것이다.

제갈성이 남궁유의 수법을 몰라볼 리 없었다.

애초에 실력 있는 후기지수가 씨가 마르는 중인 명문정파를 뒤져서 창천칠조를 구성한 자가 제갈성이었다.

그가 중얼거렸다.

"눈썰미 하나는 제법이군."

목소리가 얼음장처럼 냉랭했다. 자신이 짠 창천칠조 일원의 수법을 무명이 따라 한 셈이니 심기가 좋지 않았던 것이다.

그런데 무명의 괴이한 움직임은 그것으로 끝이 아니었다.

탁! 몸을 돌린 무명이 발을 들어 벽을 걷어찼다.

그가 벽을 찬 기세를 이용해 몸을 띄웠다. 동시에 공중에서 몸을 빙글 돌리며 제갈성을 향해 빗자루를 내질렀다.

제갈성이 일갈했다.

"곤륜의 운룡대팔식까지?"

그의 말대로 지금 무명의 신법은 송연화의 수법을 따라 한 것이었다.

무명과 송연화가 서로의 신분을 모르고 황궁 서고에서 마주쳤을 때, 송연화는 무명을 상대해서 절정의 경신법을 보인 적이 있었다.

뒤로 넘어가는 몸을 공중에서 회전시키며 무명을 향해 쇄도하던 신법.

바로 곤륜파의 운룡대팔식이었다.

물론 무명의 동작은 운룡대팔식과 비교하자면 허술하기 짝이 없었다. 송연화가 허공에서 몸을 반전시킨 반면, 그는 벽을 발로 차며 반탄력을 얻은 것이니까.

하지만 상대의 초식을 피하면서 동시에 의표를 찔러서 역습을 가한다는 운룡대팔식의 신법 원리는 일치했던 것이다.

"심문해야 될 질문이 하나 더 늘었군."

제갈성이 냉랭하게 말을 내뱉었다.

"남궁유와 송연화의 수법을 언제 어떻게 심득을 깨달았는지."

그러나 무명은 묵묵부답으로 입을 열지 않았다. 자신은 그저 한번 본 그녀들의 동작을 무의식중에 따라 하는 것에 불과하니까.

쉬이익!

무명이 제갈성의 인중을 향해 대나무 빗자루를 찔렀다.

제갈성이 빗자루를 막기 위해 붓을 뻗었다.

츠츠츠!

무명은 전신을 감싼 호신강기가 자연적으로 빗자루까지 흐를 뿐, 아직 물건에 자유자재로 강기를 불어 넣을 정도로 내공 진기를 운용하지 못했다. 반면 제갈성은 십성의 공력을 붓에 담을 수 있었다.

승패는 이미 결정 난 것이나 다름 없었다.

그때였다.

무명이 쥔 빗자루의 길이가 갑자기 반 자가량 늘어나는 것이 아닌가?

슈슈슉!

이번에 그가 따라 한 수법은 다름 아닌 정영의 사일검법이었다.

사일검법은 검과 전신이 일직선을 이루도록 팔을 뻗어서 사정거리를 순간적으로 늘리는 게 핵심이었다. 즉, 상대가 예측못 한 거리까지 검이 뻗어 나와서 찌르는 것이다.

무명의 몸과 빗자루가 공중에서 정확히 일직선을 그렸다.

게다가 그는 엄지와 검지만으로 빗자루를 쥐는 편법을 썼다. 때문에 제갈성이 볼 때는 갑자기 빗자루의 끝이 쭉 뻗어 나온 것처럼 느껴졌다.

빗자루 끝이 제갈성의 인중으로 날아들었다.

그러나 그는 강호에서 스무 손가락 안에 드는 고수였다.

제갈성이 붓을 수평으로 눕혀서 찔렀다.

스스스.

폭풍우가 불어도 휘어질지언정 부러지지 않는 대나무와 말총을 엮어 만든 부드러운 붓 끝이 허공에서 충돌했다.

순간 붓의 첨단이 대나무 빗자루의 중심을 파고들었다.

쩌적!

십여 년 넘게 사람의 손때가 묻어 질겨진 대나무는 틈새가 생기자 견디지 못하고 결대로 쪼개지기 시작했다.

촤아아아악!

그야말로 파죽지세.

제갈성의 부드러운 공력이 아직 어설프기 짝이 없는 무명을 찍어 누른 것이었다.

이어서 제갈성이 몸을 날리며 무명의 몸에 붓을 세 번 찍었다.

파파팟!

붓이 무명의 마혈을 점혈했다.

"……!"

무명은 꼼짝 못 한 채 그 자리에 얼어붙고 말았다.

그는 하루 동안에 소행자와 우수전의 내공을 몸에 흡수했다. 그리고 창천칠조 여고수 세 명의 수법을 무의식중에 응용하는 것으로 제갈성에게 맞서 싸웠다.

하지만 제갈성과 제대로 초식을 겨루기에는 역부족이었다.

애초에 소행자와 우수전을 쓰러뜨린 것도 흡성신공으로 허를 찔렀기 때문이 아닌가? 그러나 제갈성은 두 환관처럼 약자를 얕잡아 보지 않았다.

무명의 패배는 기정사실이었던 것이다.

제갈성이 말했다.

"무공을 모르는 척하며 지금까지 속이다니 대단하군."

마혈이 점혈되어서 대답할 수 없는 무명은 속으로 그 말에 반박했다.

'속인 것 없소. 지금도 할 줄 모르니까.'

"창천칠조의 수법을 몇 번 따라 했지만 겉핥기에 불과했소."

제갈성이 비아냥거리듯 말을 이었다.

"명문정파의 무공은 비전을 모르는 이상 따라할 수 없소. 사파의 사술 따위로는 흉내 내는 것에 불과하지."

그 말에 무명의 눈빛이 매서워졌다.

무명의 시선을 본 제갈성이 피식 웃으며 중얼거렸다.

"인정 못 하겠다는 눈빛이군."

무명은 화가 치밀었다.

'무공을 몰라도 그 정도쯤은 알고 있소.'

제갈성의 말투는 강호의 삼류에게 훈계하는 것 같았다.

그러나 제갈성은 일류의 자격이 있는가?

여태껏 무림맹을 위해 일했는데 이제 누명을 쓴 채 참회동

에 갇히라는 말을 누가 순순히 듣는다는 말인가? 이용 가치
가 떨어진 세작을 헌신짝처럼 버리는 제갈성이 강호의 일류라
고? 그런 게 명문정파인가?

이럴 때야말로 이강의 말이 제격이었다.

'지나가던 개가 웃을 소리!'

제갈성의 말은 결국 승자가 패자를 비웃는 것일 뿐이었다.

무명은 결심했다.

'언젠가 당신이 패배하는 날에도 그런 말이 입에서 나오는
지 꼭 지켜보도록 하지.'

제갈성이 붓을 벼루에 걸쳐놓은 다음 내공을 실어서 휘파
람을 불었다.

삐이이익!

휘파람 소리가 끊기기도 전에 문이 열리며 무사 한 명이 들
어왔다.

"부르셨습니까?"

"당장 안전가옥을 비우고 떠날 채비를 하라."

"모든 인원이 말입니까?"

"절반은 나와 함께 세가로 돌아가고, 절반은 먼저 떠난 일
행과 합류해서 소림사로 간다."

제갈성이 무명을 슬쩍 쳐다보며 말했다.

"이곳에는 다시 돌아올 일이 없으니 우리가 머문 증거를 없
애라. 그리고 작은 가마를 하나 준비해라. 호송해야 할 죄인이

생겼으니까."

"존명!"

무사가 포권지례를 올리고는 재빨리 방을 나갔다.

제갈성도 그를 따라 방을 나섰다. 제갈성은 마혈을 점혈해놓은 무명을 움직이지 못하는 목인상처럼 취급하는 태도였다.

제갈성이 내린 명령이 무슨 뜻인지는 쉽게 알 수 있었다. 무사들을 시켜서 무명을 가마에 감금한 뒤 소림사로 압송할 계획이리라.

이대로 참회동에 들어간다면 늙어 죽을 때까지 나오지 못할 것이다.

'빌어먹을 명문정파 놈들.'

속에서 분노가 끓어올랐다.

그런데 무언가 이상했다. 분명 기분은 화를 참을 수 없을 지경인데 반대로 정신은 얼음처럼 냉정해지는 것이었다.

서로 상반되는 기분을 동시에 느끼다니?

마혈을 점혈당해서 정신까지 이상해진 것인가?

무명은 머릿속에서 잡념을 지웠다.

'이럴 때가 아니다.'

조금 있으면 무사들이 와서 목인상처럼 서 있는 무명을 포박하고 가마에 실으리라. 그때까지 걸리는 데 밥 한 끼 먹을 시간? 아니, 차 한 잔 마실 시간?

시간이 얼마 없었다.

무명은 억지로 몸을 움직여 보려고 했다.

하지만 손가락 하나 까닥거릴 수 없었다. 마혈을 점혈당했으니 당연한 일이었다.

'이대로 끝인가?'

상황은 절망적이었다. 그때 문득 어떤 생각이 들었다.

'아주 움직이지 못하는 것은 아니다.'

분명 전신은 점혈당해서 꼼짝할 수 없지만, 멈추지 않는 것이 두 가지 있었다.

첫 번째는 생각이었다. 수혈을 점혈당해서 잠들지 않는 이상 생각하는 것은 가능했다.

두 번째는 바로 호흡이었다.

마혈이나 수혈을 점혈당하면 신체 동작이 멈추거나 혼절한다.

하지만 호흡은 가능했다.

물론 횡경막을 수축해서 크게 숨을 쉬는 것은 불가능하다. 그러나 가사 상태에 빠진 것처럼 죽지 않을 만큼만 얇게 호흡하는 것은 저절로 되었다. 그게 아니라면 점혈당한 자는 모두 호흡곤란으로 질식해 버릴 것이 아닌가.

즉, 호흡이 멈추지 않는다는 말은 내력을 운용할 수 있다는 뜻이었다.

무명은 내력을 단전으로 모으려고 했다.

그러나 내공 진기는 전신의 혈맥에 퍼져 있어서 쉽게 단전에 모이지 않았다. 애초에 죽지 않을 정도로 숨만 쉬고 있을 뿐, 운기조식이 불가능한 몸이니 당연했다.

순간 마음속에서 분노와 냉정의 감정이 동시에 치밀었다.

그때였다.

무명은 분노가 치밀면서 동시에 이상하게도 냉정해졌다.

실 한 오라기만큼 희미한 내공 진기의 흐름이 무명의 단전으로 모이기 시작했다.

대체 어찌 된 영문인지 알 수 없었다.

그는 창천칠조 세 여인의 초식을 따라 했던 것처럼 전신의 혈맥에 퍼진 내력 역시 무의식중에 단전으로 모으기 시작했다.

스스스스…….

원래 마혈을 점혈당하면 죽지 않을 만큼만 숨 쉬는 게 가능할 뿐 몸이 마비되고 정신도 흐리멍덩해지게 마련이다.

하지만 지금 무명은 명경지수처럼 정신이 또렷했다.

처음에 한 오라기 실처럼 가느다랬던 내공 진기의 흐름이 조금씩 단전에 차올랐다. 대해같이 넓은 단전의 밑바닥도 어느새 빈 구석이 보이지 않았다.

곧 내공 진기가 단전에 파도처럼 넘실거렸다.

그때 무사 세 명이 방으로 들어왔다.

그중 한 명이 목인상처럼 꼼짝없이 서 있는 무명에게 다가와 품속에 손을 넣었다.

곧 그가 망자비서를 포함한 서책들을 꺼냈다.

"서책을 찾았다. 보고하고 오겠네."

"우리는 가마에 신도록 포박하고 있지."

무사가 서책을 들고 방을 나갔다. 제갈성이 무명을 뒤져서 망자비서를 가져오라고 명령했으리라.

무명은 점혈만 안 당했다면 푹 한숨을 쉬고 싶었다.

서책들은 부피가 커서 비밀 주머니에 숨기지 못하고 그냥 품속에 찔러두었던 것이다. 인피면구를 포함한 다른 물건들을 들키지 않은 것이 그나마 천만다행이었다.

방에 남은 무사 두 명이 갖고 온 밧줄 꾸러미를 바닥에 내려놓은 뒤 무명을 묶기 위한 준비를 했다. 제갈성의 명령에 따라 무명을 소림사로 압송하려는 것이었다.

그러는 사이, 무명은 계속해서 정신을 집중하며 단전에 모인 내력을 다시 전신의 혈맥으로 돌려보내기 시작했다.

아무 곳으로 보낸 게 아니라 바로 제갈성에게 점혈당한 세 군데 요혈을 향해 흘려보낸 것이었다.

그러나 세 요혈을 통하는 혈맥이 강을 막는 둑처럼 내력의 흐름을 차단했다.

내력이 막히자 무명은 마혈을 점혈당했을 때보다 더 갑갑함을 느꼈다. 그나마 귀식대법을 쓰는 것처럼 얕게 호흡되던 숨이 이제는 턱 막혀 버렸다.

'……!'

머리에 피가 모이고 전신이 뒤틀리는 것 같았다.

바로 주화입마의 기미였다.

하지만 무명은 내력 운용을 멈추지 않았다.

주화입마에 들어 폐인이 되어서 죽든, 소림사 참회동에 갇혀서 늙어 죽든 마찬가지가 아닌가?

곧 세 군데 혈도는 비좁은 길에 사람들이 몰린 것처럼 병목 현상을 일으켰다. 이제 돌이킬 방법이 없었다. 혈맥이 뚫리든, 아니면 몸이 박살 나든 둘 중 하나였다.

무명이 속으로 비명을 토했다.

'끄으으으으!'

그때 밧줄을 준비하던 무사들도 무명이 이상하다는 것을 깨달았다.

"이자가 왜 이러지?"

"몸을 부르르 떠는군. 점혈당한 게 아니었나?"

무사들이 고개를 갸웃거리며 무명에게 바싹 고개를 들이댔다.

순간, 무명의 신체 내부에서 내공 진기가 해일처럼 밀려들어 막힌 혈맥의 둑에 금을 냈다.

쩌저적…….

한번 금이 가자 제방이 무너지는 것은 금세였다.

단전에서 쏟아진 내력의 흐름이 제갈성이 점혈한 세 군데 혈맥을 뚫어버리며 전신으로 퍼져 나갔다.

무명은 귓가에서 환청을 들었다.

쏴아아아아!

소행자와 우수전에게서 흡수했던 내력이 전신의 혈맥을 거침없이 관통했다.

순간 무명은 몸이 활활 불타는 구덩이에 떨어진 것 같은 열기를 느꼈다. 동시에 낙숫물이 고드름으로 얼어붙는 빙판의 냉기를 느꼈다.

불과 얼음의 기운이 신체 내부에서 큰 폭발을 일으켰다.

퍼어어어엉!

무명이 기합을 토하며 사지를 활짝 펼쳤다.

"하아아압!"

얼굴을 바싹 들이대고 있던 무사 두 명이 무명의 두 주먹에 맞아 날아갔다.

터텅!

붕 떠서 날아간 두 무사는 벽에 충돌하며 부딪쳤다. 둘은 그대로 바닥에 쓰러진 뒤 일어나지 못했다.

무명이 어리둥절한 눈으로 두 손을 내려다봤다.

"내가 저들을 공격한 건가?"

그러다가 자신이 말을 한다는 사실을 깨달았다.

"점혈이 풀렸군."

그랬다. 내공 진기가 막힌 혈맥을 뚫어버리자 제갈성에게 점혈당한 마혈이 풀려 버렸던 것이었다. 그리고 점혈이 풀리자 솟구치는 기운을 감당할 수 없어서 만세를 부르는 것처럼 갑자기 사지를 펼쳤던 것이었다.

무명은 쓰러져 있는 두 무사를 차갑게 응시했다.

그들을 다치게 할 생각은 없었다. 예전 같으면 본의가 아니었다며 미안해했으리라.

하지만 이제 섣부른 동정은 하지 않기로 했다.

"어차피 날 잡아가려고 하던 자들이다."

약육강식의 강호. 맹수는 사냥감을 걱정하지 않는다.

그때였다.

벽에 처박힌 무사 하나가 품에서 뿔피리를 꺼내서 부는 것이 아닌가?

뿌우우우…….

있는 힘을 다해 뿔피리를 분 무사는 바로 혼절해 버렸다.

무명은 잠시나마 무사들을 신경 쓴 자신이 우스웠다.

신진 방파의 무사이지만 엄연히 제갈성의 선택을 받은 자들이다. 죽는 것보다 임무를 끝내지 못하는 것을 수치스러워하는 자들의 기강을 얕본 것이 실수라면 실수였다.

방 밖의 복도에서 엄청난 기운이 쇄도하는 것이 느껴졌다.

무명은 앞뒤 가리지 않고 창문으로 몸을 던졌다.

콰장창!

그는 창문을 박살 내며 밖으로 나오는 데 성공했다.

창문 밖을 지키고 있던 무사 한 명이 깜짝 놀라며 검을 뽑아 들었다.

무명이 인정사정 봐주지 않고 일장을 뻗었다.

스스스.

무사는 채 검을 뽑기 전에 무명의 일장이 날아오자 반사적으로 팔을 들어 막았다.

그러나 먼 곳의 허공을 타격하는 소행자의 수준에는 못 미쳐도 무명의 벽공장에는 상당한 공력이 실려 있었다.

그의 일장이 무사의 팔을 분지르면서 가슴팍에 박혔다.

터엉!

가슴뼈가 무너진 무사는 비명도 지르지 못하고 쓰러졌다.

마치 촉나라의 무신 관우가 청룡언월도를 쓰는 것 같은 장면이었다.

관우와 맞선 상대는 그의 초식이 단순한 것을 보고 도검을 들어서 막으려 들기 일쑤였다. 하지만 팔십이 근이 나가는 청룡언월도는 도검을 두부처럼 두 동강 내버렸던 것이다.

상대가 그 사실을 깨달았을 때는 이미 목숨이 끊어진 뒤였다.

소행자와 우수전의 내력을 흡수한 무명.

그가 출수하는 벽공장은 먼 곳을 타격하지도 못하고 이렇다 할 변화 없이 단순했지만 위력만큼은 강맹했던 것이다.

무명은 쓰러진 무사의 허리춤에서 검을 뽑았다.

동시에 고개도 돌리지 않은 채 등 뒤로 검을 던졌다.

쉬이익!

그리고 몸을 날려서 담벼락에 뛰어오른 뒤 다른 건물 지붕을 향해 도약했다.

마침 제갈성이 부서진 창문으로 막 다가오던 중이었다.

검이 번개처럼 제갈성의 인중으로 날아들었으나 그는 가볍게 고개를 돌려서 피했다.

팍!

검이 벽을 뚫고 박혔다.

놀랍게도 벽에 박힌 검은 검날이 한 치도 없이 몽땅 들어가서 밖에 남은 부분은 검 자루밖에 없었다. 무명이 던진 검에 엄청난 내력이 실려 있었다는 뜻이었다.

제갈성이 검을 슬쩍 보며 냉랭하게 말했다.

"내 점혈을 푼 것도 그렇고 대단한 내력이군."

그가 쓰러진 무사에게 다가가 세 곳의 요혈을 점혈했다. 고통을 줄이고 호흡이 안정되게 하는 점혈이었다. 하지만 응급조치일 뿐, 무사가 입은 상처는 얕지 않았다.

획! 제갈성이 몸을 날려 담벼락 위로 뛰어올랐다.

하지만 주위 사방팔방의 어떤 지붕에도 무명의 모습은 보이지 않았다.

제갈성은 잠시 정신을 집중하며 주변의 기척을 읽었다. 그러나 마찬가지였다. 무명의 발소리나 낌새는 이미 흔적도 없이 사라진 뒤였다.

"놓친 건가."

제갈성이 쓴웃음을 지으며 중얼거렸다.

"역시 내 생각이 옳았군. 이강보다 더욱 주의했어야 할 자다."

그가 고개를 돌려서 남쪽 하늘을 바라봤다.

"어차피 갈 곳은 뻔하다."

제갈성이 보고 있는 남쪽은 바로 소림사가 있는 하남 땅 방향이었다.

곧 무사들이 달려왔다. 제갈성은 부상당한 무사들을 데려가서 치료하라고 명령한 뒤 다시 방으로 들어갔다. 그리고 먹을 갈며 새 서찰을 쓸 준비를 했다.

그런데 이번에 그가 탁상에 펼친 종이는 어른 엄지손가락만 한 작은 크기였다.

붓 또한 대롱처럼 가느다란 세필(細筆)이었다.

제갈성이 작은 종이에 깨알처럼 글자를 쓰기 시작했다.

'환관의 정체와 의도가 수상하다. 잡아라.'

그는 잠깐 무언가를 생각한 뒤 서찰에 한 줄을 추가했다.

'죽이든 살리든 상관없다.'

계속해서 그는 똑같은 내용의 서찰을 몇 개 거듭해서 작성했다.

비둘기의 발에 묶어서 중원 각 지역의 제갈세가 세작에게 보낼 전서구용 서찰이었다.

무명은 안전가옥의 담벼락을 뛰어넘었다. 그리고 다른 건물들의 지붕을 몇 차례 뛰어서 도망쳤다.

그러다가 도중에 오 층 전각을 발견하자 재빨리 몸을 숨겼다.

이제 경신법에도 자신이 붙었다. 하지만 일반인보다 조금 빨리 달리고 높이 뛰는 정도였다.

만약 제갈성의 시선에 발각된다면 붙잡히는 것은 시간문제이리라. 삼류 수준의 경신법으로는 그를 따돌릴 수 없을 것이었다.

그는 숨을 죽인 채 기다렸다.

'제갈성이 도주 방향을 읽고 추격해 오면 끝장이다.'

망자를 피해서 호흡과 감정을 숨길 때보다 오히려 더 진땀나는 순간이었다.

차 한 잔 마실 시간이 지났는데도 추격하는 낌새는 없었다.

'이제 안전하겠지.'

무명은 그제야 안도의 한숨을 쉬면서 전각에서 거리로 내려갔다.

그는 일부러 사람들이 많은 곳으로 이동했다. 그리고 인파속으로 들어가 모습을 감췄다.

무명은 저잣거리를 통과해서 관아로 갔다.

동창 환관이 도착했다는 말을 듣자 관아의 벼슬아치들이
나와서 허리를 굽혔다.

"아이고, 어서 오십시오! 대체 이곳은 무슨 일로?"

그들은 동창 환관에게 잘못 보일까 봐 겁을 먹은 눈치였다.

무명이 목패와 통행증서를 보이며 말했다.

"관마(官馬)를 두 필 빌릴까 하오."

"관마요? 가져가십시오. 열 필이라도 못 내드리겠습니까?"

소행자와 주국성은 꽤 오랜 시간 동안, 어쩌면 영영 사람들
이 찾지 못할 것이다.

하지만 우수전의 경우는 달랐다.

화원에서 그의 시신이 발견된다면 왕직이 수로공에게 귀띔
을 할 가능성이 높았다. 수로공은 부총관태감 장량의 용모파
기를 도성을 비롯한 각지 관아에 돌리고 수배에 나설 것이다.

그러나 관리들의 행동을 볼 때 아직 우수전은 발견되지 않
은 것 같았다.

그게 아니면 관아에 수배 소식이 전달되지 않았든지.

어느 쪽이든 무명에게는 다행이었다.

그는 진문과 정영이 동행 중인 소림사행을 따라잡을 생각
이었다.

도성에서 소림사가 있는 하남 땅까지는 꼬박 며칠이 걸린
다. 식음을 전폐하고 말을 달리면 중간에 따라잡는 것도 불가
능하진 않았다.

관마를 두 필 빌리는 것도 그래서였다. 말 하나를 탈진할 때까지 타고 달리다가 다른 말로 갈아타고 추격할 생각이었다.

그리고 문사를 심문할 작정이었다.

'내 과거 신분을 알아낼 유일한 기회다.'

제갈성이 그에게 품은 의심이나 누명을 벗어야겠다는 생각은 없었다.

게다가 목숨을 걸고 구한 망자비서는 제갈성이 무사를 시켜서 가져갔다. 더 이상 제갈성과 무림맹에게 빚진 것은 없었다.

이제 무명에게 명문정파와 흑도 무리는 아무런 차이도 없었다.

'정파든 사파든 어차피 자신들 위세를 높이기 위해 행동하는 것은 똑같다.'

어쩌면 이강의 말이 옳을지도 몰랐다.

자신과 상관없으면 그냥 놔둔다. 자신을 해치려는 자들은 똑같이 되갚아준다.

그러지 않으면 살아남을 수 없는 곳이 강호였다.

관리들은 아첨을 하며 난리를 떨었다. 동창 환관이 작은 관아에 방문했으니 어떻게든 뇌물과 향응을 대접해서 연줄을 만들기 위해서였다.

하지만 무명은 일언지하에 거절했다.

"잠깐 시간을 내주십시오, 혜혜."

"그러다 황궁에 입궁 못 해서 황상께 불충을 저지르면 누가 책임질 것이오?"

"……"

그 말에 관리들은 더는 무명을 붙들지 못했다.

무명은 관아의 마구간으로 가서 목패와 통행증서를 보이고 말 두 필을 빌렸다.

곧 마구간지기가 말을 끌고 왔다.

그가 두 필의 말을 번갈아 가리키며 말했다.

"이놈은 발이 빠른 대신 체력이 약합니다. 이놈은 발이 조금 느리지만 끈기가 있어서 쉽게 지치지 않습니다."

무명은 마침 잘됐다고 생각했다.

일단 느리지만 끈기 있는 말을 타고 길을 떠난다. 그러다가 소림사행의 자취를 발견하면 발 빠른 말로 갈아타고 속도를 높여서 따라잡는다.

"수고했소."

무명은 고삐를 넘겨받았다.

그때 마구간지기가 이상한 눈초리로 말했다.

"나리 손이……."

무명은 무심코 손을 내려다봤다.

그의 두 손이 정체 모를 붉은 액체에 흠뻑 젖어 있었다.

말고삐를 건네던 마구간지기가 두 눈을 휘둥그레 뜬 채 말했다.

"나리 손에서 피가 흐르고 있습니다!"

그의 말은 사실이었다.

무명이 무심코 고개를 내리자 두 손이 이미 붉은 액체에 흠뻑 젖어 있었던 것이다.

무명은 깜짝 놀라서 몸을 살폈다.

'제갈성의 암수에 당해서 출혈이 있었던 건가?'

하지만 피가 흐르는 상처도, 고통이 느껴지는 곳도 없었다.

이상했다. 그렇다면 두 손은 왜 피범벅이 되어 있다는 말인가?

문득 무명은 손뿐만 아니라 전신이 축축하다는 것을 깨달았다. 팔을 들어보자 겨드랑이 역시 정체 모를 액체에 축축하게 젖어 있었다.

그제야 무명은 액체의 정체가 무엇인지 깨달았다.

그것은 피가 아니라 땀이었다.

문제는 땀이 왜 핏물처럼 붉은색을 띤 것도 모자라 쩍쩍 들러붙듯이 끈끈하냐는 것이었다.

마구간지기가 조심스레 물었다.

"나리, 빨리 의원에 가보셔야 되지 않습니까?"

"이건 피가 아니오."

"네? 그럼……."

"땀을 좀 많이 흘린 것뿐이니 걱정 마시오."

무명이 말을 일축했다. 하지만 마구간지기는 여전히 불안한 눈초리를 지우지 않았다.

그가 불안해하는 것도 당연했다. 급기야 무명의 얼굴에서도 붉은 진땀이 흘러서 턱 밑으로 뚝뚝 떨어지기 시작했던 것이다.

무명은 빨리 자리를 뜨기로 했다.

"수고했소. 이걸로 술이나 한잔하시오."

그는 마구간지기에게 은자를 한 푼 찔러주었다. 그리고 두 말의 고삐를 연결한 다음 끈기 있는 말에 올라타서 관아를 나섰다.

"이랴!"

무명이 두 필의 말을 끌고 거리로 달려갔다.

그런데 마구간지기는 무명의 모습이 사라질 때까지 한참을 문가에 서 있었다. 말 위에 탄 환관이 언제 떨어질지 모를 정도로 몸을 휘청거려서 걱정이 되었던 것이다.

마구간지기가 혀를 끌끌 차며 중얼거렸다.

"사람이 붉은 땀을 흘리다니 제 명에 못 죽겠군."

그는 고개를 저으며 마구간으로 돌아갔다.

무명은 두 필의 말을 끌고 거친 길을 달렸다. 밥 한 끼 먹을 시간을 쉬지 않고 달렸을 때 드디어 관도가 나왔다. 관도(官道)는 도성과 각 지방의 주요 도시를 연결하는 길이다.

중원의 땅덩어리는 상상 못 할 만큼 넓다. 동쪽 끝은 해가 떴는데 서쪽 끝은 아직 한밤중인 곳도 있을 정도였다. 말을 타고 밤낮을 쉬지 않고 달려도 며칠, 아니, 한 달 넘게 걸리는 곳이 허다했다.

때문에 중원 사람들은 수로(水路)와 관도를 이용했다.

중원의 동서를 오갈 때는 주로 수로를 이용해서 배를 타고 이동했다. 황하와 장강의 지류는 대륙 구석까지 퍼져 있어서 첩첩산중이 아니면 못 가는 곳이 없었다. 또한 수로가 없는 곳이나 남북으로 오갈 때는 관에서 만든 관도를 이용했다.

관에서 만든 관도는 거칠고 평범한 길과 달리 비교적 잘 정비되어 있었다. 각 지역마다 관도 중간에 관문이 있어서 사람들에게 통행세를 받는 체제였다. 관도에 오르자 무명은 속도를 낼 수 있었다. 무명은 전속력으로 말을 달렸다.

"이라!"

관도를 계속 따라가면 정영과 진문이 있는 소림사행을 따라잡을 수 있을 것이다. 하지만 잠시도 시간을 지체할 수 없었다. 언제 제갈성과 무사들이 뒤를 추격해 올지 몰랐다.

그들에게 꽁무니를 잡힌다면 끝장이었다. 대낮에 말을 달리자니 햇빛이 너무 따가웠다. 관도는 황무지를 뚫고 나 있는 바람에 햇빛을 피할 그늘도 딱히 없었다. 무명의 전신에서 물처럼 땀이 흘렀다. 그런데 이상하게도 몸은 으슬으슬 떨리는 것이었다.

'고뿔이라도 걸린 건가?'

진땀이 흐르는데 몸은 한기를 느낀다. 전형적인 고뿔 증상이었다.

더욱 걱정되는 것은 안 그래도 붉은 땀의 색이 점점 핏물처럼 짙어진다는 점이었다.

하지만 무명은 이를 악물고 말을 달렸다.

'내가 먼저 소림사행을 따라잡아야 한다. 제갈성에게 꽁무니를 잡히면 모든 게 끝이다.'

그러나 그는 몸 증상이 단지 고뿔이 아니라는 사실을 꿈에도 알지 못했다.

무명은 죽어라 말을 달렸다.

어느새 해가 떨어지고 밤이 찾아왔다.

중간에 길옆에 있는 객잔이 나왔다. 며칠이 걸려야 다른 지역에 갈 수 있기 때문에 여행자들을 위한 객잔이 관도 곳곳에 문을 열고 있었다.

무명은 객잔에서 국수 한 그릇을 먹고 말에도 물과 먹이를 먹였다.

그런 다음 쉬지 않고 바로 길을 나섰다.

그는 정신이 혼미한 가운데 반쯤 잠이 든 상태로 말을 탔다. 물론 몸 상태는 조금도 나아질 기색이 없었다.

결국 말 위에서 밤을 새우게 되었다.

어느새 날이 밝았다. 마침 관도 옆에 새 객잔이 나왔다.

"잠시 쉬어갈까."

무명은 점소이에게 말을 건네고 물과 먹이를 주라고 했다.

그러다가 무심코 생각이 나서 물었다.

"혹시 소림승이 있는 일행을 본 적 없소?"

"봤습니다."

무명은 귀가 솔깃했다.

"그들이 언제 이곳을 지나갔소?"

"지나간 게 아니라 여기서 하룻밤 묵고 갔는뎁쇼. 아까 새
벽에 떠났으니 아직 멀리 가지 못했을 겁니다."

"……!"

무명은 점소이에게 은자를 주면서 끈기 있는 말을 중간 관
문으로 보내라고 부탁했다.

그가 바로 떠나려고 하자 점소이가 물었다.

"말이 아직 먹이를 다 먹지 않았는뎁쇼? 식사는 안 하십니
까?"

"괜찮소."

무명은 빠른 말로 갈아타고 객잔을 떠났다.

"이랴! 이랴!"

그는 연신 채찍을 휘둘렀다. 말이 탈진하기 전에 소림사행
을 따라잡을 생각이었다.

'오늘 해가 지기 전에 따라잡아야 한다.'

그렇지 못할 경우 제갈성에게 추격당하고 말리라.

어느새 대낮이 되어 해가 중천에 떴다.

곧 흙먼지가 날리는 황무지가 끝나고 산길이 나왔다. 그렇
다고 비탈길을 오르는 것은 아니었고, 양쪽에 자리한 산과 산
사이로 협곡이 나 있었다.

무명은 협곡을 따라 말을 달렸다.

정신이 혼미한 바람에 말에서 떨어질 뻔한 것도 벌써 몇 번이 넘었다.

얼마나 말을 달렸을까, 귓가에 물 흐르는 소리가 들렸다. 고개를 돌리자 협곡 옆을 따라 흐르는 작은 개울이 보였다.

"잠깐 쉬어가자……."

무명은 개울로 가서 말에게 물을 먹였다.

그리고 자신도 물을 마시고 정신을 차릴 겸 세수도 하려고 개울에 얼굴을 들이댔다.

순간 그는 깜짝 놀라고 말았다.

개울에 비친 얼굴이 그야말로 괴이했던 것이다. 얼굴 왼쪽은 붉게 상기되어 진땀을 뻘뻘 흘리고 있는 반면, 얼굴 오른쪽은 허옇게 서리가 얼어서 벌벌 떨고 있는 게 아닌가?

"대체 무슨 일이……?"

몸은 하나인데 열기와 냉기가 동시에 느껴지다니?

도무지 무슨 영문인지 알 수가 없었다.

한 가지 짐작되는 게 있었다. 바로 주화입마의 증상이었다.

"…운기조식을 해야 한다."

무명은 뻣뻣한 몸을 억지로 움직여서 가부좌를 틀고 앉았다. 그리고 가쁜 숨을 몰아쉬며 단전에 내력을 모으려고 했다.

그때였다.

단전에 뜨거운 기운이 모이는가 싶더니 바로 얼음 같은 냉기가 밀려드는 것이 아닌가?

두 기운은 단전에서 서로 합쳐지지 않고 따로 돌아다녔다.

마치 물과 기름이 뒤섞이지 않는 것처럼.

결국 무명은 운기조식은커녕 심호흡 한 번 제대로 하지 못하고 숨을 토했다.

"허억! 쿨럭쿨럭……."

보통 내공 진기는 뜨거운 기운으로 묘사되곤 한다.

내력이 얼음처럼 차가운 경우는 극히 드물었다. 간혹 냉랭한 내공을 수련하는 자는 사파의 사술을 쓰는 것으로 간주되었다. 차가운 내력에 당한 상대는 치료가 힘들뿐더러, 내력의 주인 역시 몸이 빨리 상하기 때문이었다.

순간 뇌리를 스치는 생각이 있었다.

"한빙조?"

우수전의 한빙조에 당했을 때 피가 흐르는 대신 혈맥이 얼어붙고 마비되었다.

즉, 우수전이 한빙공(寒氷功)을 수련했다는 말이 아니고 무엇인가!

순간 모든 수수께끼가 풀렸다.

무명이 신음을 흘리며 중얼거렸다.

"소행자와 우수전의 내공 진기가 상충하는 것이었군."

그랬다. 그의 몸속에서 소행자와 우수전의 내력이 끊임없이 서로 충돌하고 있었던 것이다.

소행자는 강호의 사대악인이지만 내공심법만은 정통이었다.

어떻게 배웠는지 알 수 없으나 그의 내공 진기는 명문정파 못지않게 정순했다. 특히 한빙석 침상 덕분에 뜨거운 내공 진기를 식히며 일 갑자 넘는 내력을 쌓을 수 있었다.

반면 우수전은 어려서부터 한빙공을 수련했던 것이다.

한빙공은 적을 마비시키기 때문에 위력은 고강하기 그지없지만, 자신 역시 몸이 크게 상할 수 있는 양날의 검이었다. 어쩌면 동창의 수장 자리에 오른 것도 그런 냉혹한 성격 탓일지도 몰랐다.

불과 얼음을 연상시키는 두 고수의 내공 진기.

그런데 무명은 불과 하루 사이에 두 내력을 흡수해 버린 것이다.

소행자의 내력을 흡수했을 때는 한빙석 침상에 오르는 천운 덕에 주화입마의 위기를 넘겼다. 반면 우수전의 내력을 흡수했을 때는 이상하게도 주화입마의 기미를 느끼지 못했다.

"우수전의 냉랭한 내력이 소행자의 뜨거운 내력에 식은 것이었군."

문제는 그다음이었다. 제갈성의 점혈을 풀기 위해 억지로 내공을 단전에 모은 것이 화근이었다.

타인의 내력을 빨아들이는 흡성신공.

흡성신공은 사파의 대표적인 무공이다. 속성으로 연공이 가능하지만 결국 자신의 몸을 해치게 되는 것이 사파의 무공이다. 즉, 흡성신공으로 흡수한 내력은 오랜 시간 조심해서 운기조식해야 온전히 자신의 것으로 만들 수 있었다. 하지만 과거 기억이 없는 무명은 무의식중에 흡성신공을 사용하지 않았는가? 게다가 하필 두 고수가 상충되는 내력의 소유자였을 줄이야……

극양과 극음. 정반대되는 두 내력이 서로 충돌하는 것은 시간문제였던 것이다.

핏물처럼 붉은 땀. 왼쪽은 진땀이 흐르고 오른쪽은 서리가 얼어붙는 몸. 극양과 극음의 내력이 몸속에서 사달을 일으키고 있다는 증거였다.

"이건 위험하다."

운기조식을 하여 두 내공 진기를 다스리지 않는다면 주화입마에 빠져 영영 폐인이 될 위기였다. 그러나 방법을 알 수 없었다. 흡성신공을 운용하는 법은커녕 무슨 내공심법을 수련했는지 기억이 나지 않으니……

급기야 무명의 몸은 학질에 걸린 것처럼 덜덜 떨리기 시작했다. 그때 물을 먹던 말이 몸을 돌려 개울가에서 달아났다.

관도 중간에서 말을 잃으면 죽은 목숨이다. 무명은 말을 잡기 위해 몸을 일으키려고 했다. 그러나 한 걸음도 가지 못해서 휘청거리며 바닥에 뒹굴고 말았다.

그는 땅바닥을 기며 말을 쫓아갔다.

"이대로 죽을 수는 없다……"

하지만 제자리에서 팔만 휘저을 뿐 한 치도 나아가지 못했다.

그런데 두 명의 그림자가 나타나 말고삐를 붙잡는 것이었다. 정신이 혼미해서 헛것이 보이는 것일까?

무명은 그림자의 정체를 알지 못한 채 혼절했다.

"…삼키시오."

누군가의 목소리가 들렸다.

"잘게 부수어 물에 개었으니 씹지 말고 그냥 삼키시오."

그가 입가에 그릇을 대고 기울였다.

무명은 입속에 들어오는 물을 삼켰다. 그냥 물이 아니라 특이한 냄새가 나는 가루를 섞은 것이었다. 그리고 다시 정신을 잃었다.

얼마나 시간이 흘렀을까, 무명은 정신이 돌아오는 것을 느꼈다.

그가 천천히 눈을 뜨자 두 남녀가 걱정스러운 눈빛으로 자신을 내려다보고 있었다.

"무명, 괜찮소?"

약간 쉰 듯한 목소리에 남자 같은 말투.

무명은 목소리를 듣자마자 누구인지 알아차렸다. 정영이었다.

"환단을 먹었으니 당장은 괜찮을 것이오."

진중하면서 무게감 있는 말투. 이번 목소리의 주인은 소림 승 진문이었다.

무명이 뻣뻣한 입을 열며 말했다.

"진문, 부탁이 하나 있소."

"무엇이오?"

"이런 말 해서 미안하지만 머리 좀 치워주시오. 눈이 너무 부시오."

"…아미타불."

진문의 민대머리가 반사하는 햇빛이 무명의 눈가에 직격으로 비추어서 눈을 뜨기 힘들었던 것이다. 진문이 쓴웃음을 지으며 옆으로 물러났다. 둘의 대화를 듣고 정영이 진문의 눈치를 보면서 '킥킥' 하고 소리 죽여 웃었다. 무명은 정신을 잃기 전에 목격했던 두 그림자의 정체를 알 수 있었다.

둘은 바로 정영과 진문이었다. 말은 달아나던 게 아니라 마침 개울가를 내려오던 정영과 진문을 보고 반기며 달려간 것이었다.

무명은 정영과 진문의 눈치를 살폈다. 둘은 묻고 싶은 게 많은 듯한 표정이었다. 왜 무명이 갑자기 관도에 나타났는지 궁금한 것이었다. 그제야 무명은 안심할 수 있었다.

'성공했군.'

천신만고 끝에 제갈성보다 먼저 소림사행을 따라잡는 데 성공한 것이었다.

죽음의 협곡 관도

4장.

　무명이 천천히 몸을 일으켰다.

　그는 무리하지 않고 상반신만 일으킨 채 가부좌를 틀고 앉았다.

　어느새 몸에서 열기와 냉기가 싹 사라져 있었다. 몸속을 어지럽히며 좌충우돌하던 소행자와 우수전의 내공 진기가 가라앉았다는 뜻이었다.

　무명이 물었다.

　"내가 먹은 환단이 무엇이오? 설마 소림사의 대환단?"

　"아쉽게도 소림사의 대환단은 아니오."

　진문이 피식 웃으며 대답했다.

소림사의 대환단은 강호에서 손꼽히는 영약 중 하나였다.

대환단을 먹으면 환골탈태 수준으로 몸이 건강해지는 것은 물론, 내력이 엄청나게 증가되는 효과가 있었다. 하지만 만들기가 힘들어서 대환단을 먹을 기회를 얻는 자는 백 년 동안 불과 몇 명이 못 되었다.

사실 아무나 쉽게 먹을 수 있다면 그게 영약이겠는가.

"소림승이 종종 만들어 먹는 환단일 뿐, 영약은 아니오. 대환단과는 비교도 안 되지만 그래도 잠시 내력을 진정시키고 몸을 안정시키는 효과가 있소."

진문이 설명했다.

그러다가 마음에 걸리는 게 있는지 한마디 덧붙였다.

"즉, 당신의 주화입마 기미는 완전히 나은 것이 아니오."

"……."

무명은 침을 꿀꺽 삼켰다.

진문은 무명이 언제 주화입마에 들지 모른다는 것을 한눈에 알아차렸던 것이다.

무명이 삼킨 환단은 임시방편으로 몸을 안정시켰지만 주화입마의 원인을 치료할 수준은 못 되었다. 물론 대환단을 먹는다고 해도 극양과 극음의 내력을 다스릴 수 있을지는 전혀 알 수 없었다.

정영이 걱정스러운 얼굴로 말했다.

"대체 어쩌다가 내상을 입었소?"

"그건……."

정영은 무명이 내상을 입어서 주화입마가 왔다고 믿는 것 같았다.

무명은 대답이 궁해졌다.

흡성신공으로 두 고수의 내력을 흡수하는 바람에 두 종류의 내공 진기가 몸속에서 날뛰고 있는 중이라고 말한다면? 그 것도 명문정파의 두 후기지수 앞에서?

입을 열어서 해명하기는커녕 어떤 핑계도 떠오르지 않았다.

무명이 침음하고 있자 정영이 말을 이었다.

"이럴 때가 아니오. 도성으로 돌아갑시다."

그녀가 진문을 돌아봤다.

"부맹주님이라면 무명을 구해주실 수 있을 거요."

무명이 어제 잠도 못 자고 제갈성을 피해 도망친 사실을 정 영이 알 리 없었다. 그런 판에 그녀가 제갈성에게 치료를 받아 야 한다고 말하자 무명은 쓴웃음이 나왔다.

진문이 고개를 저으며 말했다.

"이미 길은 절반쯤 왔소. 차라리 소림사로 가는 게 더 빠르오."

"그럼 어떻게 하면 좋소?"

"나한승들이 숭산을 내려와 관도로 마중 나온다고 했소. 빠르면 오늘 밤, 늦어도 내일 새벽에는 합류할 테니 무명을 그 들과 함께 먼저 소림사로 보냅시다."

"그때까지 무명은……."

"빈승은 그가 견뎌내리라 믿소. 아미타불."

진문이 반장을 하며 되뇌였다.

그때였다. 개울가를 따라서 무사들 몇 명이 모습을 드러냈다.

그들은 허리춤에 찬 검으로 손을 가져가며 말했다.

"누구입니까?"

"적이 아니라 일행이오."

정영이 대답했다. 그제야 무사들도 무명의 얼굴을 알아보고 경계심을 지웠다.

순간 무명은 정신이 번쩍 들었다.

주화입마에 들 뻔해서 잠시 잊고 있었던 것이 떠올랐다. 소림사행을 무리해서 추격한 이유, 바로 문사를 심문하기 위해서가 아닌가?

무명이 물었다.

"문사는 지금 어디 있소?"

"문사?"

정영과 진문은 영문을 몰라서 서로를 쳐다봤다. 진문이 대답했다.

"무사들과 함께 있소. 참회동에 가두기 위해 소림사로 데려가는 중이오."

"당장 문사를 만나야겠소."

"문사는 왜?"

"반드시 물어볼 말이 있소."

무명이 억지로 자리에서 일어섰다.

그가 몸을 휘청거리며 걷자 정영이 팔짱을 끼고 부축했다.

"괜찮소? 내게 몸을 맡기시오."

무사들이 이상한 눈빛으로 무명과 정영을 쳐다봤다.

강호에서 성인이 된 남녀가 몸을 가까이 하는 것은 금기였다. 또한 정영은 명문정파인 점창파의 후기지수인 반면, 무명은 관복을 입은 자가 아닌가?

사정이 그러니 정영이 거리낌 없이 무명과 몸을 접촉하는 게 수상쩍었던 것이다.

무명은 정영에게 사심이 없다는 것을 잘 알았다.

하지만 무사들의 시선을 대하자 신경이 쓰여서 말했다.

"괜찮소?"

"뭐가 말이오?"

"나는 정파인이 아닌 데다가 환관의 신분인데 몸을 가까이 하면 뒷말이 나올지도 모르오."

"환자를 돌보는 데 그런 게 무슨 문제요?"

정영은 전혀 신경 쓰지 않는 투였다.

무명은 더는 말을 꺼내지 않았다. 그녀의 순수함이 고마울 뿐이었다.

단지 한 가지 걱정이 됐다.

자신이 돕는 자가 흡성신공을 출수하는 정체불명의 세작이라는 사실을 안다면 그녀는 어떤 반응을 보일 것인가?

정영과 진문을 만나서 잠시 가벼워졌던 마음이 다시 차갑게 가라앉았다.

무명은 정영의 부축을 받아 문사가 있는 곳으로 갔다.

소림사행은 개울가에서 휴식을 취하던 중이었다. 문사는 널찍한 바위 위에 가부좌를 틀고 앉은 채 서책을 읽고 있었다.

"공자가 말하길, 배우고 틈나는 대로 익히면 또한 기쁘지 아니한가?"

그가 읽는 서책은 공자의 논어였다.

무명이 말을 걸었다.

"안녕하시오."

"오오, 자네는 과거 내게서 글귀를 배웠던 학사가 아닌가?"

문사는 여전히 정신이 오락가락하는 것 같았다.

무명이 논어의 다음 구절을 바꿔서 말했다.

"벗이 멀리서 찾아왔지만 즐거운 일은 없을 것이오."

"공자의 말이긴 한데 조금 이상하군."

"이상할 것 없소. 세상에는 더욱 괴이한 일이 많으니까."

무명이 주위에 있는 무사들을 둘러보며 말했다.

"잠시 자리를 비켜주시오."

십여 명의 무사들이 영문을 몰라서 정영을 쳐다봤다. 제갈성이 없는 지금은 그녀가 소림사행의 수장이었다.

정영이 고개를 끄덕이자 무사들이 일제히 자리를 떴다.

무사들이 목소리가 들리지 않을 만큼 멀리 떨어지자 무명이 문사에게 말했다.

"지금부터 내가 묻는 질문에 대답하시오."

"문답으로 학문을 논하자는 건가?"

문사는 여전히 엉뚱한 소리를 지껄였다.

이대로는 안 되겠다고 생각한 무명은 오른손을 들어 그의 어깨에 올렸다. 그리고 첫 번째 질문을 물었다.

"당신이 황궁 밑의 지하 도시를 만들었소?"

정영과 진문이 깜짝 놀라며 무명을 쳐다봤다.

하지만 문사는 계속해서 헛소리를 했다.

"땅 밑에 도시가 있다고? 염라대왕이 사는 곳인가?"

더 이상 참을 수 없었다. 무명이 문사의 어깨를 쥔 손에 힘을 주었다.

"크옥! 지금 뭐 하는 겐가?"

"아픈 게 싫으면 정신 똑바로 차리시오."

문사는 몸을 젖혀서 무명의 손을 뿌리치려고 했다. 하지만 무명의 손아귀는 단단히 그의 어깻죽지를 틀어쥔 채 놓지 않았다.

지금 무명의 수법은 우수전의 한빙조를 따라 한 것이었다. 한기를 담아서 상대를 마비시킬 수는 없으나 적어도 살점을 쥐어뜯는 효과는 있었다.

"크아악! 이보게들, 이 미친 자 좀 말려주게!"

문사가 소리쳤다. 그런데 정영이 무명에게 다가가려고 하자 진문이 슬쩍 손을 들어 막았다.

"왜 그러시오?"

"무명에게 생각이 있는 것 같소. 잠시 놔둡시다."

"……"

정영은 고개를 끄덕이며 뒤로 물러났다.

무명이 손아귀의 힘을 조금 풀면서 물었다.

"다시 묻겠소. 당신이 지하 도시를 만들었소?"

"그러고 보니 황궁 지하에 빈방들이 많다는 얘기는 들은 것 같군."

문사가 고통을 참으며 대답했다.

무명은 냉소를 흘렸다. 잔혹한 동창 환관의 수법도 때로는 쓸모가 있었다. 특히 눈앞의 문사처럼 말귀를 못 알아듣는 자한테는.

"수복화원의 우물에 지하 도시로 연결되는 통로가 있소. 당신이 그곳을 만들었다고 하던데?"

"수복화원? 아아, 거기 우물 물이 참으로 달고 시원했지."

무명이 다시 손아귀에 힘을 주었다.

"크아아악!"

"우리는 우물 밑에 난 통로로 지하 도시에 들어갔소. 당신은 호수에 있는 방에 갇혀 있었지. 기억하시오?"

"그, 그랬던 것 같군."

"왜 갇혀 있었소? 당신을 가둔 자가 누구요?"

"나를 가둔 자라, 가만 있자……."

문사가 잠시 골똘히 무언가를 생각했다. 그러다가 포권지례를 하며 말하는 것이었다.

"나를 그곳에 가둔 분은 황상일세."

"황상?"

이번에는 무명, 정영, 진문이 모두 놀랐다.

"황상에게 무슨 대죄라도 지은 것이오?"

그 말에 문사가 버럭 소리를 질렀다.

"대죄는 무슨! 황상이 나를 배신했으면 했지, 내가 죄를 지은 적은 없네!"

"……."

무명은 이번 말은 믿을 만하다고 생각했다.

문사는 황제의 명을 받아 지하 도시를 건축했을 것이다. 그러나 지하 도시가 완공되자 황제는 그를 영영 나오지 못하도록 얼어붙은 호수에 가두었다. 비밀 계획의 책임자를 죽여서 입을 막는 것은 흔한 일이 아닌가?

토사구팽. 문사는 일이 끝난 뒤 황제에게 버림받은 것이리라.

그렇다면 지하 도시를 만든 자는 결국 황제라는 것인가?

무명이 다음 질문을 던졌다. 어떻게 보면 가장 중요한 물음이었다.

"당신은 황태후와 어떤 관계요?"

"황태후 마마? 내 어머니이시다."

"뭐라고? 그게 정말이오?"

"그렇고말고. 마마는 황상의 어머니이시니, 곧 천하 모든 사람의 어머니이시지 않는가?"

다시 헛소리. 무명이 손아귀에 내력을 실어 힘을 주었다.

"크아아악! 제발 좀 그만하게!"

문사가 고통에 땀을 뻘뻘 흘리며 소리쳤다.

그러나 무명도 목숨을 걸고 하는 심문이었다. 내력을 잘못 운용했다가 다시 주화입마에 들면 끝장이니까.

무명이 손에 힘을 풀며 물었다.

"묻겠소. 황태후와 어떤 관계요? 당신이 아문이오?"

"아문?"

"황태후가 당신을 아문이라 부르지 않았소?"

"과거에 그렇게 불렸던 것 같기도 하고……."

문사는 점점 기억이 돌아오는 눈치였다.

"그러니까 마마께서 나를 아문이라고 부르셨단 말이지?"

"그렇소."

아문은 어렸을 때부터 불리던 아명일 것이다. 무명은 정신이 오락가락하는 문사가 과거 기억을 되새길 때까지 잠자코 기다렸다.

"내 밑에서 수학하던 학사 중 한 명이 어느 날 얘기했지."

문사가 무명의 눈을 정면으로 쳐다보면서 말했다.

"황궁 지하에는 이미 흑랑성 같은 장소가 있다고."

"흑랑성?"

무명, 정영, 진문이 깜짝 놀라며 서로를 봤다.

흑랑성은 과거 망자가 처음 출현한 장소로 강호에 알려진 곳이다. 문사의 말에 따르면 망자 소굴인 지하 도시 역시 흑랑성처럼 오래전부터 계획되고 만들어진 것이 틀림없었다.

실로 놀라운 일이었다.

이제 진문도 문사에게서 더 얘기를 끌어내야겠다고 여겼는지 질문을 던졌다.

"황궁에서 흑랑성과 관계 있는 자가 누구요?"

"그건 아마……."

문사가 기억을 더듬고 있을 때였다.

잠시 자리를 피했던 십여 명의 무사들이 정신없이 달려오며 소리쳤다.

"암습입니다!"

"암습?"

무명, 정영, 진문은 이번에는 어리둥절해서 서로를 쳐다봤다. 대체 누가 암습을?

"어떤 자들이오?"

"모르겠습니다. 갑자기 자객 일당이 나타나더니 신분을 밝히지 않은 채 공격하고 있습니다. 척후조로 나간 두 명은 이미 죽었습니다."

"뭐라고? 비겁한 자들 같으니!"

정영이 소리쳤다.

자객이 신분을 밝히지 않고 급습해서 적에게 큰 피해를 입히는 것은 병법의 하나다. 그러나 명문정파의 후기지수인 그녀는 용납할 수 없었던 것이다.

진문이 무명에게 물었다.

"혹시 망자비서를 갖고 있소?"

"…아니오. 비서는 제갈성이 가져갔소."

실은 제갈성이 빼앗아 간 셈이지만 사실을 그대로 밝힐 수는 없었다.

"그럼 자객들은 당신에게 망자비서가 없다는 걸 모르겠군."

진문이 그답게 침착하게 상황을 파악했다.

"사실을 안다고 해도 그냥 우리 모두를 죽인 다음 망자비서를 찾으려고 할 테고 말이오."

"그렇소."

스르릉! 정영이 척사검을 뽑으면서 무사들에게 명령했다.

"모두 전투를 준비하시오."

"존명!"

무사들이 협곡 위아래의 길목을 가로막으며 진영을 만들었다.

곧 자객 일당이 나타났다. 그들은 아래와 위 양쪽에서 소림사행을 포위하며 다가왔다.

숫자는 양쪽 모두 삼십여 명 정도로, 도합 육십 명.

소림사행은 십여 명의 무사들과 진문, 정영을 합치면 이십 명이 채 못 되었다. 한 명이 세 명의 자객을 상대해야 되는 상황.

그런데 자객들의 면면을 본 무명은 양미간을 일그러뜨렸다.

그들은 흑의와 흑건을 쓴 것도 모자라 검은 복면까지 써서 얼굴을 숨기고 있었다.

흑의인 집단이 두 손을 치켜들며 소리쳤다.

"만련천하! 시황영생!"

그들은 황금각 도박장에서 무명을 납치했던 정체불명의 조직 만련영생교였던 것이다.

진문이 말했다.

"협곡 윗길과 아랫길 양쪽으로 삼십 명씩이군. 우리는 포위되었소."

중원은 평지가 많기 때문에 관도는 대개 지평선이 보이는 황무지를 가로지른다. 하지만 일단 산과 계곡이 나오면 지세가 험해서 길이 엄청 좁아졌다.

지금 경우가 딱 그랬다.

협곡으로 난 관도의 왼쪽은 깎아지른 듯한 절벽이며, 오른쪽은 밑이 보이지 않는 수천 길 낭떠러지였다. 만련영생교의 진영을 돌파하지 않는 한 협곡에서 빠져나갈 길이 없었다.

소림사행은 생각지도 못한 장소에서 생각지도 못한 자들에게 포위된 것이었다.

정영이 입술을 질끈 깨물며 말했다.

"하필 협곡을 지나갈 때 암습을 당하다니 운도 더럽게 없소."

그 말에 무명이 반박했다.

"운 때문이 아니오."

"그럼 왜요?"

"저들은 우리가 협곡에 들어오길 노리고 있었을 것이오."

무명이 자신의 추리를 설명했다.

"저들은 우리보다 먼저 이곳에 도착해서 기다리고 있었소. 그게 아니라면 협곡 아래에서 추격해오는 것은 몰라도 위에서 길을 막지는 못했을 테니까."

"…그 말이 맞는 것 같소."

"이 협곡은 도성에서 소림사까지 가는 길에서 중간 지점이오. 제갈성이나 소림사로 도움을 청하기에 가장 애매하지. 즉, 저들은 이곳을 암습 장소로 미리 계획하고 있었을 것이오."

"그럼?"

"자객들은 소림사행이 도성에서 떠날 때부터 추적했던 게 틀림없소."

진문이 끼어들며 물었다.

"그 말은 세작이 있다는 뜻이오?"

"그렇소."

무명이 고개를 끄덕이자 진문과 정영은 침을 꿀꺽 삼켰다.

무명 역시 혼란스러운 것은 마찬가지였다.

만련영생교의 세작은 전진교 도사이자 창천칠조인 마지일 이었다. 그는 지하 도시에서 빠져나오지 못한 채 죽거나 망자 가 되었을 게 분명했다. 그렇다면 소림사행의 정보를 만련영생 교에게 넘긴 세작은 과연 누구일까?

마지일처럼 정체를 숨긴 자일까, 아니면 무사나 일꾼 중에 세작이 숨어 있는 것일까?

추리할 시간은 없었다.

협곡 윗길에서 만련영생교의 신도들이 양옆으로 비키며 길 을 만들자 흑의인 하나가 모습을 드러냈기 때문이었다.

무명은 한눈에 그가 누구인이 알아차렸다.

그는 무명이 납치되었던 배에서 망자비서가 있는 곳의 지도 를 내놓으라며 겁박하던 자였다. 다른 신도들과는 다르게 검 은 복면 속에서 은은히 뿜어 나오는 안광이 그가 무리의 수장 임을 증명하고 있었다.

흑의인이 무명을 보며 말했다.

"환관 장량, 오랜만이군."

그는 마지일을 시켜서 배로 납치해 왔던 무명을 기억하고 있었다.

무명이 대답했다.

"불로불사의 몸은 아니지만 아직 죽을 때가 멀었는지 여전 히 살아 있소."

"지금이라도 만련영생교의 신도가 되지 않겠느냐?"

"거절하지. 나는 천수대로 살다가 죽고 싶거든."

"생각을 바꾸게 될걸?"

"글쎄. 내가 좀 고집불통이라서."

무명은 한마디도 지지 않고 맞받아쳤다.

정영이 무명에게 물었다.

"저 흑의인을 알고 있소?"

"나를 납치해서 망자비서를 빼앗으려고 했던 자들이오. 마지일이 바로 저들의 세작이었소."

"마지일이?"

정영과 진문이 깜짝 놀란 얼굴을 했다. 둘은 만련영생교가 무명을 납치했을 때 배에 오르지 않았기 때문에 전후 사정을 이제야 알게 된 것이었다.

흑의인이 이번에는 정영과 진문을 포함해서 무사들을 둘러보며 소리쳤다.

"너희들에게 명령한다. 만련영생교의 신도가 되어 불로불사의 영생을 누리는 것이 어떠냐?"

진문이 양미간을 구겼다.

"불로불사라고?"

무명이 그의 물음에 대답했다.

"저들은 만련영생교라는 종교의 신도요."

"영생을 운운하며 중생들을 속이려드는 걸 보니 사이비종교가 틀림없군."

"그냥 사이비종교가 아니오. 저들은 망자를 숭배하오."

"뭐라고?"

"망자가 되면 불로불사하여 영생한다고 믿는 것 같소."

"말귀가 통하지 않는 자들이겠군."

진문의 지적은 정확했다.

하지만 강호의 추한 뒷모습을 잘 모르는 정영은 흑의인의 말속에서 모순을 발견하고 말했다.

"당신들이 우리 무사 두 명을 해쳤다고 들었소. 만련영생교가 영생을 누리게 한다면 그들은 왜 죽인 것이오?"

"불신자에게 영생은 없다. 시황을 믿지 않는 자들에게 내려 줄 것은 죽음뿐이다."

"허튼소리! 사람 생명은 하늘이 아닌 이상 누구도 좌우할 수 없다!"

정영이 분노하며 소리쳤다.

그녀가 척사검을 들어 흑의인을 겨누자 진문과 무명은 서로를 쳐다보며 어깨를 으쓱했다.

"정영 소저는 불의만 보면 참지 않는군. 한바탕 싸움이 벌어질 것 같소만?"

"자객이 암습했으니 어차피 생사를 건 싸움은 피할 수 없었소."

"그 말이 맞군."

진문이 뒤를 돌아보며 눈짓하자 무사가 그의 애병을 건넸다.

평소에는 길이가 다소 짧은 단봉. 그러나 두 개를 붙이면 일 장을 넘는 장봉으로 탈바꿈하는 병기였다.

그가 두 개의 단봉을 이어서 장봉으로 바꾼 뒤 높이 치켜 들었다가 바닥에 내리찍었다.

떠어어엉!

중간에 쇠를 녹여 심을 박은 봉이 암벽 길에 박히자 귀청을 때리는 소리가 울려 퍼졌다.

"아미타불. 빈승의 손속에 정이 없어도 너무 탓하지 마시오."

그의 말은 자객의 암습에 대항해서 기선을 제압하려는 것이었다.

하지만 진문이 짐작하지 못한 게 있었다.

'저들은 평범한 사이비종교인들이 아니라 정신 나간 광신도요.'

무명은 고개를 저으며 생각했다.

'설령 목숨을 빼앗기더라도 저들의 헛된 믿음은 꺾을 수 없소.'

아니나 다를까, 흑의인이 손에 든 검으로 무명 일행을 가리키며 외쳤다.

"불신자들에게 시황의 벌을 내려라!"

"만련천하! 시황영생!"

만련영생교의 신도들이 주문을 복창하며 검을 들고 달려들었다.

스르릉! 무사들도 일제히 검을 뽑아 들며 기수식을 취해 신도들에게 맞섰다.

챙챙챙!

검과 검이 맞부딪치자 메마른 협곡의 공기 중에 불꽃이 튀었다.

신도들의 숫자는 소림사행보다 족히 세 배가 많았다. 무사들은 한 명당 세 명의 신도를 상대해야 했다.

그러나 신도들은 무사들의 방어망에 가로막히고 말았다.

"하아앗!"

"크아아악!"

무사가 기합을 토하며 일검을 출수하면 신도가 비명을 내질렀다.

신도들은 일직선으로 뛰어들며 검을 마구잡이로 휘둘렀다. 무공을 아는 자들이라고 볼 수 없는 움직임이니, 제갈성의 눈에 든 신진 방파 무사들이 그들의 검술에 당할 리가 없었던 것이다.

불과 몇 합을 주고받았지만 무사들은 신도들의 공세를 거뜬히 막아냈다.

그러나 뜻밖의 일로 상황이 반전되었다.

"아아악!"

신도의 검에 찔린 무사 하나가 비명을 지르며 바닥에 쓰러졌다. 그는 쓰러진 뒤에도 사지를 괴이하게 비틀며 바닥을 뒹굴다가 곧 숨이 끊어졌다.

무명이 냉랭한 목소리로 말했다.

"저들은 검에 독을 묻히오."

"뭐라고?"

진문과 정영이 정신이 번쩍 든 얼굴로 신도들의 검을 살폈
다.

그들이 든 검은 푸르스름하지 않고 검날이 시커멓게 변색되
어 있었다. 스치기만 해도 목숨이 끊어지는 극독을 바른 게
틀림없었다.

정영이 분노를 참지 못하며 몸을 날렸다.

"하아아앗!"

쉬쉬쉭! 정영이 순식간에 검을 세 번 출수해서 만련영생교
신도 세 명의 가슴팍, 어깻죽지, 허벅지를 찔렀다.

크으윽! 검에 맞은 세 신도가 비명을 토했다.

그런데 세 신도들은 몸에서 선혈이 뿜어져 나오는데 바닥
에 쓰러지지도, 뒤로 물러서지도 않았다. 그들은 검을 두 손
으로 꽉 잡고 거듭해서 주문을 외웠다.

"만련천하, 시황영생, 만련천하, 시황영생……."

계속해서 주문을 외우던 신도들이 갑자기 몸을 세차게 떨
었다. 부르르르! 그러더니 그들이 고개를 홱 치켜들고 정영을
노려봤다.

정영은 신도들의 광기 어린 시선을 보고 침을 꿀꺽 삼켰다.

그녀는 어렸을 때 이와 비슷한 눈빛을 본 적 있었다. 무더
운 한여름, 광견병에 걸린 개의 눈이었다.

"만련천하! 시황영생!"

혹의인들은 검을 들고 정영에게 달려들었다.

정영은 침착하게 그들의 공세를 피하며 검을 찔렀다.

하지만 몇 번씩 검에 찔려서 피를 흘려도 신도들은 꿈쩍하지 않고 발광하며 검을 휘둘렀다. 게다가 스치기만 해도 치명상인 독 바른 검을 들고 있으니 쉽게 상대할 수도 없었다.

정영이 협곡 아랫길의 신도들을 상대하고 있자, 진문은 윗길의 무사들을 돕기 위해 몸을 날렸다.

휘익!

공중 높이 뛰어오른 진문이 장봉을 내려치며 일갈했다.

"아미타불!"

쩌러러렁! 굉음이 협곡을 뒤흔들었다.

광기에 휩싸여서 검을 휘두르던 신도들도 웅혼한 내력이 실린 진문의 일성을 듣자 깜짝 놀라며 움찔했다. 그리고 잠깐 동작을 멈춘 순간, 진문의 장봉이 공중에서 떨어졌다.

퍼억! 콰지직!

진문의 노기가 실린 장봉이 신도 하나의 몸을 반쯤 강제로 접어버렸다. 그러나 신도는 정영의 검에 맞은 자들처럼 주문을 외우며 쓰러지지 않고 버티는 것이었다.

"만련천하, 시황영생……."

항상 진중하던 진문도 넌더리를 내며 중얼거렸다.

"설령 사신(死神)이 온다고 해도 저들을 막을 수는 없겠군."

무명은 그 말을 듣고 무심코 고개를 끄덕였다.

그렇다. 만련영생교는 망자들을 숭배하고 있으니 죽음의 공포로써는 물리칠 수가 없었다. 오히려 스스로 목을 베어 망자가 되는 게 저들이 바라는 목표가 아닌가?

무사들은 잘 훈련된 검술과 방어 진영으로 만련영생교의 신도들을 상대했다. 반면 신도들은 독 바른 검과 부상당해도 쓰러지지 않는 광기를 앞세워서 공세를 멈추지 않았다.

싸움은 어느 한쪽이 우세를 점하지 못한 채 교착 국면에 빠졌다.

그때 흑의인이 검을 치켜들며 외쳤다.

"광명우사를 데려와라!"

"알겠습니다, 광명좌사님!"

그 말을 들은 무명은 문득 배에 납치되었던 때가 떠올랐다.

'신도들은 흑의인 수장을 광명사자라고 불렀다.'

당시는 그가 만련영생교의 수장인 줄 알았다.

그런데 지금 둘의 대화를 들으니 흑의인은 만련영생교의 제일 수장이 아니라 광명좌사이며 따로 광명우사가 있는 것 같았다.

그때였다.

정영이 싸우고 있는 협곡 아랫길에서 지축을 흔드는 굉음이 들리기 시작했다.

구르르르르······.

신도들이 좌우로 벌어져서 길을 열자, 여섯 명의 신도가 굵은 밧줄을 어깨에 짊어지고 큰 수레를 끌고 왔다.

무명, 정영, 진문과 무사들은 수레를 보자마자 입을 딱 벌리며 경악했다.

수레 위에는 강철 뇌옥이 놓여 있었는데, 그 안에 갇혀 있는 거한의 모습이 기괴하기 짝이 없었기 때문이다.

그는 망나니처럼 봉두난발의 머리를 했으며, 상체는 벌거숭이에다가 하반신에는 다 찢어져서 넝마 같은 하의만 걸치고 있었다. 또한 전신에 검흔과 상처가 빼곡해서 멀쩡한 곳을 찾기 힘들었다.

광명우사. 직함만 들어서는 만련영생교 교주의 오른팔과 같은 위치이리라.

그런데 눈앞의 인물은 죄인이나 다름없는 몰골이 아닌가?

게다가 거한은 손목과 복사뼈에 큼지막한 쇠고랑을 차고 있으며, 수레에 연결된 사슬이 쇠고랑을 단단히 꿰고 있었다. 광명우사는커녕 사파의 마두라고 해도 지나치게 과한 처사로 보였다.

신도 하나가 열쇠를 자물쇠에 넣어 수레에 연결된 사슬을 풀었다. 이어서 사슬을 잡아당기기 시작했는데, 얼마나 무거운지 세 명이 달려들어서 함께 당겨도 땅에 질질 끌릴 정도였다.

곧 광명우사가 찬 쇠고랑에서 사슬이 모두 빠졌다.

촤르르르.

사슬이 풀리자 신도 셋이 황급히 뒷걸음질 치며 수레에서 멀어졌다. 그들뿐 아니라 다른 신도들도 잔뜩 굳은 표정을 하고 몇 발자국 뒤로 물러났다.

이상했다. 무공도 모르면서 적에게 뛰어들 만큼 죽음을 도외시하는 자들이 교단의 광명우사를 두려워하다니?

순간 광명우사가 활짝 기지개를 켰다.

촤르륵! 손목에 걸린 사슬이 당겨지면서 하필 신도 하나의 발목에 감겼다. 그는 꼼짝없이 수레를 향해 빨려 들어갔다.

턱! 광명우사가 붕 떠서 날아온 신도의 머리를 과일 잡듯이 한 손으로 움켜잡았다.

그가 아무렇게나 손을 휘두르자 신도는 협곡 옆의 천 길 낭떠러지로 날아가고 말았다.

으아아아아……

신도의 비명 소리는 메아리가 되어 울려 퍼졌다.

뇌옥에 갇혀 있던 만련영생교의 광명우사.

그는 광신도도, 죄인도 아니었다. 접근하는 자는 무차별로 죽이고 보는 괴물이었다.

그는 쇠고랑이 풀리자 신도 한 명을 붙잡아 아무렇게나 절벽 아래로 집어 던졌다.

자신에게 접근하는 자는 아군 적군을 가리지 않고 죽이는 괴물. 그가 왜 쇠고랑을 차고 뇌옥에 갇혀 있었으며, 신도들이 왜 슬금슬금 그와 거리를 두려고 했는지 알 수 있는 장면이었다.

광명우사가 천천히 몸을 일으켜서 협곡에 발을 박고 섰다.

쿠웅.

광명우사는 그냥 거한이 아니라 거인이었다.

소림사행과 흑의인들 중에서는 진문의 키가 가장 컸는데, 광명우사는 진문보다 머리 하나가 더 컸다. 또한 어깨는 양옆으로 떡 벌어져서 정영보다 두 배 이상 넓었다.

하지만 그가 정상인이 아니라 광인이라는 증거가 있었다.

그의 두 눈에서 핏빛처럼 시뻘건 안광이 뿜어져 나오고 있었다. 그것은 신도들의 광기 어린 눈빛도, 내공 고수의 은은한 안광도 아니었다.

혼백이 없는 짐승의 눈빛이었다.

그때 광명좌사가 검으로 광명우사를 가리키며 외쳤다.

"광명우사! 시황의 이름으로 명하니 불신자들의 방어진을 뚫어라!"

광명우사가 번쩍 두 눈을 치켜뜨며 입을 열었다. 그는 막 잠에서 깨어나 정신이 없는 사람처럼 발음을 우물거리며 굼뜨게 말했다.

"…시황?"

"그렇다. 내 말은 곧 시황의 명령이다."

"…너는 시황이 아닌데?"

"불신자들을 물리치면 시황을 뵐 수 있을 것이다."

"…알았다."

광명우사가 몸을 돌리더니 수레에 놓여 있는 물건을 잡아들었다.

순간 소림사행 일행은 물론 만련영생교의 신도들까지 무심결에 침을 꿀꺽 삼켰다.

그가 집어든 것은 한 자루의 거도였는데, 강호인 누구도 본적이 없을 만큼 괴이한 병기였던 것이다.

거도는 자루만 해도 웬만한 창만큼 길었다. 또한 거도의 날은 어른 손 한 뼘 길이의 폭을 가진 언월도를 두 개 이상 합친 넓이여서 철판이라고 불러야 될 정도였다. 게다가 전체 길이가 정영의 키를 훌쩍 넘어 보일 만큼 장대했다.

광명우사가 하늘 높이 거도를 치켜들었다.

거인(巨人)이 거도(巨刀)를 수직으로 들자 협곡에 거대한 기둥 하나가 우뚝 솟아올랐다.

그가 무사들을 향해 고개를 홱 돌리더니 짐승의 포효를 울부짖으며 달려들었다.

구오오오오!

쿵쿵쿵쿵! 그가 한 걸음을 내디딜 때마다 수백 마리의 말발굽이 협곡을 달리는 것처럼 지축이 흔들렸다.

광명우사가 양팔을 한껏 뒤로 젖힌 뒤 가로 방향으로 거도를 휘둘렀다. 무사들은 땅을 박차며 뒤로 뛰어서 거도를 피하려고 했다.

하지만 그들이 착각한 것이 있었다.

광명우사는 몸집이 거대한 만큼 양팔도 길었다. 거기에다 정영의 키보다 기다란 거도의 길이까지 더해지니, 검로(劍路)의 사정거리가 강호인이 창을 쓰는 것과 비교도 안 될 만큼 넓었던 것이다.

부우웅!

순식간에 거도가 코앞으로 날아들었다.

무사들이 깜짝 놀라며 검을 들어 막았다. 그러나 그들의 검은 폭풍우가 몰아치는 바다에 뜬 낙엽처럼 거도에 맞아 날아가 버렸다. 챙강!

동시에 거도가 무사 세 명을 통째로 베어버리며 지나갔다.

좌아아악!

그야말로 일도양단.

정영과 무사들은 경악을 금치 못했다. 광명우사는 단지 몸집과 병기만 거대한 것이 아니라, 거도를 출수하는 속도마저 강호인이 흔히 말하는 쾌검의 수준에 도달해 있었던 것이다.

광명우사가 멈추지 않고 손목을 빙글 돌리며 거도를 휘둘렀다.

부우웅! 거도가 풍차 날개처럼 공중을 한 바퀴 돌더니 다시 날아왔다.

이번 검세는 무사들의 머리를 향하고 있었다. 그대로 멀뚱히 서 있다가는 목이 날아갈 게 분명했다.

정영이 몸을 굽히며 소리쳤다.

"피해!"

무사들이 지면에 바싹 닿도록 몸을 낮춰서 검로를 피했다.

그런데 거도가 갑자기 허공에서 곡선을 그리더니 바닥을 훑으면서 날아오는 것이 아닌가?

그 바람에 몸을 숙이던 무사들은 고스란히 검로에 노출되고 말았다.

정영이 무릎을 가슴에 딱 붙이고 몸을 둥글게 말면서 도약했다.

"뛰어!"

거도가 그녀의 발밑을 아슬아슬하게 스치고 지나갔다. 부우웅!

다른 무사들도 줄넘기를 넘듯이 뛰어서 거도를 피했다. 하지만 급하게 몸을 숙이던 무사 두 명이 그만 균형을 잃고 주저앉고 말았다.

"으아아악……."

무사 두 명은 비명도 다 지르지 못한 채 정통으로 거도를 맞고 말았다.

창졸간에 무사 다섯 명이 토막 난 시체가 되어 바닥에 피를 흩뿌렸다. 좁은 협곡 관도는 눈 깜빡할 사이에 피 칠갑을 한 지옥으로 변했다.

정영이 두 눈을 부릅뜨며 광명우사를 노려봤다.

그러나 분노를 터뜨릴 시간도 없었다. 그가 풍차처럼 거도를 돌리며 세 번째 공격을 가해온 것이었다.

"모두 도망쳐!"

정영이 명령하자 무사들은 몸을 날리고 바닥을 뒹굴면서 거도의 사정거리에서 벗어났다. 젊고 패기가 넘치는 무사들이었지만 꼴사나운 나려타곤을 펼치는 게 목숨이 달아나는 것보다 낫다는 사실을 깨달은 것이었다.

그러나 정영은 한 발짝도 물러서지 않고 광명우사의 거도에 맞섰다.

이번 검로는 그녀의 발목으로 날아들었다.

정영은 위로 살짝 뛰어서 거도를 피한 다음 역습을 꾀하려 했다. 그런데 그녀가 도약하는 찰나, 거도가 다시 한번 허공에서 곡선을 그리며 검로를 바꾸는 것이었다.

부우우웅!

거도가 허벅지를 두 동강 내려는 찰나, 정영이 공중에서 양 다리를 일자가 되게 펼치며 검로를 벗어났다. 그녀는 이미 광명우사의 노림수를 읽고 있었다.

"어림없는 수작!"

그런데 광명우사는 덩치와 다르게 임기응변도 뛰어났다. 그가 갑자기 손목을 빙글 돌리자 거도의 검면이 땅과 수직이 되도록 서버렸던 것이다.

휘릭!

검날이 아니라 아예 검면으로 날려 버리겠다는 속셈.

이제 거도가 그리는 반원의 사정거리를 벗어나지 않는 한, 몸을 숙이거나 이중 도약을 해서는 검면을 피할 수 없게 된 것이었다.

거도가 정영의 몸을 후려쳐서 뭉개 버리려는 찰나, 무사들이 움찔하며 고개를 돌렸다.

탓!

그런데 후려치는 소리가 어딘가 이상했다.

정신을 차린 무사들은 어떤 상황인지 깨달았다. 정영은 거도를 억지로 피하지 않고 두 발로 검면을 밟은 뒤 반탄력을 얻어서 오히려 광명우사를 향해 몸을 날린 것이었다.

상대의 공격을 피하지 않고 몸을 날리며 검을 찌르는 수법.

바로 사일검법의 진면목이었다.

"받아랏!"

쉬익!

정영의 몸과 검이 공중에서 일직선을 그렸다.

푹! 척사검이 거도를 쥐고 있는 광명우사의 엄지손가락을 정통으로 꿰뚫었다. 하지만 그는 거도를 떨어뜨리거나 비명을 지르기는커녕 아무렇지도 않은 듯이 재차 거도를 풍차처럼 돌렸다.

부우웅!

그러나 거도는 허공을 베고 말았다. 정영이 검을 찌른 순간 이미 땅을 박차고 뒤로 몸을 날렸기 때문이다. 전광석화처럼 적을 찌르고 사정거리에서 벗어나는 수법 역시 사일검법의 정수였다.

광명우사가 정영을 보며 말했다.

"…미꾸라지 같은 년!"

구오오오오!

그는 미친 듯이 정영을 향해 달려들었다.

그런데 그가 질주하는 모습은 술 취한 사람처럼 좌우로 비틀거리는 것이 어딘가 이상해 보였다.

고개를 갸웃하던 정영은 무언가를 깨닫고 침을 꿀꺽 삼켰다.

"당신, 양팔과 몸이……."

광명사자는 좌우 양팔의 길이가 크게 차이 났으며, 몸통 역시 가슴만 있고 배가 없는 것처럼 균형이 맞지 않았던 것이다. 상하좌우의 균형이 어긋난 몸으로 전력 질주를 하니 제대로 뛸 수 없는 게 당연했다.

그는 정영의 말을 듣지 못했는지 그대로 거도를 휘둘렀다.

하지만 정영은 그의 수법을 모조리 간파했다.

엄청난 크기와 길이의 거도를 믿을 수 없는 속도로 휘두른다. 또한 덩치와 다르게 중간에 검로를 바꿀 정도로 민첩하고 교활하다.

"하아앗!"

광명우사의 수법을 파악한 정영은 검로 안으로 뛰어들었다. 그리고 점창파의 보법을 밟아서 거도의 궤적을 아슬아슬하게 피하며 그에게 접근했다.

드디어 광명우사가 사일검법의 사정거리에 들어왔다.

척사검이 세 번 검광을 번쩍이며 광명우사의 오른 손목, 명치, 단전이 있는 아랫배를 관통했다.

쉬쉬쉭!

동시에 정영의 신형은 전광석화처럼 거도의 궤적 밖으로 빠져나왔다.

그녀는 숨을 고르며 광명우사를 지켜봤다. 곧 그가 무릎을 꿇고 땅에 쓰러지리라고 생각했기 때문이다.

그러나 정영의 짐작은 빗나갔다.

광명우사는 쓰러지기는 고사하고 크게 한 발을 내디디며 그녀를 향해 돌진하는 게 아닌가?

"말도 안 돼……!"

정영이 깜짝 놀라며 몸을 뒤로 날렸지만 때는 이미 늦었다. 검로의 궤적을 채 절반도 벗어나기 전에 거도가 엄청난 속도로 날아들고 있었던 것이다.

순간 옆에서 그림자 하나가 끼어들며 일장을 뻗었다.

바로 무명이었다.

소행자의 수법을 기억해서 출수한 벽공장 일 초가 거도의 검면을 정통으로 때렸다.

투웅!

무명의 벽공장이 반 장 밖에서 날아오는 거도와 충돌했다.

거도는 검로가 중간에서 틀어지며 위로 곡선을 그렸고, 덕분에 정영은 간신히 검세에서 몸을 빼낼 수 있었다.

정영이 의아한 눈빛으로 물었다.

"무명, 대체 어떻게……?"

무공을 전혀 모르던 무명이 일장으로 광명우사의 거도를 쳐냈으니 놀라는 것도 당연했다.

하지만 사정을 설명할 여유는 없었다. 광명우사는 정영의 검격에 당하고 무명의 응수에 거도가 막혀도 아무 반응 없이 계속해서 거도를 들고 공세를 멈추지 않았던 것이다.

구오오오오!

거도를 풍차 날개처럼 휘둘러서 협곡 위의 모든 것을 쓸어버리는 광명우사.

과거 초나라의 왕 항우는 산을 뽑아 던지는 힘과 세상을 뒤덮은 기운으로 천하를 호령했다. 지금 광명우사의 기세는 가히 패왕에 견줄 만했다.

결국 협곡 아랫길을 막은 무사들의 진영은 흐지부지 무너지기 시작했다.

반면 협곡 윗길은 만련영생교 신도들의 기세가 한풀 꺾이고 있었다. 삼십여 명의 신도들이 독 바른 검을 들고 동귀어진을 노리며 덤볐지만 진정한 고수 한 명에게는 상대도 안 되었던 것이다.

바로 소림승 진문이었다.

"광신도들아, 어서 와라!"

퍼퍼퍽! 진문이 장봉을 한번 휘두를 때마다 신도들의 머리가 깨지고 뼈가 부러져서 바닥에 나뒹굴었다.

일당백인 진문이 선두에서 날뛰자 무사들도 진영을 갖추고 신도들을 몰아붙였다.

협곡 윗길이 공세를 점하자 진문이 뒤를 돌아보며 외쳤다.

"조금만 버티시오! 내가 이들을 무찌르고 합류할 테니."

그때였다.

"하찮은 불문의 벌레여. 네 걱정이나 해라."

조용히 전세를 관망하던 광명좌사가 검을 쥔 채 두 손을 모아 합장했다. 그리고 빠르게 중얼거리며 주문을 외우기 시작했다.

"만련천하, 시황영생……."

곧 그의 옷자락과 소매가 태풍을 만난 것처럼 위로 솟아올랐다.

펄럭!

다른 신도들처럼 딱히 고수로 보이지 않던 광명좌사는 정체불명의 사술을 써서 내공을 증폭시키는 자였던 것이다.

광명좌사가 고개를 들자 두 눈에서 시퍼런 안광이 번쩍거렸다. 또한 옷자락이 바람에 나부끼듯 펄럭였으며 몸 주위에서 아지랑이처럼 푸른 기운이 어른거렸다.

스스스스스.

항상 진중함을 잃지 않던 진문이 침을 꿀꺽 삼키며 중얼거렸다.

"아미타불……."

지금 광명좌사의 내공 수위는 그가 평생 동안 단 두 번 목격한 것이었다. 소림사 방장이 구륜사의 잔존세력을 일망타진할 때 보였던 내공 진기가 눈앞의 광명좌사와 흡사했다.

그런데 소림사 방장은 당금 중원 무림에서 세 손가락 안에 꼽히는 고수였으니…….

광명좌사가 주문을 그치고 검을 핑그르 돌려 바로잡았다.

그의 검은 검날이 푸르스름하며 호수처럼 맑은 기운을 띠고 있는 것으로 보아 신도들처럼 독 바른 검이 아니었다.

독을 바르지 않아도 적을 쓰러뜨릴 수 있다는 자신감.

중원 삼대고수에 필적하는 내공 수위.

"불신자에게는 죽음뿐!"

광명좌사가 검을 비껴든 채 진문을 향해 달려들었다.

척! 진문이 장봉의 끝으로 광명좌사를 겨누며 그의 수법에 응수하려고 했다.

순간, 광명좌사의 신형이 눈앞에서 사라지는가 싶더니 어느새 진문의 코앞으로 들이닥치는 것이 아닌가?

타타타탓!

그는 땅을 네 번 박차며 달려왔는데, 그 네 번의 걸음이 경신법의 고수가 한 걸음을 내딛는 것보다도 빨랐던 것이다.

스팟!

광명좌사의 쾌검이 진문의 정수리를 노리고 날아들었다.

진문은 반사적으로 장봉을 수평으로 해서 검을 막았다. 그런데 광명좌사의 검이 쇠를 녹여 심을 박은 장봉을 두부 썰듯이 양단해 버리는 것이 아닌가?

써억!

순간 진문이 몸을 옆으로 비키며 빠르게 세 걸음을 물러났다.

만약 광명좌사의 쾌검에 놀라 멍하니 있었다면 검은 장봉을 가른 기세로 그의 머리까지 베어버렸으리라.

진문이 정확히 절반으로 두 동강 난 봉을 보며 신음을 흘렸다.

"으음……."

장봉이야 어차피 단봉 두 개를 합쳤던 것이니, 단봉 두 개를 드는 셈 치고 싸우면 되는 일이었다.

문제는 광명좌사의 무위였다.

그의 검법은 초식이 변화무쌍하지 않고 단순했으나, 쇠심이 든 장봉을 가볍게 자를 만큼 검에 강기가 담겨 있었다. 중원 삼대고수에 필적하는 내공 진기가 검에 실린다? 절대 무시할 수 없는 상대였다.

그런데 다음 순간, 진문은 광명좌사의 강점을 착각했다는 것을 깨달았다.

그의 진면목은 단순한 검의 강기가 아니었다.

타타타탓!

광명좌사가 재차 진문에게 달려들었다.

순간, 그의 신형이 진문의 좌우에서 동시에 나타났다.

스스스스.

신법이 워낙 빠르다 보니 마치 잔상이 둘로 나뉜 것처럼 착시가 보이는 것이었다. 동에 번쩍, 서에 번쩍이 단지 비유가 아니라 눈앞에서 실제로 펼쳐졌다.

진문은 단봉처럼 절단된 두 봉을 들고 가까스로 검격을 막아냈다.

깡깡깡!

쾌속한 신법에 이은 전광석화의 쾌검.

그러나 중원 무림의 태산북두인 소림사 승려의 정신력은 쉽게 허물어지지 않았다.

진문은 위기 속에서도 방어에 급급하지 않고 전세를 뒤집을 역습을 노렸다. 광명좌사가 검을 좌우로 벤 뒤 일직선으로 찌르는 동작이 그가 기다리던 찰나였다.

깡! 그가 봉의 끝으로 검을 살짝 비껴나도록 쳤다.

단지 근골이 꿰뚫리지 않기만을 바랄 뿐, 검이 살갗을 찢는다고 해도 어쩔 수 없었다. 광명좌사의 검은 독을 바르지 않았기 때문에 가능한 전법이었다.

검이 진문의 옆구리를 스치며 길게 검흔을 냈다.

촤악!

하지만 치명상을 입히지 못했다.

드디어 진문이 꾀한 기회가 왔다.

그는 이차 검격이 오기 전에 물러나지 않고 광명좌사를 향해 뛰어들었다. 그리고 몸을 빙글 돌리며 발차기를 날렸다.

"흐아아압!"

사각에서 날아와 적을 분쇄하는 회심의 뒤돌려차기.

강호에는 '남권북퇴'라는 말이 있다. 중원의 남방에 있는 문파들은 주먹을 쓰는 권법, 북방 문파들은 발을 쓰는 각법이 뛰어나다는 뜻이었다.

특히 소림사의 각법은 한번 도약하면 여덟 번 발차기를 하고 착지한다는 말이 있을 정도로 천하제일이었다.

빡! 소리가 나며 광명좌사의 갈비뼈가 통째로 무너져야 됐다.

…하지만 그것은 진문의 상상에 불과했다. 그의 발이 찬 것은 광명좌사가 남기고 사라진 잔상이었던 것이다.

타타타탓!

진문의 눈앞에서 땅을 박차며 뒤로 후퇴한 광명좌사는 기세를 멈추지 않고 옆에 있는 무사들에게 달려들었다.

무사들이 깜짝 놀라며 검을 들었다. 그러나 광명좌사는 그들이 검으로 방어하기도 전에 이미 한 명을 베어버리고 뒤로 지나쳐 버린 뒤였다.

촤아악!

검격에 가슴이 갈라진 무사는 비명도 지르지 못한 채 절명했다. 그런데 숨진 무사가 땅에 쓰러지기도 전에 광명좌사는 연속으로 몸을 날려 다른 무사를 공격했다. 촤악. 이어서 한 명 더. 촤악.

세 명의 무사가 마치 동시에 검에 베인 것처럼 스르르 땅에 쓰러졌다.

털퍼덕.

그제야 광명좌사는 잠시 공세를 멈추었다. 그리고 삐딱하니 고개를 돌려서 진문을 바라봤다.

"불신자여, 이래도 만련영생교에 무릎을 꿇지 않겠느냐?"

"…대단한 쾌검이오."

이제 진문도 그를 인정하지 않을 수 없었다. 정체불명의 사술을 쓴 것만 빼면 광명좌사는 무림맹의 누구도 쉽게 대적할 수 없는 고수였다.

"아니, 빠른 것은 검이 아니라 신법인가?"

"불신자가 제법 보는 눈은 있군."

광명사자가 피식 웃으며 중얼거렸다. 그가 처음으로 보이는 미소였다.

진문의 눈썰미는 정확했다. 광명사자의 진정한 위력은 쾌검이 아니라 신법이었다.

쾌검은 강호인이라면 누구나 꿈꾸는 경지다.

무공 초식은 빠르면 빠를수록 좋지만 특히 검법에서는 속도가 더욱 중요했다. 아무리 심후한 내력을 지닌 고수도 극성으로 쾌검을 수련한 자에게는 속수무책으로 당할 수 있었기 때문이다.

사람의 몸은 세 치만 잘못 꿰뚫려도 죽는다. 즉, 검에 급소를 찔리면 금강불괴가 아닌 이상 목숨을 잃는 게 당연한 것이다.

그런데 광명좌사의 쾌검은 강호에서 흔히 볼 수 없는 것이었다.

그는 검을 빠르게 출수하지도 않았고, 검법 초식이 쾌속하고 변화무쌍하지도 않았다. 단지 신법이 남달랐다. 보통 고수가 한 걸음을 내디디는 찰나, 그는 무려 일고여덟 걸음을 뛰어버리는 것이었다.

순식간에 코앞으로 접근해서, 또는 등 뒤의 사각을 파고들어 검을 찌른다.

제아무리 내공이 심후하고 초식이 정묘해도 당해낼 수 없지 않은가?

그나마 진문이 그의 쾌속 신법에 맞설 수 있는 까닭은 소림 무공이 기본기가 충실하기 때문이었다. 만약 편법이나 속성을 써서 무공을 익히는 문파의 제자였다면 광명좌사의 일검에 목이 떨어졌으리라.

하지만 무사들은 사정이 달랐다.

그들은 제법 기초가 탄탄했으나 소림 무공의 기본기에는 미치지 못했다. 신진 방파이니만큼 실전에 바로 투입하기 위해 검법과 전술을 주로 수련했기 때문이다.

소림승 진문도 피하는 데 급급한 광명좌사의 신법.

그의 검에 무사들이 추풍낙엽처럼 쓰러지는 것은 당연한 일이었다.

진문은 다급해졌다.

전황은 이미 패색이 짙었다. 패배는 시간문제였다.

아니, 패배가 아니라 전멸이 될지도…….

까앙! 진문이 봉 두 개를 부딪쳐서 크게 소리 내며 외쳤다.

"모두 중앙으로 모여서 입 구(口) 자를 만드시오!"

자신과 정영이 광명좌우사를 제압할 수 없다는 생각이 들자 진문은 생각을 바꿨다. 협곡 중앙에서 서로 등을 맞댄 체 둥글게 진영을 짜서 적을 상대하자는 작전이었다.

처억!

무사들이 일사불란하게 움직여서 어깨가 닿도록 바싹 붙었다. 그리고 신도들의 공세를 막으며 뒷걸음질 쳐서 협곡 중앙으로 모였다.

입 구 자 진영은 상대적으로 약한 쪽이 공격당할 곳을 줄여서 강적을 상대하는 전법이다. 지금은 협곡 좌우가 절벽과 낭떠러지이기 때문에 무사들은 입 구 자가 아니라 전후를 막는 이(二) 자 형태로 진영을 갖췄다.

"무명과 문사는 진영 안으로 들어가시오!"

그는 광명좌사와 싸우느라 무명이 벽공장을 써서 정영을 구한 일을 모르고 있었다. 때문에 무공을 모르는 무명과 문사를 진영 안에 두어 보호하려고 했다.

정영도 무명에게 말했다.

"어서 안으로!"

무명은 고개를 끄덕인 뒤 몸을 돌려 진영 중앙으로 들어갔다. 자유자재로 무공을 출수하는 고수라면 모를까, 일단 진영이 갖춰졌는데 밖에서 혼자 싸우는 것은 자살행위니까.

그제야 깜빡 잊고 있던 자가 있다는 것을 깨달았다.

바로 문사였다.

"이게 대체 무슨 변고인가?"

뜻밖에도 문사는 그다지 겁먹지 않았는지 담담한 얼굴이었다.

하지만 무명은 그의 두 눈에 기이한 빛이 감도는 것을 보고 속마음은 잔뜩 겁을 집어먹었으리라 생각했다.

"저들은 만련영생교의 신도들이오."

"신도? 학사가 아니고?"

"검을 들고 자객 놀음을 하는 학사도 있소?"

무명이 쓴웃음을 지으며 대꾸했다.

"그렇군. 어쨌든 저들의 기세가 흉흉한 걸로 보아 원하는 것을 내주어야 될 것 같네."

"그럴 수는 없소. 망자……."

순간 무명은 정신이 번쩍 들어서 말을 삼키고 말았다.

그가 고개를 홱 돌려서 만련영생교 신도들을 쳐다봤다. 문사가 무심코 던진 말속에 엄청난 수수께끼가 숨어 있었던 것이다.

'저들이 원하는 것을 내주어야 될 것 같다?'

그렇다, 자객이 암습하는 이유는 원하는 게 있기 때문이다. 그게 사람의 목숨이든 어떤 물건이든 간에.

그렇다면 만련영생교가 원하는 것은 무엇일까?

망자비서.

협곡 관도에서 만련영생교가 암습해 왔을 때 무명은 당연히 그들이 망자비서를 노리고 소림사행을 추적했을 거라고 여겼다.

하지만 그 생각은 착각이었다. 증거는 두 가지였다.

첫째, 무명은 망자비서가 없었다. 제갈성이 무사들을 시켜서 망자비서를 가져갔으니까.

둘째, 무명이 소림사행을 따라갈 거라는 사실을 아는 자는 제갈성밖에 없었다. 제갈성은 무명이 한시라도 빨리 문사를 심문해야 한다는 말을 들었으니까.

즉, 원래라면 무명은 지금 협곡에 없어야 했다.

그럼 만련영생교는 왜 소림사행을 암습했다는 말인가? 그 것도 무명이 일행에 합류하기 전부터 협곡 위아래의 길을 막고 매복까지 하면서?

앞뒤가 하나도 맞지 않았다.

혹시 제갈성이 무림맹을 배신하고 만련영생교에 정보를 판 것일까?

무명은 고개를 저었다.

그건 말이 안 됐다. 그런다고 그가 얻는 게 무엇인가? 차라리 무사들을 대동하고 직접 무명을 추격해서 붙잡으면 그만이었다.

무명은 망자비서도 없으며, 협곡 관도로 올 예정도 아니었다.

그렇다면 만련영생교가 원하는 것은…….

'망자비서가 아니다.'

그게 대체 무엇일까?

그때였다.

타타타타탓!

광명좌사가 훌쩍 공중으로 뛰어오르더니 수직으로 선 절벽을 평지처럼 달렸다. 그리고 몸을 날려서 무사들의 등 뒤에 착지했다. 탁.

진문의 명에 따라 무사들이 만든 입 구 자 진영이 단박에 파훼된 것이다.

아무리 잘 훈련된 무사들이더라도 단 한 명의 고수를 상대해 내기는 역부족인 세상. 그것이 강호였다.

입 구 자 진영은 서로 등을 맞댄 채 적을 상대하는 만큼 벽이 뚫려서 내부에 적이 들어오면 속수무책이다. 아니나 다를까, 광명좌사가 몸을 날려서 협곡 아랫길을 막고 있는 무사들에게 검을 출수했다.

등을 돌린 채 광명우사를 막던 무사들은 영문도 모르는 채 검에 베이고 말았다.

촤아악! 끄어어억…….

무사 세 명이 등에 일검을 맞고 땅에 쓰러졌다.

계속해서 광명좌사는 손속에 정을 두지 않고 마구 검을 휘둘렸다. 눈 깜짝할 사이에 무사 두 명이 비명을 지르며 무릎을 꿇었다.

"모두 피해라!"

진문이 광명좌사를 상대하기 위해 몸을 돌렸다.

그러나 때는 이미 늦었다. 무사들이 쓰러지는 바람에 생긴 진영의 공백으로 광명우사가 거도를 풍차처럼 휘두르며 발을 들였던 것이다.

부웅부웅!

가로로 늘어선 진영을 파괴하는 것은 송곳처럼 찌르는 쐐기 전법이었다. 등 뒤에는 광명좌사의 쾌검, 눈앞에는 광명우사의 괴력이 실린 거도. 안 그래도 위태롭던 무사들의 진영은 좌우로 뿔뿔이 흩어져 버렸다.

그 틈을 통해 광명우사가 진영 안으로 들어오는 데 성공했다.

진문은 굳건한 태도를 유지했지만 마음속은 번민으로 어지러웠다.

이제 마지막 불씨도 꺼진 셈이었다. 패배는 시간문제였다.

아니, 그냥 패배가 아니라 전멸이 될지도······.

그런데 그가 미처 생각지 못한 것이 있었다. 진영 한가운데에 무명이 있다는 사실이었다.

"무명!"

진문과 정영이 이를 악물고 광명좌사와 우사를 막으려 했다.

그러나 만련영생교 신도들이 어느새 무너진 진영 속으로

들어와서 둘의 앞을 가로막았다. 둘은 미친 듯이 봉과 검을 휘둘렀지만 광신에 찬 신도들이 몸을 던져서 달려들자 좀처럼 길을 뚫을 수 없었다.

결국 광명좌우사가 앞뒤에서 무명을 둘러싸고 포위했다.

무명은 그들과 마주하자 문득 한 가지 실마리가 떠올랐다.

마지일에게 점혈당해서 배에 납치되었을 당시, 광명좌사는 무명에게서 망자비서의 위치가 기록된 지도를 빼앗아 갔다.

하지만 그것은 황궁 서고의 지도일 뿐, 망자비서와는 아무 관련이 없었다. 즉, 황궁에 발을 들일 수 없다면 무용지물인 셈이었다.

'혹시 지도가 잘못된 것을 추궁하고 망자비서를 다시 내놓으라고 하려는 것일까?'

쿵쿵쿵.

광명우사가 지축을 흔들며 무명 앞으로 걸어왔다. 그리고 당장에라도 목을 내려치려는 듯 거도를 하늘 높이 치켜들었다.

그때였다.

누군가가 무명의 앞에 끼어들며 광명우사에게 명령했다.

"만련영생교의 신도는 검을 내리고 예를 갖춰라."

"당신은······."

광명우사가 고개를 갸우뚱 기울이면서 물끄러미 그자를 쳐다보더니 천천히 거도를 내렸다.

그자가 뒤로 고개를 돌려서 무명을 보며 말했다.

"이자는 우리의 적이 아니다."

누군가가 무명과 광명우사 사이에 끼어들며 말했다.

"만련영생교의 신도는 예를 갖춰라."

사뭇 위엄이 깃든 목소리.

광명좌사와 우사가 그를 향해 두 팔을 들며 포권지례를 올렸다.

척!

만련영생교의 수장 격이었던 광명좌사와 혼백이 없는 괴물인 광명우사를 말 한마디로 굴복시킨 자.

그는 다름 아닌 문사였다.

무명은 세상에 절대 존재할 수 없는 것을 본 사람처럼 얼어붙고 말았다.

"왜 그러는가? 벗이 멀리서 찾아왔으니 기쁘지 아니한가?"

문사가 무명을 보며 말했다.

"이런, 자네들한테는 벗이 아니라 불청객이었나?"

"……."

무명은 멍하니 문사를 쳐다봤다.

문사는 지하 도시의 얼어붙은 호수에서 긴 세월을 갇혀 있던 바람에 평소 정신이 오락가락했다. 하지만 지금 그의 눈빛과 목소리는 내공이 심후한 고수처럼 맑고 또렷했다.

"왜 그리 내 얼굴을 쳐다보는가?"

"…그동안 보인 언행이 모두 연기였소?"

"연기? 극단의 배우들처럼 말인가?"

"그렇소."

"나는 연기한 적 없네."

"그게 연기가 아니었다고?"

"그래. 주위를 보게. 모두 내 가르침을 받고 싶어 하지 않는가? 저들은 학사이고 나는 스승일세. 뭐, 요즘은 학사를 신도라고 부르는 것 같지만 변한 건 아무것도 없네. 단지……."

문사가 어깨를 으쓱하더니 말을 이었다.

"자네들이 겉모습만 보고 사람을 잘못 보았을 뿐이지."

그 말에 무명은 코웃음을 쳤다.

지모가 뛰어난 제갈성마저 문사를 제정신이 아닌 미치광이로 봤다. 소림사 참회동에 가두려던 이유도 그가 정신을 되찾을 때까지 여유롭게 심문하기 위해서가 아닌가.

무명이 물었다.

"대체 당신은 누구요?"

"나? 자네가 아문이라고 하지 않았는가?"

"말할 생각이 없다면 고문을 해서라도 알아내겠소."

무명이 싸늘한 눈빛으로 문사에게 다가가려 하자 갑자기 서늘한 기운이 느껴졌다.

척!

어느새 광명우사가 철판만큼 넓은 거도를 무명의 목에 갖다 댄 것이었다. 그는 괴력만 지닌 거인이 아니라 속도 또한 전광석화 같았다.

진문과 정영도 당황한 기색이 역력했다.

그들은 무명을 구하러 당장에라도 달려들려 했지만 이미 때를 놓친 상태였다. 신도들이 길을 막아서 시간을 벌었고, 광명좌우사가 무명을 인질로 잡고 있었기 때문이다.

둘은 발을 동동 구르는 심정으로 무명 쪽을 지켜볼 수밖에 없었다.

정영은 무명이 걱정되는지 소리쳤다.

"무명, 괜찮소?"

하지만 무명은 대답이 없었다. 문사와 눈빛을 마주하고 기 싸움을 벌이느라 다른 자의 목소리가 귀에 들리지 않았던 것이다.

문사가 말했다.

"내 정체가 그리 궁금한가?"

그런데 그가 갑자기 무언가를 발견했는지 무명을 뚫어지게 쳐다보다가 입을 열었다.

"기억을 잃은 모양이군."

"…그걸 어떻게 알았소?"

"자네 눈을 보고 알았네. 눈은 마음의 창이라고 하지 않는가?"

"또 허튼소리를 늘어놓는군."

"자네는 눈도 괴이하지만 입도 꽤 거칠군."

문사가 쓴웃음을 짓더니 고개를 갸웃거리며 말을 이었다.

"그럼 자네가 기억이 없다는 사실을 알아차린 증거를 대면 내 말을 믿겠나? 자네, 백령은침의 시술을 받았지?"

"……!"

그가 검지를 들어 자신의 뒷목을 가리켰다.

"자네 뒷목에 십자 모양의 흉터가 있지 않은가? 대답할 필요 없네. 표정을 보니 있다는 뜻이로군."

무명은 할 말을 잃은 채 다시 한번 얼어붙었다.

문사는 모든 것을 알고 있었다. 황궁 밑의 지하 도시에서부터 이매망량의 백령은침까지. 그가 모든 사건의 배후에 있는 자가 틀림없었다.

무명이 싸늘한 목소리로 물었다.

"당신이 이매망량의 수장이오?"

"내가? 아니네."

"또 거짓말로 속이려는 거요?"

"허어, 역시 아무것도 기억 못 하는 모양이군."

문사가 어깨를 으쓱하더니 말을 이었다.

"백령은침을 재시술받으면 기억이 돌아온다는 말은 들은 적이 있네."

"그 말을 어떻게 믿지?"

"내가 왜 거짓말을 하겠나? 학사들이 이렇게 좌우에 있는데."

그가 양옆을 번갈아 보며 고갯짓으로 광명좌우사를 가리켰다.

괴물 같은 무위로 소림사행을 압도한 광명좌우사. 둘이 옆에 있는데 무엇이 두려워서 거짓말을 하겠냐는 뜻이었다.

"하지만 포기하는 게 좋을 걸세."

갑자기 문사가 얼굴에서 웃음기를 싹 지우며 말했다.

"내가 자네라면 기억을 되찾으려고 하지 않겠네."

"…무엇 때문에?"

"글쎄. 자네는 차라리 기억이 없는 편이 더 나을 것 같아서 말야."

"어설픈 충고는 사양하겠소."

"좋을 대로 하게."

그때였다.

어디선가 웅혼한 내력이 실린 우렁찬 목소리가 협곡 관도에 울려 퍼졌다.

"아, 미, 타, 불."

한 명이 아니라 십여 명이 동시에 외치는 목소리였다.

관도에 있는 사람들은 순간 귀청이 먹먹해져서 정신이 번쩍 들었다. 하지만 협곡 길의 위아래 어디에서도 새로 나타난 사람의 그림자는 찾을 수 없었다.

목소리의 주인들이 짐작도 할 수 없을 만큼 먼 곳에 있다는 뜻이었다.

순간 진문이 고개를 치켜들며 하늘을 향해 복창했다.

"아미타불!"

쩌러러렁!

먼저 십여 명의 목소리에 뒤지지 않는 진문의 목소리가 다시 한번 협곡을 뒤흔들었다.

문사가 피식 웃으며 중얼거렸다.

"소림승의 정심한 내공심법은 역시 명불허전이군."

"폐하, 소림사의 십팔나한이 오는 것 같습니다."

광명좌사가 문사 옆으로 다가서더니 한쪽 무릎을 꿇고 부복하며 말했다.

"그들과 맞서다가는 일이 틀어질 수 있습니다. 이만 가시지요."

"그렇게 하라."

광명좌사 말을 들은 무명은 깜짝 놀라며 멈칫했다.

폐하? 전하도 아니고 폐하라고?

그 말을 들을 자는 하늘 아래에 단 하나였다. 오직 천자만이 폐하라는 존칭을 받을 자격이 있었다.

그때 광명우사가 문사를 보며 이렇게 말하는 것이었다.

"…시황 폐하."

무명은 그만 경악하고 말았다.

만련영생교 신도들이 외치던 주문, '만련천하, 시황영생'.

처음 그 주문을 들었을 때는 '시황'이 중원을 최초로 통일한 진시황제를 일컫는 줄 알았다.

하지만 그 짐작은 착각에 불과했다.

이제 무명은 시황이 무엇을 뜻하는지 깨달았다. 시황은 곧 만련영생교가 새로 내세울 황제를 뜻하는 말이었던 것이다.

망자들의 첫 번째 황제, 시황(始皇).

광명우사가 거도로 무명을 포함한 소림사행을 가리키며 물었다.

"…이자들은 어떻게 할까요?"

"그냥 놔둬라. 언젠가 만련영생교의 신도가 될 자들이니."

"예, 폐하."

광명우사가 거도를 내리며 포권지례를 올렸다.

그런데 그는 포권지례를 풀고 두 손을 내리는가 싶더니 갑자기 오른손을 뻗어 무명의 뒷덜미를 움켜쥐는 것이었다.

콰악!

"…너는 같이 간다."

광명우사가 무명을 인형처럼 번쩍 든 뒤 협곡 아랫길로 걸음을 옮겼다. 쿵쿵쿵.

광명좌사가 문사를 호위한 채 그 뒤를 이었고, 다음으로 만련영생교의 신도들이 검을 겨눈 채 뒷걸음질 치며 뒤를 따라갔다.

진문과 정영은 기회를 포착하기 위해 서로 눈빛을 주고받았다.

그러나 광명우사가 소림사행을 쳐다보며 한마디 했다.

"…한 발짝이라도 움직이면 이자는 죽는다."

광명우사가 무명을 인질로 잡고 있으니 방법이 없었다. 미치광이 괴물처럼 거도를 휘두르고 말은 굼떴지만 사실 그는 지능이 결코 낮지 않았던 것이다.

결국 진문과 정영은 만련영생교 무리가 진영을 빠져나가는 것을 속수무책으로 쳐다볼 수밖에 없었다.

신도들은 더 이상 광명우사를 뇌옥에 가둘 이유가 없는지 텅 빈 수레를 내버려 둔 채 걸음을 옮겼다. 그들이 지나간 협곡에는 텅 빈 수레만이 덩그러니 남아 있었다.

시간이 얼마나 흘렀을까, 만련영생교 무리는 협곡 관도를 완전히 벗어나서 황무지에 도착했다. 소림사행이 쉽게 추적하기 힘든 거리까지 온 것이었다.

문사가 광명우사에게 말했다.

"그자를 놔줘라."

광명우사가 손아귀를 풀자 무명은 바닥에 떨어졌다. 뒷덜미를 붙들려 있었기 때문에 호흡이 곤란했던 그는 자유의 몸이 되자 심하게 기침을 하며 숨을 몰아쉬었다.

광명좌사가 말했다.

"폐하, 지금 이자를 놓아준다면 훗날……"

문사가 손을 들어 그의 말을 잘랐다. 그러더니 무명을 보며 말했다.

"어차피 기억을 되찾으면 다시 나를 찾아올 자다."

무명도 이번 그의 말에는 동감이었다. 그가 간신히 숨을 고르며 입을 열었다.

"반드시 당신을 찾아가겠소. 그래서 나를 이매망량의 세작으로 부린 이유가 무엇인지 묻고 그 대가를 받아내고야 말겠소."

"기다리고 있겠다."

문사가 한마디 대답을 던진 뒤 몸을 돌렸다.

광명좌우사가 양옆에서 호위하고 신도들이 빙 둘러서 지키는 가운데, 문사는 관도를 따라 내려갔다. 차 한 잔 마실 시간이 지났을 때 그들의 모습은 시야에서 사라지고 말았다.

무명은 만련영생교가 사라진 이후에도 한참 동안 자리에 서서 관도를 바라봤다.

곧 그가 싸늘한 목소리로 중얼거렸다.

"모든 수수께끼가 풀렸군."

무명이 배에 납치되었을 때 광명좌사는 황궁 서고의 지도를 빼앗아 갔다.

그때만 해도 그들이 망자비서가 있는 곳의 지도를 얻어서 기뻐하는 줄로 알았다. 하지만 실상은 전혀 달랐다. 광명좌사와 신도들은 정말 지도를 원했던 것이었다.

그들이 바란 것은 망자 소굴인 지하 도시의 지도였다.

"왜냐고? 문사를 구출하기 위해서지."

물론 무명에게 빼앗은 것은 지하 도시가 아니라 서고의 지도가 표시된 어보였다.

만련영생교가 그 사실을 깨달았는지의 여부는 이제 중요하지 않았다. 문사, 즉 시황이 지하 도시에서 탈출하는 데 성공했으니까.

문사의 탈출을 도운 것은 어이없게도 창천칠조를 위주로 구성된 잠행조였다.

망자멸절계획을 시행하고 있는 무림맹. 그러나 무림맹의 계획은 망자에게 철저히 이용당했을 뿐이었다.

문득 뇌리를 스치는 생각이 있었다.

"그렇다면 망자비서도 혹시……."

잠행조가 빙옥환으로 얼어붙은 호수의 건물에 들어갔을 때 문사는 서책이 사방에 빽빽이 쌓여 있는 방에 갇혀 있었다.

당시 무명은 문사의 시선이 향하는 곳을 눈치챈 뒤 수십여 권 중에서 망자비서로 여겨지는 서책을 골라냈다. 서책을 집어 드는 순간 문사의 눈빛에 떠오른 당혹감이 아직도 머릿속에 생생했다.

그러나 문사가 자신의 정체를 속이고 있었던 이상 망자비서의 진위는 불분명해졌다. 애초에 문사가 빙옥환 호수에서 탈출하기 위해 망자비서를 미끼로 쓴 것일지도 모르니까.

"망자비서는 가짜일지도 모르겠군."

무명의 목소리가 얼음처럼 차갑게 가라앉았다.

"그때의 눈빛 역시 연기였다는 말인가……."

문사 한 명의 계책에 잠행조가 몽땅 속아버린 것이었다.

그렇다면 한 가지 의문이 생겼다.

당시 무명은 책장에서 '봉신연의'가 꽂힌 위치가 바로 망자비서가 있는 곳이라고 추리했다.

하지만 호수의 전각에 문사만 있고 정작 망자비서가 없었다면? 그럼 망자비서는 대체 지하 도시의 어디에 숨겨져 있다는 말인가?

"내 추리가 틀린 건가?"

아무리 생각해도 수수께끼의 실마리를 찾을 수 없었다.

무명이 충격에서 헤어나지 못하고 있을 때였다.

협곡이 시작하는 곳에서 그림자 하나가 나타났다.

타타탓!

빠른 속도로 땅을 박차고 달려오는 그림자는 정영이었다.

그녀가 무명을 목격하고 소리쳤다.

"무명!"

곧 정영이 무명의 앞에 도착했다.

"무명, 괜찮소?"

"나는 괜찮소."

정영이 걱정하며 와준 것은 고마웠지만 문사를 놓치고 망자비서의 진위가 불투명한 판이니 무명의 목소리는 냉랭할 수밖에 없었다.

하지만 그녀는 무명이 무사한 것을 보고 기뻐하며 말했다.

"다행이오. 정말 다행이오."

무명은 속으로 푹 한숨을 쉬었다.

만련영생교가 문사를 대동하고 도주했는데 다행이라는 말이 나온다는 말인가?

이럴 때 보면 정영은 명문정파의 후기지수가 아니라 강호에 한 번도 출행하지 않은 순진한 소녀 같았다.

단지 검법이 상상 이상으로 뛰어날 뿐.

정영이 무명의 기분을 전혀 눈치채지 못하고 말했다.

"진문은 소림의 십팔나한을 부르러 협곡 너머로 달려갔소. 곧 소림승들이 협곡에 도착할 테니 아무 걱정 마시오."

"…그렇군."

"위로 올라가서 소림승들을 맞이합시다."

"당신 혼자 돌아가시오."

"뭐라고? 왜?"

"이제 더 이상 무림맹의 일을 맡을 수 없소."

무명이 냉랭한 목소리로 말했다.

"나는 오늘로 무림맹을 떠날 것이오."

이 인(二人)의 강호 출행

5장.

무명이 말했다.

"당신 혼자 돌아가시오. 나는 오늘로 무림맹을 떠날 것이오."

"뭐라고?"

정영은 깜짝 놀란 얼굴로 한동안 말을 잇지 못했다.

무명은 그녀가 왜 무사들을 놔두고 협곡 아래로 내려왔는지 물으려다가 그만뒀다. 경신법을 익힌 그녀가 가쁘게 숨을 몰아쉬고 있었기 때문이다.

'정신없이 달려왔군.'

진문이 소림승 일행을 빨리 불러오려고 협곡 너머로 갔을 때, 정영은 무사들과 함께 있어야 했지만 홀로 협곡을 내려왔다. 무명이 걱정되어서 단독행동을 했으리라. 그런데 무명이 무림맹을 떠나겠다고 말하니 정영은 말문이 막힌 것이었다.

한참을 침음하던 그녀가 입을 열었다.

"자객들은 어떻게 됐소?"

"만련영생교 말이오? 가버렸소."

"그럼 당신은 놓아준 것이오?"

"그렇소."

무명은 있는 그대로 말했다.

"만련영생교는 인질로 잡은 나를 놔두고 사라졌소. 이상하지 않소?"

만약 정영이 의심한다고 해도 방법이 없었다. 지모가 뛰어난 제갈성조차 무명의 말을 믿으려고 하지 않고 일단 잡아서 심문부터 하려고 들었으니 그녀가 의문을 품는 것도 당연한 일이었다.

그런데 정영의 대답이 뜻밖이었다.

"분명 이상하긴 하오. 하지만 당신 잘못은 아니지 않소?"

"내 잘못이 아니라고?"

"그렇소. 적과 싸우다가 살아난 게 잘못이라니, 강호인이 들으면 웃겠소."

무명은 그녀의 생각이 순진해서 쓴웃음이 나왔다.

그가 얼굴에 웃음기를 지우며 물었다.

"나와 만련영생교가 작당을 했을지도 모르는 일 아니오?"

정영이 고개를 저었다.

"절대 그럴 리 없소."

"무슨 근거로?"

"근거?"

"내가 만련영생교의 명령을 수행하는 세작이라면 어찌할 셈이오?"

무명이 단도직입으로 말을 던졌다. 그러나 정영은 '하하하' 하고 웃음을 터뜨리더니 입을 열었다.

"나는 당신이 악인이 아니라고 장담하오."

"……"

정영의 목소리에 자신감이 가득 차 있자 오히려 무명의 말문이 막혔다.

하지만 정영이 다시 입을 열자 그런 기분은 싹 사라졌다.

"당신 눈은 절대 악인의 것이 아니오. 악인들의 눈은 맑지 않거든."

무명은 속으로 한숨이 나왔다.

'정말 그렇게 생각한다면 당신은 바보요.'

지금까지 알아낸 자신의 과거는 정체불명의 살수 조직 이매망량에게 세뇌되어 기억을 잃은 세작이었다. 게다가 어떻게 연마했는지는 몰라도 정파와 사파가 모두 멸시하는 흡성신공을 몸에 지니고 있었다. 만약 다른 자가 그런 말을 꺼냈다면 면전에서 코웃음을 쳤으리라. 하지만 정영이 말하니 기분이 달랐다. 그래도 자신을 믿어주는 자가 강호에 있다는 사실이 무명의 심정을 미묘하게 만들었다.

무명은 협곡 입구를 바라보며 생각했다.

'더 이상 시간을 지체할 수는 없다.'

신진 방파의 무사들은 무명을 무조건 믿어주는 정영과는 사정이 달랐다. 제갈성에게 포섭된 무사들은 그의 말 한마디면 목숨을 내던지며 임무를 수행하려 들 것이다.

'제갈성이 협곡에 도착하면 끝장이다.'

그가 무명을 따라잡는다면 무사들은 물론 진문까지 무명에게 등을 돌릴지 몰랐다. 무명이 몸을 돌리며 말했다.

"돌아가시오. 나는 이만……."

그때였다.

쿨럭!

무명은 걸음을 옮기려다가 숨이 턱 막혀서 기침을 했다. 그런데 입에서 한 모금의 선혈을 토하는 것이 아닌가?

그는 전신에 힘이 쭉 빠져서 땅에 한쪽 무릎을 꿇었다.

'벽공장 때문이군.'

서로 상극인 소행자와 우수전의 내공 진기가 몸속을 휘저어서 사경을 헤맸다. 그런 판에 광명우사의 거도를 쳐내서 정영을 구했던 것이 무리였다. 아직 흉내 수준인 벽공장을 최대한 강하게 쓰려다 보니 내상이 도졌던 것이다.

정영이 깜짝 놀라며 물었다.

"무명, 괜찮소?"

"나는 괜찮으니 당신 갈 길을 가시오."

무명은 차갑게 대꾸하고는 몸을 일으켰다. 그러나 두 발이 후

들거려서 억지로 세 발짝을 떼다가 옆으로 고꾸라지고 말았다.

그때 정영이 끼어들며 무명을 붙잡았다. 탁! 그녀가 무명의 팔을 어깨에 걸치고 옆구리에 자기 팔을 둘러서 그를 부축했다.

"조심하시오."

무명은 고맙다고 해야 될지 화를 내야 될지 몰랐다.

"넘어지지 않게 도와준 것은 고맙소. 하지만 서로 갈 길이 다르니……."

"아니. 우리는 갈 길이 같소."

정영이 말했다.

"내상이 깊은 것 같은데 그냥 보낼 수는 없소. 내가 목적지까지 당신을 호위하겠소."

"……."

무명은 그녀의 단호한 눈빛을 대하자 잠시 말문이 막혀서 침음했다.

그러다가 문득 어떤 생각이 들었다.

'혹시 제갈성이 나를 뒤쫓는다는 것을 알고 있는 걸까?'

하지만 바로 고개를 저었다.

그럴 리는 없었다. 만약 제갈성에게 전갈을 받았다면 무명이 정신을 잃고 쓰러졌을 때 그냥 붙잡아두면 되지 않는가. 어차피 제갈성은 무명을 참회동에 가둘 생각이니 말이다.

정영이 두 눈을 반짝 빛내며 말했다.

"당신은 무림맹의 손님이며, 내 목숨을 구해준 은인이오. 강호인이 되어서 은인이 위험한 것을 보고 모른 체할 수는 없소."

그리고 한마디 덧붙였다.

"그건 강호의 정리에 어긋나오."

순간 무명은 자기도 모르게 두 눈을 부릅떴다.

강호의 정리(情理).

많이 들어봤으나 언제 어디서 들었는지 기억나지 않는 말.

당금 중원에서 정파와 사파를 불문하고 강호의 정리를 지키는 이는 아무도 없었다. 그런데 눈앞의 여검객이 강호의 정리를 운운한 것이다.

'정말 의로운 건지, 아니면 세상 물정을 모르는 건지 알수 없군.'

어쨌든 지금 정영의 눈빛을 보건대 절대 무명을 혼자 보낼 것 같지는 않았다.

무명이 쓴웃음을 지으며 물었다.

"당신이 나와 동행해야 하는 이유를 두 가지 더 말해보시오."

"무림맹의 손님이고 내 은인이니······."

"그건 방금 말했소. 다른 이유로 두 가지 더."

"으음, 그러니까······."

정영의 두 눈동자가 불안하게 좌우로 왔다 갔다 했다.

곧 좋은 생각이 떠올랐는지 그녀가 입을 열었다.

"강호는 무공을 모르는 사람이 혼자 다니기엔 위험한 곳이오. 호위 무사가 필요하오."

그녀는 자기 생각이 그럴싸하다고 여기는 것 같았다. 하지만 무명의 말 한마디에 의기양양하던 얼굴은 금세 풀이 죽고 말았다.

"아직 불완전하지만 나는 실전했던 무공을 되찾았소. 벽공장이 개나 소나 쓸 수 있는 무공은 아니지 않소?"

"……"

정영의 눈썹이 아래로 축 늘어져서 팔(八)자 모양이 되었다. 갑자기 그녀가 무언가 생각났는지 소리쳤다.

"맞다, 내상을 입었으니 벽공장 같은 무공을 쓰면 안 되오! 그럴 땐 검을 써야 하는 법!"

무명은 어이가 없어서 속으로 피식 웃었다. 벽공장도 검법도 무공인 것은 마찬가지인데 어느 건 쓰고 어느 건 금지하는 법이 세상 어디에 있다는 말인가? 차라리 내상 때문에 모든 무공을 금한다고 하면 모를까.

'어쨌든 일리는 있는 말이군.'

지금 무명은 극양과 극음의 내공 진기를 운용하는 방법을 알아낼 때까지 함부로 무공을 쓸 수 없었다. 호위 무사가 필요한 것도 사실이었다.

"좋소. 하나 더 말해보시오."

"하나를 더?"

"그렇소. 이유가 최소한 세 가지는 있어야 하지 않겠소?"

"……"

말문이 막혔는지 정영이 입을 다물고 있자 무명은 그녀를 떼어버렸다고 생각하고 말했다.

"이유가 없으면 소림사행으로 돌아가시오. 나는 다시 도성으로 돌아갈 테니."

그런데 그 말이 실수였다.

"잠깐! 나도 도성으로 돌아가야 되오!"

"…도성으로 간다고? 왜?"

"원래 부맹주님이 내게 소림사행과 동행하라고 명을 내리셔서 따라온 것이오. 어차피 소림사에 도착하면 며칠 묵었다가 바로 돌아갈 예정이었으니 지금 가도 문제 될 것은 없소."

무심코 꺼낸 말이 꼬리를 잡히자 이번에는 무명의 말문이 막혔다.

그러고 보니 정영은 굳이 소림사에 갈 필요가 없었다.

진문은 창천칠조가 아니라 지하 도시 잠행에 합류했던 것이니 문사를 호송해서 소림사로 돌아가는 게 당연했다. 하지만 정영은 아니었다.

'제갈성이 왜 그녀를 소림사로 보냈지?'

딱히 떠오르는 이유가 없었다. 그렇다고 정영이 비밀 임무를 맡고 있는 것 같지도 않았다.

무명은 생각을 접었다.

'그만두자. 제갈성은 속마음을 쉽게 헤아릴 수 없는 자다.'

그러나 그는 정영과 도성으로 돌아가는 중에 제갈성의 의중을 뼈저리게 깨닫게 될 줄 그때는 전혀 몰랐다.

무명이 침묵하고 있자 정영이 의기양양하게 말했다.

"자, 세 가지 이유를 다 말했으니 동행합시다."

"……."

"어차피 가는 길이 같으니 두말 마시오."

덜미를 붙잡혔다. 이젠 그녀를 따돌릴 방법이 없었다.

무명은 속으로 한숨을 쉬었다. 하지만 동행을 결심하자 내심 편해진 감도 없지 않았다.

'검법 고수가 옆에서 호위해 준다니 밑질 것은 없다.'

그가 말했다.

"좋소. 한데 나도 세 가지 조건이 있소."

"조건? 무엇이오?"

"첫째, 내가 어떤 결정을 내려도 사정을 묻지 말고 따르시오."

"알겠소."

"둘째, 나는 관도 말고 다른 길을 거쳐서 도성으로 갈 것이오."

관도로 가지 않는 까닭은 제갈성의 눈을 피하기 위해서였다. 물론 그 이유를 말할 생각은 없었다.

"멀쩡한 관도를 놔두고 왜 돌아서 간다는 거요?"

"방금 첫째 조건이 사정을 묻지 말라고 한 것인데 벌써 잊었소?"

정영이 의아해하며 물었지만, 무명의 반문에 본전도 찾지 못했다.

"나는 관도가 아닌 곳을 통해 중원을 천천히 구경하면서 갈 생각이오. 싫으면 따로 가시오."

"아, 아니오."

그녀는 두 눈동자를 좌우로 왔다 갔다 하면서 대답했다. 불안하고 초조할 때 눈알을 양옆으로 굴리면서 생각에 잠기는 것이 버릇 같았다.

"셋째, 도성에 도착한 뒤에는 각자 갈 길을 가는 것이오."

"…알았소."

정영은 무언가 아쉬운 듯이 대답했다.

정작 본인은 필요 없다는데 무사 쪽이 나서서 호위하겠다고 청하는 괴이한 협상은 그것으로 끝이 났다.

무명이 말했다.

"그럼 갑시다."

"진문은? 작별 인사도 안 할 것이오?"

"진문이 소림승들을 맞이하는 걸 기다리면 족히 반나절은 지날 것이오. 나는 그럴 여유가 없소."

정영은 막상 진문과 헤어질 때가 오자 아쉬운 눈치였다.

무명은 내심 그녀에게 미안했지만 제갈성이 언제 들이닥칠지 모르는 터라 조금도 시간을 지체할 수 없었다. 그나마 순진한 정영이 서두르는 이유를 캐묻지 않는 게 다행이었다.

"갑시다."

무명은 관도를 벗어나서 옆에 이어진 산길로 들어갔다.

정영이 소림사행이 있는 쪽을 몇 번씩 뒤돌아봤으나 관도에는 사람 그림자 하나 보이지 않았다. 곧 그녀는 포기하고 몸을 돌려 무명을 따라갔다.

그때였다.

황무지에서 암벽길이 시작되는 협곡 관도 초입에 몇 명의 인영이 나타났다. 전부 여섯 명의 그림자. 그들은 바로 소림사의 젊은 고수 집단인 십팔나한(十八羅漢)이었다. 하나는 진문이며 다른 다섯 명은 그의 사제였다. 중원 무림의 태산북두인 소림사는 고수가 산처럼 많다고 전해진다.

소림사 방장과 원로들은 말할 것도 없으며, 특히 강호에서는 사대금강과 십팔나한이 위명을 떨쳤다. 또한 직위가 없는 고승(高僧) 중에도 사대금강을 넘는 고수가 숱하게 많다는 소문마저 돌았다.

하지만 무림맹의 위세가 과거와 같지 않듯이 소림사 역시 고수가 상당수 줄어들어 있었다. 수십 년간 계속된 구륜사와의 쟁투 때문에 많은 승려가 죽었으며, 최근 몇 년 사이에는 흑랑성 사태로 고수들을 잃었던 것이다.

십팔나한도 상황이 다르지 않았다.

열여덟 명의 젊은 승려로 이루어진 십팔나한. 그러나 여섯 명이 죽고 아직 충원이 되지 않아서 현재 십팔나한은 모두 열두 명에 불과했다.

그들은 중요한 임무를 맡고 중원 각지로 파견을 나가기 때문에 몇 년이 되어야 소림사에 한 번 돌아올까 말까 했다. 그런데 열두 명 중의 절반이나 되는 인원이 지금 한자리에 모인 것이었다. 그들 중 눈빛이 유난히 형형한 자가 진문에게 물었다.

"사형, 정말 저자를 그냥 보내주실 겁니까?"

"물론이다."

"혼자서 소림사행을 쫓아왔다면서요? 암습을 감행한 광신도들과 수장인 문사가 그자와 어떤 관련이 있을지 모르는 일 아닙니까?"

"분명 수수께끼가 많은 인물이다. 하지만 눈빛에 거짓이 없고 사람됨이 진실하다. 나는 그를 믿는다."

말을 마친 진문은 멀리 협곡 아래로 고개를 돌렸다. 무명과 정영이 들어간 산길은 땅의 열기로 공기가 달아올라서 시야가 어른거려 보였다.

진문이 반장을 하며 속삭였다.

"부디 뜻한 바를 이루시길. 아미타불."

제갈성에게서 도망쳐 소림사행을 추적한 무명.

그는 인피면구와 흡성신공의 의문을 설명할 수 없었다. 제갈성이 무명을 잡아 참회동에 가두려던 것도 그의 입장에서 보면 당연한 일이었다.

문제는 지하 도시에서 데리고 나온 문사였다. 그는 황제와 얼굴이 닮은 것으로 보아 황태후가 말하던 아문이란 자가 분명했다. 문사를 심문한다면 최소한 인피면구에 얽힌 수수께끼는 풀 수 있을 거라고 생각했다. 그러나 문사는 단순한 실마리가 아니라 수수께끼의 축이었다.

협곡에서 소림사행의 앞뒤를 막고 암습한 만련영생교.

문사의 정체는 그들이 숭배하는 망자들의 첫 황제, 시황이었다. 만련영생교는 애초에 망자비서가 아니라 문사가 지하 도시를 탈출하길 바랐던 것이다.

무명은 혼란에 빠졌다.

과연 시황의 정체는 무엇일까? 만련영생교의 비밀은 무엇일까?

그리고 가장 큰 문제, 자신은 이매망량의 세작으로 과거 어떤 일을 저질렀을까? 모든 수수께끼를 풀 방법은 하나였다.

'기억을 되찾아야 한다.'

이매망량은 백령은침을 세작의 목 뒤에 시술해서 기억을 지우고 세뇌한다. 백령은침을 재시술받는다면 잃어버린 기억이 돌아올 것이다. 그러기 위해서는 난쟁이 고문사를 찾아야 했다. 무명에게 이매망량의 시술 자국이 있다는 것을 처음 발견한 자.

'그를 찾아서 백령은침 시술에 대해 묻자.'

하지만 평생을 돌아다녀도 못 가보는 곳이 있을 만큼 넓은 중원 땅에서 난쟁이를 어떻게 찾는다는 말인가?

무명은 한 가지 방법을 떠올렸다. 흑도 무리의 일에 해박하며 타인의 생각을 읽는 능력이 있는 자, 이강.

이강이라면 난쟁이 고문사를 찾을 수 있으리라. 또한 그는 남에게 빚을 지면 반드시 갚는다는 좌우명을 자랑처럼 지껄이고 다녔다. 마침 그에게 받을 빚이 하나 남아 있었다.

'도성에 가서 이강을 찾는다.'

제갈성, 청성, 동창 환관 등등. 황궁이 있는 도성에는 무명을 노리는 맹수들이 즐비했다. 그러나 무명은 도망치기보다 호랑이 굴로 들어가는 쪽을 선택했다. 그곳에 이강이 있으니까.

무명은 일부러 관도를 피해서 옆길로 들어섰다. 관도를 따라 도성으로 가다가 제갈성 일행과 마주치는 날에는 끝장이었기 때문이다. 관도는 중원 각지에서 도성을 향해 세금을 보내는 길이니만큼 비교적 잘 정비되어 있었다. 또한 중간마다 관마를 빌릴 수 있는 객잔이 있어서 쉬어가는 것도 용이했다.

반면 관도를 벗어나자 고생길이 따로 없었다.

아무리 가도 보이는 것은 하늘과 땅뿐이었다. 흙먼지가 자욱히 날리는 황무지는 지평선 너머까지 사방으로 길게 뻗어 있어서 끝이 어디인지 알 수 없었다. 햇볕을 피할 그늘도, 목을 축일 물 한 방울도 찾을 수 없었다.

무명이 물었다.

"생고생이 따로 없군. 이래도 나를 따라온 것을 후회하지 않을 거요?"

"후회 안 하오."

뜻밖에도 정영은 개의치 않는 얼굴이었다.

"사부님이 말씀하시길, 강호 출행은 검법과 같다고 했소."

"검법?"

"점창파 검법은 한번 출수하면 도중에 회수가 불가능하오. 검을 뻗으면 목표를 찌르든 허공을 찌르든 두 가지밖에 없소."

무명은 무심코 고개를 끄덕였다. 정영이 그동안 보인 점창파의 사일검법은 상대에게 몸을 날려서 검을 출수하는 위험천만한 수법이었기 때문이다.

"적을 이기려면 위험을 두려워해서는 안 된다. 사부님의 말씀이오."

"그렇군."

"그것이 점창파의 극의요."

"좋은 얘기 잘 들었소."

정영의 말은 점창파의 극의를 떠나서도 일리 있는 말이었다.

남을 죽이려면 자신 또한 목숨을 걸어야 되는 게 당연하다. 하지만 강호의 숱한 고수들조차 남을 조롱하고 찍어 누르려 할 뿐 정작 자신은 손톱 하나만 부러져도 화를 내지 않는가?

그들은 눈앞의 여검객과 비교하자면 철없는 애송이에 불과했다.

정영이 단호하게 말했다.

"황무지를 걷든 지옥길을 통과하든 나는 당신을 따라갈 테니 걱정 마시오."

그리고 몸을 돌려서 걸음을 재촉했다.

무명은 그녀의 등을 보며 고개를 절레절레 저었다.

'황소고집 여검객.'

둘의 앞에 황무지가 끝나고 작은 마을이 나타난 것은 막

점심때가 될 무렵이었다.

무명은 내상이 완전히 진정되지 않은 몸으로 먼 거리를 걸어서인지 속이 울렁거리고 머리가 어지러웠다.

그는 마을 초입에 있는 나무 그늘에 자리를 잡고 앉은 뒤 정영에게 은자를 건넸다.

"이걸로 차와 만두를 사 오시오."

"혹시 그사이에 날 놔두고 혼자 갈 생각을 하는 건 아니오?"

정영이 캐묻자 무명은 피식 웃음을 터뜨렸다.

"사방이 황무지인데 어디로 도망가겠소? 간단히 요기나 하고 갑시다."

"알았소."

그녀는 그래도 불안한지 몇 번씩 뒤를 돌아보면서 마을 거리로 들어갔다.

정영이 차와 만두를 사러 간 지 어느새 차 한 잔 마실 시간이 지났다. 하지만 좀처럼 그녀의 모습은 보이지 않았다.

'객잔을 못 찾았나?'

마을은 작은 곳이라 지금 시간이면 한 바퀴를 돌고도 남으리라. 게다가 관도 근처에 있는 곳이니 여행객들을 위한 객잔이 없을 리 없었다.

무명은 그냥 기다리기로 했다.

그런데 밥 한 끼 먹을 시간이 지나도 정영은 코빼기도 비추지 않는 것이었다.

슬슬 걱정이 되기 시작했다.

'혹시 흑점에 잘못 들어간 것은 아닐까?'

중원은 워낙 넓어서 관의 입김이 구석까지 미치지 못했다. 당연히 치안이 좋지 않았고, 겉은 평범한 객잔이나 실은 손님을 죽여서 입을 막고 금품을 빼앗는 흑점이 곳곳에 문을 열고 있었다.

'이대로 기다려서는 안 되겠군.'

무명이 정영을 찾아 나서려고 자리에서 일어났을 때였다.

마을 초입에서 그녀의 모습이 나타났다.

"오래 기다렸소? 여기 차와 만두를 사 왔소."

"왜 이렇게 늦었소?"

무명이 영문을 몰라서 묻자 정영은 별일 아니라는 듯이 대답했다.

"거지 남매가 있길래 적선 좀 하고 왔소."

"적선을? 지금?"

"그렇소. 뭐 잘못됐소?"

무명은 입을 다물고 침음했다.

만련영생교의 암습을 받은 게 불과 하루도 지나지 않았는데 강호 외딴곳에서 딴청을 피우는 그녀가 어이없었던 것이다. 게다가 흔적을 남겼다가 제갈성에게 뒤를 잡히면 모든 게 물거품이 되고 만다.

어쨌든 정영은 제갈성 일을 모르니, 그녀를 탓할 수는 없었다.

"알았으니 거스름돈이나 주시오."

"거스름돈은 없소만?"

"뭐요? 차 두 잔과 만두 몇 개에 은자를 다 썼단 말이오?"

무명은 그녀가 크게 바가지를 썼다고 생각했다.

하지만 사실은 달랐다.

"말했잖소? 남은 돈은 거지 남매한테 적선했다고."

"……."

무명은 할 말을 잃고 말았다.

은자 한 냥이면 쌀 두 섬을 살 수 있다. 평민 가족은 한 달 이상을 먹고살 돈이며, 황궁의 환관도 한 달에 받는 봉급이 은자 한 냥이 못 되는 경우가 허다했다. 소행자에게 은자를 주었을 때도 너무 큰돈이라며 부담스러워하지 않았는가.

'물론 그건 연기였지만.'

어쨌든 은자 한 냥이면 객잔에서 그날 끓인 차와 빚은 만두를 모두 사고도 남으리라.

그런데 남은 거스름돈을 몽땅 거지 남매한테 적선했다고?

그리고 사 온 것은…….

마침 정영이 가져온 꾸러미를 펴서 무명 앞에 늘어놓았다. 꾸러미에서 나온 것은 김이 빠진 차 두 잔과 다 식어서 쪼그라든 만두 몇 개가 전부였다.

"어서 드시오."

정영은 무명의 기분은 전혀 모르는지 차를 들어 꿀꺽꿀꺽 마시고 만두 하나를 크게 베어 무는 것이었다. 그러다가 무명이 멍하니 있는 것을 보고 물었다.

"왜 그러오? 시장하지 않소?"

"…적선은 그렇다 치고, 또 무슨 일이 있었소?"

"객잔 점소이들이 거지 남매를 재수 없다고 시비를 걸길래 도와주고 왔소."

"어떻게?"

"누나가 지팡이를 갖고 있길래 검법 초식을 두어 가지 가르쳐 줬소."

"초식이라고?"

"별것 아니오. 가슴 찌르기와 발목 후려치기 같은 기본 초식이오. 하지만 다음부터 불량배 같은 놈들한테 당하지는 않을 거요."

거스름돈을 몽땅 준 것도 모자라 무공까지 가르치고 왔으니 차와 만두가 식어빠진 것도 당연했다. 그렇다고 선행을 한 그녀를 탓하기도 애매했다.

무명이 말없이 있자 정영이 두 눈을 좌우로 굴리면서 잠자코 있다가 물었다.

"내가 뭐 잘못했소?"

"…아니오."

"그럼 차와 만두를 드시오. 다 식겠소."

거지 남매는 횡재를 했지만, 횡액을 당한 무명은 어이가 없어서 속으로 일갈했다.

'벌써 차디차게 식었소.'

무명은 답답함을 억누르며 꾸역꾸역 차와 만두를 배 속에 집어넣었다.

둘은 간단히 요기를 한 뒤 다시 길을 떠났다.

어디로 튈지 모르는 정영의 돌발 행동은 그것으로 끝나지 않았다.

둘은 도중에 수염이 하얗게 센 노인이 끄는 수레를 만났다. 마침 가는 방향이 같아서 수레를 빌려 타고 황무지를 지나가기로 했다.

무명은 선혈 한 모금을 토한 뒤로 몸 상태가 영 좋지 않았다.

그는 수레에 누워서 잠시 눈을 붙이기로 하고 혹시 필요한 일이 생길까 봐 정영에게 은자 세 냥을 건넸다.

"나는 좀 쉬어야겠소."

"내 걱정은 말고 눈을 붙이시오."

정영이 호언장담하며 말했다.

망자 떼를 상대로 엄청난 검법을 선보였던 정영. 무명은 그녀 걱정은 전혀 되지 않았다.

단지 은자가 걱정되었다.

'설마 이번에도 게 눈 감추듯 써버리진 않겠지.'

한 번에 은자 세 냥을 준 것도 어차피 금전 감각이 없다면 차라리 넉넉하게 주는 쪽이 속 편할 것 같아서였다.

그러고 보니 제갈성보다 먼저 소림사행을 따라잡기 위해 밤새도록 말을 달리면서 한잠도 자지 않은 게 생각났다. 심신이 지친 것도 무리가 아니었다.

거친 황무지를 지나가자 수레바퀴가 돌부리에 걸려서 위아래로 덜컹거렸지만 지친 무명은 눈을 감자마자 단잠에 빠져들었다.

얼마나 정신없이 잠을 잤을까?

귓가에 정영의 목소리가 들렸다.

"…일어나시오."

묵직한 눈꺼풀을 억지로 뜨자 주위가 어둑어둑했다. 어느새 해가 지고 저녁이 된 것이었다.

그런데 자신은 수레가 아니라 마을 초입의 그늘에 누워 있었다.

정영이 설명하듯 말했다.

"곧 밤이 될 것이니 이 마을에서 묵어야 할 것 같아 수레는 먼저 보냈소."

"잘했소."

무명은 고개를 끄덕였다.

관도로 가는 길이 아닌 만큼 도성까지 며칠이 걸릴 테니 밤에는 쉬어야 했다.

"그럼 수고롭겠지만 객잔 방을 빌려주시오."

그러자 돌아오는 정영의 대답이 기가 막혔다.

"알겠소. 은자를 주시오."

"은자를 또? 이미 세 냥이나 주었지 않소?"

"그건 수레를 탄 보답으로 노인에게 주었소."

"세 냥을 몽땅?"

"그게 노인의 얘기가 하도 기구해서 말이오."

정영이 두 눈을 반짝이며 노인에게 들은 얘기를 들려주었다.

노인은 중원 끄트머리 지방에 살고 있었는데 어느 날 기르던 말이 사막으로 도망쳤다. 이웃 사람들이 위로하자 노인은 '화가 복이 될지 누가 알겠소?' 하면서 태연함을 잃지 않았다.

그런데 몇 달 후에 도망친 말이 암말과 함께 돌아왔다. 사람들이 축하하자 이번에 노인은 '복이 화가 될지 누가 알겠소?' 하면서 기뻐하지 않았다. 며칠 후 노인의 아들이 그 말을 타다가 떨어져서 다리가 부러지고 말았다는 것이다.

"그런데 아들은 부상 때문에 전쟁에 나가지 않아도 되었다지 뭐요?"

노인의 인생 역정은 이후로도 계속됐다. 정영은 마치 자기 일을 말하는 것처럼 정신없이 얘기를 끝내더니 묻는 것이었다.

"어떻소? 참으로 기구하지 않소?"

"……."

무명은 입 밖에 내어 하고 싶은 말을 꾹 참았다.

'기구한 건 당신이오. 그자는 사기꾼이니까.'

노인의 얘기는 중원 땅의 유명한 고사인 새옹지마(塞翁之馬)를 멋대로 꾸민 것이었다. 무명은 앞뒤 사정을 알아차렸다.

그가 잠든 동안 노인은 순진한 정영의 속마음을 간파했고, 새옹지마 얘기로 신세를 한탄하며 동정심을 끌어냈던 것이다. 그리고 사기꾼의 말솜씨에 속아 넘어간 그녀는 은자 세 냥이라는 큰돈을 수고비로 건넸던 것이다.

아니, 건넨 게 아니라 뜯긴 것이었다.

무명은 정영이 어떤 여인인지 알 수 없었다. 검은 귀신처럼 쓰면서 금전 감각은 어린아이만도 못하다는 게 말이 되는가?

'혹시 남궁유처럼 부잣집 따님인가?'

하지만 중원에서 멀리 떨어진 변방에 있는 점창파가 돈이 많다는 얘기는 금시초문이었다.

문득 뇌리를 스치는 생각이 있었다.

제갈성이 굳이 정영을 소림사행과 동행시켰던 이유는…….

'그랬군.'

세상 물정에 어두운 그녀를 일부러 여행시켜서 강호 구경 좀 시키려는 처사였던 것이다.

정영은 거지 남매에게 거스름돈을 몽땅 준 것도 모자라 사기꾼 노인에게 수고비 명목으로 은자 세 냥을 헌납했다.

무명은 이제 제갈성의 뜻을 간파했다.

'그녀를 소림사행과 동행시켜서 강호 물정을 배우도록 한 처사였군.'

원래는 진중한 소림승 진문이 해야 될 역할이었으리라. 그런데 제갈성을 피해 소림사행과 결별한 무명을 쇠고집 정영이 따라오는 바람에 그가 덤터기를 쓴 셈이 된 것이다.

만나는 자마다 은자를 아낌없이 펴주는 정영.

무명은 속으로 한숨을 쉬었다.

'점창파가 개봉에 있었더라면 패가망신했겠군.'

개봉은 천하 거지들의 방파인 개방이 있는 곳이다. 개방 거지들의 구걸 소리가 끊이지 않는 개봉에서 살았다면 금전 감각이 없는 정영은 전 재산을 탕진하고도 남았으리라.

일반 길로 도성까지 가려면 적어도 이틀, 길게 잡아서 사흘은 걸릴 것이다.

무명은 정영과 함께하는 강호 출행이 벌써부터 걱정되었다.

무명이 잠시 멍하니 있자 정영이 물었다.

"머리가 어지럽소? 내상이 도졌소?"

"그런 것 아니니 신경 쓰지 마시오."

그는 담담하게 말했으나 실은 속으로 일갈하고 싶었다.

'머리가 어지러운 건 맞으나 내상이 아니라 당신 탓이오!'

어쨌든 방법이 없었다.

지금 와서 황소고집 정영을 따돌리는 것은 불가능할뿐더러, 몸이 불편한 터라 도성까지 가는 길에 그녀가 꼭 필요하기도 했다. 언제 주화입마 기미가 올지 모르는 몸으로는 만련영생교는커녕 흑점을 여는 삼류 도적 무리도 감당하지 못할 것이다.

무명이 몸을 일으키며 말했다.

"객잔 방을 잡으러 갑시다."

"당신은 쉬고 있으시오. 방은 내가……."

"아니, 괜찮소."

무명은 걸을 수 있다는 뜻으로 손을 휘저었다. 물론 그가 직접 객잔 방을 빌리려고 하는 것은 은자를 주었다가는 정영이 재차 탕진해 버릴 것 같아서였다.

마을은 이전에 차를 마시며 쉬던 곳과는 달리 제법 규모가 컸다.

해가 떨어진 지 오래지만 넓은 거리에는 지나다니는 사람들의 수가 적지 않았다. 또한 객잔도 하나가 아니라 여러 곳이 있는지 점소이들이 등불을 들고 호객 행위를 벌이고 있었다.

"어서 옵쇼! 호걸객잔입니다!"

"이쪽으로 오시죠! 우리 구룡객잔이 이 마을에서 가장 큽니다!"

"손님, 그쪽은 너무 커서 시끄럽습니다. 조용하게 쉬려면 우리 객잔으로……."

거창한 이름을 붙인 객잔에서 나온 점소이들이 치열하게 경쟁을 벌였다.

무명은 점소이가 가장 크다고 자부하는 구룡객잔을 선택했다.

"하룻밤 묵을 방이 있소?"

"물론입니다, 손님! 이쪽으로 가시죠!"

한 건 접수한 점소이가 신바람을 내며 길을 안내했다.

점소이를 따라가는 중에 정영이 눈썹을 찡그리며 물었다.

"구룡객잔? 이름도 터무니없고 너무 번잡한 곳일 듯한데 다른 데로 가는 게 어떻소?"

"상관없소. 오늘은 여기서 묵읍시다."

무명이 일언지하에 잘라 말했다.

정영의 걱정은 일리가 있었다. 강호는 은원(恩怨)이 복잡하게 얽혀 있어서 사람들이 많은 곳은 어떤 사건이 터질지 몰랐기 때문이다.

하지만 무명은 그 점을 역으로 이용하기로 했다.

'사람이 많으면 숨을 곳도 많은 법. 오히려 손님이 적은 객잔이 눈에 더 잘 띌 수 있다.'

즉, 그의 선택은 뒤를 추격해 올지 모르는 제갈성을 따돌리기 위한 것이었다. 많은 사람들 속에 섞여서 자취를 감추자는 것이 그의 계책이었다.

무명이 슬쩍 옆으로 눈길을 돌리며 생각했다.

'무엇보다 가장 조심해야 할 인물은……'

정영이었다.

그녀가 언제 어떤 돌발 행동을 할지 몰랐다. 은자 한 냥을 수고비랍시며 점소이에게 준다? 뜻밖의 거금을 얻은 점소이는 정영을 반드시 기억할 것이다. 제갈성이 부리는 무사들이 그런 정보를 놓칠 리가 없었다.

때문에 무명은 직접 객잔을 고르고 방값도 직접 치르기로 한 것이었다.

곧 둘은 객잔에 도착했다.

"어떻습니까? 구룡객잔이 이 마을에서 최고라니까요!"

점소이 말마따나 객잔은 화려하지는 않지만 도성의 유명 기루에 맞먹을 만큼 커다랬다. 줄을 이어 놓은 탁자에는 수많은 상인 무리가 술을 마시며 떠들고 있었다. 도검을 지닌 무사들도 상당수 눈에 들어왔다.

딱 무명이 원하던 곳이었다. 시끄럽고 번잡해서 숨을 데가 많은 곳.

점소이는 무명과 정영을 삼 층으로 안내했다.

그런데 삼 층 복도에서 막 방을 빌리려 할 때였다.

"방을 두 개 주시오."

"두 개요?"

점소이가 한 차례 무명과 정영을 돌아보며 물었다.

무명은 의아해하는 점소이의 눈빛을 보고 무슨 상황인지 알아차렸다.

지금 정영은 긴 머리를 틀어서 청건 속에 집어넣은 것은 물론, 무명처럼 청의를 걸치고 있었다. 또한 피부는 백옥처럼 하얗지만 얼굴에는 화장기가 전혀 없었다. 점소이 눈에 그녀는 곱상하게 잘생긴 미남자로 보이리라.

이름 없는 문파의 사형과 사제로 보이는 무명과 정영.

그런데 둘이 각방을 쓴다고 하니 점소이는 의문이 생긴 것이었다.

그러자 난감해진 쪽은 무명이었다. 최대한 남의 눈에 안 띄려 하고 있는데 방을 두 개 빌렸다가는 정영이 남장한 여인이라는 사실을 스스로 말하는 셈이 아니고 무엇인가?

그때 정영이 입을 열었다.

"이자 말이 맞소. 침상만 두 개 있으면 되지 않소?"

"……"

"방은 하나만 주시오."

무명이 잠자코 있자 정영이 점소이에게 말했다.

"알겠습니다. 이 방을 쓰십시오."

점소이가 복도 옆에 붙은 방으로 안내했다.

무명이 방값을 치르자 점소이는 고개가 땅에 닿도록 허리를 굽혔다.

"그럼 편히 쉬십시오!"

방은 지나치게 단출해서 침상 두 개 외에는 가구가 한 점도 없었다. 거울도 없는 것으로 보아 점소이는 정영이 사내라고 단단히 믿는 것 같았다.

무명은 흘깃 한번 정영을 훔쳐봤다.

그녀가 무명과 한방을 쓰는 데 거림낌이 없는 이유는 하나일 것이다. 돈을 아끼려는 것도 아니고, 남장한 사실을 들키지 않으려고 하는 것도 아니었다.

'내가 환관이기 때문이군.'

정영은 여전히 무명을 환관으로 잘못 알고 있었다.

무명도 딱히 진실을 밝힐 생각은 없었다.

소림사에서 처음 창천칠조와 소개 인사를 할 때 이강은 진지한 말투로 신분상의 비밀을 모두 말하지 말라고 했다. 그의 충고는 옳았다. 무림맹과 황궁에 망자가 숨어 있을지 모르는 이상, 비밀은 가능한 한 숨길수록 좋았다.

양물이 없는 환관은 사람이지만 남자는 아니다.

때문에 정영은 무명과 한방을 쓰는 것을 전혀 신경 쓰지 않는 것이었다.

그러나 진실을 알게 된다면? 환관 신분은 황궁 잠행을 위해 정체를 속인 것이며, 실제 무명이 멀쩡한 몸을 가진 사내라는 사실을 깨닫는다면 그녀는 어떤 반응을 보일 것인가?

무명은 그게 몹시 궁금했다. 하지만…….

'지금 들켜서는 안 된다.'

나중에 기회를 봐서 말한다면 모를까, 이제 와서 그녀에게 말할 수는 없는 일이었다.

둘은 방에서 나와 일 층으로 내려갔다. 그리고 손을 씻고 국수 한 그릇으로 간단히 요기를 한 뒤 다시 방으로 올라왔다.

방에 단둘이 남자 무명은 이상한 기분이 들었다.

그런데 정영은 무명이 미묘한 감정을 숨기고 있는 것은 전혀 모르는지 신을 벗고 침상에 벌렁 드러눕는 것이었다.

"아아, 좋군. 뭐 하시오? 얼른 누워서 쉬지 않고."

"……."

무명은 강호에 놀러 나온 철없는 후기지수를 보는 것 같아서 쓴웃음이 났다. 하지만 그녀가 한 손에 척사검을 쥐고 있는 것을 보자 웃음이 사라졌다.

"잘 때도 검을 잡고 있으시오?"

"물론이오. 검법을 배운 뒤로 검을 쥐고 자는 게 버릇이 되었소. 이후 한 번도 자면서 검을 손에서 놓은 적이 없소."

"대단하오."

"하하, 별것 아니오. 버릇이니까."

정영이 머쓱한 미소를 지으며 말했다.

"자객 걱정은 말고 푹 쉬시오. 당신은 내가 지키겠소."

자면서도 검 자루를 놓지 않는 고수, 게다가 검 한 번에 망자 하나를 없애는 여검객이 옆을 지킨다. 이보다 더 잠자리가 든든할 수는 없으리라.

"고맙소."

무명도 침상에 편히 몸을 뉘었다.

하지만 쉽게 잠이 들 것 같지 않았다. 말투는 영락없는 사내이며 얼굴에는 화장기 한 점 없지만 정영은 엄연히 여인이 아닌가?

젊은 여인이 손만 뻗으면 닿을 거리의 침상에 누워 있었다. 상대는 경국지색의 미모라기에는 부족할지 모르나, 점소이가 강호의 미남자로 착각할 만큼 청수한 이목구비를 가진 여인이다.

게다가 무명은 환관이 아니라 운우지정의 쾌락을 아는 젊은 남자였으니……

좀처럼 잠이 들지 않을 듯한 기분도 무리는 아니었다.

그러나 예상은 빗나갔다. 벽공장을 쓰느라 무리한 데다 관도가 아닌 길로 하루 종일 걸어온 바람에 심신이 지쳐 있었던 것이다.

젊은 여인이 곁에 있다는 고민은 지금 무명에게는 사치였다.

그는 눈을 감자마자 잠에 빠져 버렸다.

휘익. 파앗.

무명은 바람을 가르는 소리가 귓가에 들려서 잠이 깼다.

어느새 해가 떴는지 창문 밖이 환하게 밝아 있었다. 그런데 방 안에서는 그림자 하나가 바위처럼 서 있다가 전광석화처럼 몸을 움직이기를 반복하고 있었다.

무명은 눈을 가늘게 뜨고 그림자가 누구인지 살폈다.

그림자는 검법 수련을 하고 있는 정영이었다. 바람을 가르는 소리는 척사검이 만드는 파공음이었다.

그제야 어젯밤 정영과 둘이서 한방에 묵었던 기억이 떠올랐다.

문득 무명은 어떤 사실을 깨닫고 흠칫 놀랐다.

'혹시 환관이 아니라는 사실을 들켰나?'

하지만 다행히 정영은 무명 쪽으로는 눈길을 두지 않고 있었다. 그녀는 두 침상 사이의 좁은 공간에서 검법 수련을 하느라 정신이 없었던 것이다.

그 바람에 자칫 서로 얼굴을 붉힐 뻔한 난감한 사태는 벌어지지 않았다.

'천만다행이군.'

무명은 안도의 한숨을 쉬며 헛기침을 했다.

"흠흠."

"일어났소? 몸은 좀 어떠시오?"

"덕분에 많이 좋아졌소."

빈말이 아니라 하룻밤을 침상에서 푹 자고 일어났더니 몸이 한결 가벼웠다.

어제 선혈을 토한 까닭은 벽공장을 쓴 탓도 있지만 그보다 우수전과의 대결 이후 밤낮을 쉬지 않고 말을 달린 혹사가 더욱 컸던 것이다. 때문에 과로를 안 하고 휴식을 취하자 몸은 기력을 되찾았다.

하지만 내력을 운용해서 무공을 쓴다면 언제 다시 몸 상태가 악화될지 몰랐다. 극양과 극음의 내공 진기가 몸속에서 충돌을 일으키는 게 문제였다.

정영도 내상이 걱정되었는지 물었다.

"내상은 어떠시오?"

"당장은 별문제 없을 것 같소."

"정말 다행이오."

정영이 밝게 웃었다.

그녀의 미소는 워낙 꾸밈이 없어서 만에 하나 제갈성의 밀명을 받고 무명을 감시하는 것이라고 해도 믿기지 않을 정도였다.

둘은 점소이가 가져다준 세숫물로 얼굴을 씻은 뒤, 일 층으로 가서 국수와 삶은 고기로 아침을 먹었다. 그리고 시간을 낭비하지 않고 바로 객잔을 나섰다.

무명은 어제처럼 관도를 피해서 길을 걸었다.

둘은 상인 무리를 만나면 수레를 얻어 탔고, 강이 나오면

배를 타고 북으로 향했다. 가는 여정은 더없이 평화로웠다. 그러다가 해가 지기 전에 마을을 찾아서 객잔에 묵었다. 물론 한방에서 잠을 잤다.

그렇게 길을 떠나기를 꼬박 사흘 째.

한번은 대낮에 마을을 들렀는데 장대비가 쏟아지는 것이었다. 낮부터 객잔에서 쉴 수는 없어서 둘은 차를 마시며 비가 그치기를 기다렸다.

그런데 둘의 모습이 처음 강호를 출행한 서생과 청년으로 보였는지 흑도 무리 몇 명이 시비를 걸었다.

정영은 무명에게 가만히 있으라고 말한 뒤 검을 들고 나섰다.

"내가 알아서 할 테니 절대 나서지 마시오."

무명은 고맙기도 하고 어이가 없기도 했다. 그녀의 목소리에 마치 어린 사제를 위험에 빠뜨릴 수 없다는 듯한 기색이 어려 있었기 때문이다.

독설가 이강도 인정한 정영의 검법을 흑도 몇 명이 당해낼 수는 없었다. 불과 몇 초식 만에 그녀의 검에 무릎 꿇은 그들은 잘못했다고 고개를 조아리며 황급히 도망쳤다.

문제는 그다음이었다.

싸움을 끝내고 돌아온 정영이 잔을 들어 차를 마셨다.

그런데 다시 찻잔을 들던 무명은 깜짝 놀랐다. 정영이 둘의 잔을 바꿔서 들었던 것이다.

그런지도 모르고 정영은 맛있게 차를 마셨다.

"왜 그러시오? 차가 다 식겠소."

"……"

만약 다른 여인이었다면 입술에 바른 화장이 묻어서 표가 나기 때문에 잔이 바뀔 리가 없었으리라.

지금 와서 그 사실을 말할 수도 없었다.

무명은 천천히 차를 마시기 시작했다. 방금까지 정영이 입을 대고 마시던 찻잔. 차는 식었지만 왠지 찻잔은 온기가 남아 있는 듯이 따뜻했다.

그러나 두 남녀는 별다른 일이 생기지 않았다.

무명은 시황과 관련된 과거 기억에 골몰했고, 정영은 다소 고지식한 면이 있는 여인이라 서로 감정이 생길 여유가 없었던 것이다.

며칠 뒤, 둘은 도성에 도착했다.

무명이 말했다.

"이강을 찾으러 갑시다."

하오문의 새 문주

6장.

두 남녀는 며칠간의 강호출행 끝에 도성에 도착했다.

무명이 말했다.

"그럼 이강을 찾읍시다."

그런데 정영이 의아한 목소리로 물었다.

"먼저 안전가옥에 들러서 부맹주님을 봐야 하지 않소?"

"……."

무명은 말문이 막혀서 침음했다.

제갈성이 무사들에게 흔적을 남기지 말고 처소를 비우라고 명령했으니 안전가옥은 이미 폐쇄되어서 평범한 민가로 돌아갔을 것이다. 이강 역시 안전가옥이 없다면 제갈성을 일부러

찾을 인물이 아니었다.

즉, 안전가옥으로 돌아갈 이유는 하나도 없었다.

하지만 전후 사정을 모르는 정영이 제갈성을 먼저 찾는 것은 당연했다. 무명은 고민하다가 며칠간 자신을 호위해 준 그녀에게 사실을 말하기로 결심했다.

"사실 제갈성은 나를 잡으려 하고 있소."

"뭐요?"

"진문에게 인사도 없이 급히 소림사행을 떠난 것도, 관도를 피해 다른 길로 도성에 온 것도 모두 그 때문이오."

"부맹주님이 왜 당신을?"

정영이 두 눈을 크게 뜨고 물었다.

무명은 그동안 있었던 일을 간략하게 설명했다. 황제의 어진을 보고 문사가 황족이라는 것을 알아차려서 그를 의심하게 된 일, 하지만 제갈성은 반대로 그 이유를 추궁해서 소림사 참회동에 가두려고 한 일 등등.

"나는 제갈성을 피해 도망칠 수밖에 없었소. 과거 기억을 잃은 바람에 자세한 사정을 해명할 수 없으니까 말이오."

물론 인피면구와 흡성신공은 언급하지 않고 숨겼다.

"소림사행을 따라잡은 것도 문사를 심문하기 위해서요. 그의 존재가 내 과거와 관련이 있기 때문이오."

얘기를 들은 정영이 눈썹을 찡그리며 말했다.

"부맹주님의 처사가 너무 지나쳤소. 당신은 무림맹을 위해

일하지 않았소?"

그 말에 무명은 마음이 복잡해졌다. 자신을 믿어주는 정영이 고마운 한편, 그녀의 심성이 지나치게 순수했기 때문이다.

결국 무명은 가장 중요한 사실을 입에 꺼냈다.

"…나는 아마 정체불명의 조직에게 세뇌된 세작일 것이오."

왠지 모르지만 정영 앞에서는 사실을 숨길 수는 있어도 거짓말을 하는 것은 힘들었다.

"그럴 리가 없소! 내가 아는 당신은……."

"나도 내가 누구인지 모르는데 당신이 나를 잘 안다고? 웃기는 소리 마시오."

정영의 순진한 말을 듣자 무명은 자기도 모르게 화가 치밀어서 험한 말을 했지만 곧바로 후회가 되었다.

"내 말은 모두 사실이오. 제갈성이 나를 잡으려던 것도 무리는 아니오."

"……."

"안전가옥은 이미 폐쇄되었을 것이오. 아니, 있다고 해도 나는 돌아갈 수 없소."

둘 사이에 잠시 무거운 침묵이 흘렀다. 무명은 그제야 함께 이강을 찾자고 한 말이 얼마나 허황된 소리였는지 깨달았다.

정영은 구대문파의 하나인 점창파의 제자이며 무림맹에 선출된 촉망받는 후기지수인 반면, 자신은 기억을 잃고 세뇌된 세작이거나 그게 아니더라도 기껏해야 강호의 삼류 무사가 고작인 신분이 아닌가. 문득 무명은 자신과 정영 사이에 넘을 수 없는 큰 벽이 가로막힌 듯한 기분이 들었다.

그가 좀처럼 떨어지지 않는 입을 억지로 열었다.

"그동안 고마웠소."

헤어지자는 인사. 지금 이별하면 어쩌면 영영 다시 만나지 못하리라. 무명이 거리를 향해 몸을 돌릴 때였다.

"잠깐."

정영이 그를 불러 세웠다.

"기억을 찾고 해명하면 부맹주님의 오해도 풀릴 것이오."

"맞는 말이긴 하오."

무명은 그렇게 말했지만 속마음은 달랐다. 제갈성이 허술한 인물도 아닐뿐더러 기억을 되찾을 수 있는지조차 지금으로서는 불분명하지 않은가.

하지만 정영은 그런 생각은 조금도 없는 듯했다.

"당신이 기억 찾는 것을 돕겠소."

그 말에 무명은 날카로운 눈빛으로 정영의 표정을 살폈다.

설마 제갈성의 전갈을 받아서 떨어지지 않으려고 하는 걸까? 그러나 며칠간의 여정 중에 그런 낌새는 전혀 보이지 않았다. 만약 제갈성과 연락이 닿았다면 도성에 무사들을 배치해서 붙잡으면 그만이니까. 무명이 차가운 목소리로 물었다.

"왜?"

"왜냐니… 그야 같은 강호인끼리 서로 도우면서 살아야……."

정영이 그녀답지 않게 말을 흐리며 두 눈알을 좌우로 굴렸다. 불안하거나 초조할 때면 항상 나오는 버릇.

"좋소."

무명이 피식 웃으며 대답했다. 그는 마지못해 승낙하는 척했으나 실은 자신도 정영과 떨어지고 싶지 않았던 것이다.

그때 정영이 눈썹을 찡그리며 물었다.

"그런데 굳이 이강을 찾는 이유가 무엇이오? 그자가 기이한 능력을 가진 것은 알겠소만 남을 도울 사람 같지는 않아 보이는데?"

"제대로 보았소. 하지만 이강은 내게 빚이 있소."

"빚?"

"그렇소. 그자는 남에게 진 빚이든 당한 빚이든 반드시 갚는다고 항상 떠들지. 내게 갚을 빚이 한 번 남았으니 도움을 거절하지 못할 거요."

"그랬었군."

정영도 수긍이 가는지 고개를 끄덕였다.

그런데 이어지는 그녀의 말에 무명은 말문이 막히고 말았다.

"그럼 이강이 있는 곳으로 갑시다."

"…실은 그가 어디 있는지 나도 모르오."

"뭐요?"

정영은 어이가 없는지 입을 헤 벌렸다.

"황궁에서 안전가옥으로 왔을 때 이강은 외출해서 자리를 비우고 있었소. 안전가옥이 폐쇄된 지금, 그가 어디 있을지는 알 수 없소."

드넓은 중원에서 행방을 모르는 자를 찾는다? 차라리 모래 사장에서 바늘을 찾는 것이 더 쉬울 것이다.

하지만 무명은 이강이 도성 근처에 있다고 생각했다. 제갈성이 말하길 이강이 외출한 뒤 안전가옥으로 돌아오겠다고 했다는데, 이강은 다시 오지 않으면 안 왔지 굳이 변명을 할 성정이 아니었기 때문이다. 그때 정영이 무슨 생각이 들었는지 말했다.

"그러고 보니 이강이 어디 다녀온다고 말한 게 기억나오."

"정말이오? 어디요?"

"그게 좀 이상한 곳이었소.

그녀는 잠깐 멈칫하더니 머쓱한 얼굴로 입을 열었다.

"아방궁이오."

아방궁(阿房宮)은 진시황제가 세운 궁궐로, 중원 역사에서 가장 거대하고 화려한 건물로 유명하다. 하지만 진시황제가 죽고 진나라가 멸망하자 항우는 아방궁을 불태워 버렸는데 모두 삼 개월 하고도 열흘을 더 불타올랐다는 얘기가 들려왔다.

즉, 현재 중원 땅의 어디에도 아방궁이 있었다는 터는 찾을 수 없었다.

정영도 그 얘기를 아는지 한숨을 쉬며 말했다.

"게다가 그냥 아방궁에 다녀오는 게 아니라 화원(畫員)을 찾을 거라고 했소. 이강 그자가 농담을 한 게 틀림없소.

천 년 이상 되는 오랜 옛날에 불타서 사라진 아방궁. 그런데 아방궁에 들러서 그림 그리는 화원을 만나고 오겠다고? 이강의 말은 평소 그답게 다른 사람을 놀리려는 농담이 분명했다.

그러나 무명의 생각은 달랐다.

"아니. 이강의 말은 농담이 아니오. 그건 흑화요."

"흑화?"

"그렇소."

흑화(黑話)는 흑도 무리가 주로 쓰는 비밀스러운 말을 뜻했는데, 꼭 흑도가 아니라 명문정파 사이에서 자기들끼리 암호로 주고받는 말도 흑화로 통칭했다.

"그가 찾아간 아방궁이 어디인지, 또 화원이 어떤 인물인지 대충 짐작이 가오."

"흑화까지 알고 있다니 대단하오."

정영은 진심으로 감탄한 표정이었다. 하지만 무명은 내심 마음이 무거웠다. 자기 이름도 기억하지 못하는 판인데 엉뚱하게도 흑도 무리의 흑화가 기억난다는 사실이 씁쓸한 동시에 어이가 없었던 것이다.

"그 아방궁이란 곳이 어디요?"

그런데 정영이 재촉하는 순간, 무명은 문득 어떤 사실이 떠올라서 말을 얼버무렸다.

"가보면 알게 될 거요."

"……"

그는 명쾌히 대답하지 않고 몸을 돌려서 앞장을 섰다. 먼저 말을 꺼낸다면 정영이 어떤 반응을 보일지 몰랐기 때문이다.

어쨌든 뒤에서 고개를 갸웃거리며 따라오고 있을 그녀를 생각하자 무명은 자기도 모르게 피식 미소가 지어지는 것을 참을 수 없었다.

중원 곳곳에는 망자가 창궐하고 있다는 소문이 떠돈 지 오래였지만 황궁이 있는 도성은 망자 소문은 신경 안 쓴다는 것처럼 여전히 거리가 인파로 가득 차 있었다. 무명이 인파를 뚫고 앞장서자 정영이 그 뒤를 따랐다. 그런데 시간이 지날수록 그가 발을 옮기는 곳은 길은 점점 좁아지고 양옆에 건물들이 높이 늘어서서 골목에 짙은 그림자를 드리우는 것이었다.

정영이 궁금함을 못 참고 물었다.

"대체 지금 가는 곳이 어디요?"

"곧 도착하오."

무명은 아직 말을 아꼈다.

갑자기 좁은 골목이 끝나면서 큰길이 나왔다.

"저곳이오."

무명이 검지를 들어 길 맞은편에 서 있는 건물을 가리켰다.

건물은 처마 곳곳에 청홍(靑紅)의 등불이 빼곡하게 걸려 있어서 보는 이의 눈을 어지럽게 만들고 있었다. 또한 맨 위층인 오 층까지 등불이 걸려 있어서 거리가 비좁지 않았다면 멀리서도 건물을 찾을 수 있을 정도였다.

그런데 건물을 본 정영이 눈썹을 찡그리며 말했다.

"이곳은… 기루로군."

남녀의 웃음소리와 술잔 부딪치는 소리가 쉬지 않고 들려오는 곳은 도성에서 가장 유명한 기루인 백홍루였다. 무명은 예전에 왕직을 통해 들은 얘기를 기억하며 유명 기루들이 운집해 있는 거리로 발걸음을 한 것이었다.

"맞소. 기루요."

"아방궁이 흑화로 기루였소?"

"그건 아니오."

"뭐라고? 그럼 기루는 왜 온 것이오?"

"곧 알게 될 터이니 일단 따라오시오."

무명은 바로 설명하지 않고 몸을 돌려 기루로 들어갔다. 궁금함에 조바심을 내며 따라올 정영을 생각하자 슬며시 웃음이 나왔지만, 이후 진실을 알게 되면 그녀가 어떤 반응을 보일지 조금은 걱정이 되었다.

백홍루 안은 등불이 빼곡하게 걸려 있던 건물 외관보다 더욱 화려했다. 벽에는 청홍색 등불이 걸려 있지 않은 곳이 없었고 곳곳에서 진한 분 냄새가 흘러와서 콧속을 찔렀다. 기녀들은 정혜귀비의 궁녀들만큼 화려한 복장을 걸친 것은 물론, 손님을 안내하는 점소이마저 흰 두건을 쓴 말쑥한 차림새였다.

고관대작이 애용하는 곳은 아니나 평민이 드나들 수 있는 곳 중에서는 최상급 기루임이 분명했다.

무명과 정영이 복도를 지나가자 손님과 기녀들이 발을 멈춘 채 두 남녀를 빤히 쳐다봤다. 화려한 기루에 청수한 외모의 서생과 젊은 무사가 등장하자 오히려 눈에 확 띄었기 때문이었다. 특히 복도를 오가던 기녀들은 정영에게서 좀처럼 눈을 떼지 못했다. 본래 정영은 어딘가 선머슴 같은 부분이 있어서 송연화나 남궁유의 미모에는 못 미쳤다. 하지만 청의를 입고 청건을 써서 남장을 하자 새하얀 피부와 선 굵은 이목구비가 다른 사내들에게서는 찾아볼 수 없는 묘한 매력을 풍겼던 것이다.

하지만 정영은 기녀들에게 관심은커녕 눈길조차 주지 않았다.

그녀의 반응이 얼음처럼 싸늘하자 기녀들도 관심을 잃고 흩어졌다. 기루에서 관록이 깊은 기녀들은 한눈에 봐도 은자를 펑펑 쓸 손님인지 아니면 다른 일로 찾아온 강호인인지 알아차렸던 것이었다. 무명과 정영에게 다가온 점소이도 그 사실을 깨달았는지 시큰둥하게 물었다.

"무슨 일입니까, 손님?"

"이 층에 방을 하나 주고 기녀 한 명을 불러주시오."

그 말에 점소이가 눈살을 찌푸렸다.

"이 층에 기녀 하나요?"

"그렇소."

보통 기루는 높은 층으로 올라갈수록 방이 고급스러우며 기녀가 받는 화대도 비싸다. 그런데 서생이 일 층을 제외하면 가장

싼 층인 이 층을 주문했으니 점소이로서는 짜증이 났던 것이다.

더군다나 손님은 둘인데 기녀는 하나만 부르겠다는 말을 듣자 점소이는 '이건 또 무슨 미친 놈들이야?' 하는 눈빛으로 무명과 정영을 쳐다봤다. 그런데 무명이 은자를 건네면서 말 한마디를 하자 그의 반응이 정반대로 바뀌었다.

"남은 돈은 수고비로 챙기시오."

"가, 감사합니다!"

무명이 건넨 은자는 세 냥이었는데 이 층 방을 잡고 기녀 하나를 부르면 남는 돈이 쓰는 돈보다 더욱 많았던 것이다. 짭짤한 수고비를 챙긴 점소이는 방으로 둘을 안내한 뒤 고개를 조아렸다.

"잠깐만 기다리시면 서시 뺨치는 미녀를 대령하겠습니다!"

무명은 정영에게 '거스름돈은 이렇게 쓰는 것이오'라고 말하고 싶었지만 꾹 참았다.

방은 깨끗하고 화려했지만 손님이 돈을 안 내고 도망치는 일이 없게 창문을 막아놓아서 답답한 감이 있었다. 정영이 물었다.

"아방궁이 기루가 아니라고 했잖소? 그런데 굳이 기녀를 부른 이유가 무엇이오?"

무명은 이제 숨길 수 없다고 생각하고 대답했다.

"아방궁은 흑화로 하오문이라는 뜻이오."

하오문(下汚門). 아래 하(下) 자에 더러울 오(汚) 자가 이름인 방파. 하오문은 이름 그대로 강호의 하층민들이 모여서 만든

방파였다. 도둑, 소매치기, 기녀 등이 하오문에 속하는 자들이
주로 갖는 직업이었다.

신분이 그러니 하오문이 엮이는 일은 대개 돈 문제가 많으
며 추잡한 소문이 떠돌았다. 때문에 명문정파는 하오문을 입
에 담기조차 꺼렸으며, 혹도 무리 또한 하오문을 정당한 방파
로 취급하지 않을 정도였다.

정파와 사파 양쪽 모두에서 버림받은 강호의 천덕꾸러기.

그것이 하오문의 정체였다. 무명이 아방궁의 뜻을 미리 말하
지 않은 이유도 정영이 어떤 반응을 보일지 몰랐기 때문이었다.

'그녀는 명문정파인 점창파의 후기지수다.'

창천칠조와 처음 만났을 때 정영과 악척산은 명문정파에
대한 자부심이 남달랐다. 성정이 순수한 정영도 혹도 무리를
대할 때면 유독 냉엄한 태도를 취했다. 아니나 다를까, 정영의
눈빛이 날카로워졌다.

"하오문을 찾아야 된다는 것은 알겠소. 하지만 굳이 기루
에 올 필요가 있었소?"

"기루가 아니면 하오문 소식을 알기는 쉽지 않소."

"왜?"

"하오문의 구성원은 주로 도둑이나 소매치기요. 그런데 평
소 도둑을 맞기는 쉬우나, 일부러 도둑을 붙잡으려고 한다면
얘기가 달라지오."

"언제 도둑이 접근할지 알 수 없기 때문이군."

"맞소. 한데 하오문에서 꽤 높은 비율을 차지하는 직업이 있소. 바로 기녀요."

"……."

"고급 기녀는 다르겠지만 하급 기녀들은 단결심이 강하오. 돈도 권력도 없기 때문에 서로 돕지 않으면 험한 강호에서 버틸 수 없기 때문이지. 하오문에 소속된 기녀가 아니더라도 최소한 접근할 방법은 알아낼 수 있을 것이오."

정영은 반박할 말이 없는지 침음했다. 명문정파의 후기지수인 그녀는 강호의 삼류 인생이 어떤 삶을 이어가는지 들어본 적도, 관심을 가져본 적도 없었으리라.

그때였다.

"안에 계신가요?"

밖에서 콧소리가 잔뜩 섞인 목소리가 들리더니 기녀 한 명이 문을 열고 방으로 들어왔다. 그녀는 얼굴에 짙게 분을 칠해 화장을 하고 요염한 도홧빛 옷을 입고 있었지만, 눈가에 깊게 패인 주름살과 어딘가 나이 들어 보이는 기미를 감출 수 없었다. 오랜 세월 강호의 풍상을 겪은 티가 역력한 모습이었다.

"홍란이라고 합니다."

기녀가 떨리는 목소리로 인사했다.

점소이에게서 두 남자가 기녀 한 명을 불렀다는 말을 들었을 테니, 어떤 미친 짓을 당할지 모른다는 걱정을 지울 수 없었던 것이다.

하지만 눈앞의 손님이 뜻밖에도 청수한 서생과 젊은 무사인 것을 확인하자 기녀는 얼굴색이 많이 좋아졌다.

문득 그녀가 눈썹을 찡그리며 물었다.

"당신들, 방사를 치르려고 온 게 아니군요?"

강호의 풍상을 겪은 만큼 눈치가 빠른 기녀였다.

무명은 차라리 잘됐다고 생각하고 말했다.

"그렇소. 실은 한 가지 묻고 싶은 것이 있소."

"맨입으로 말할 수는 없는데요?"

서생과 무사가 정보를 얻으려 한다는 것을 알자 기녀는 팔짱을 끼며 거드름을 피웠다.

처음부터 기녀를 겁박할 생각이 없던 무명은 흔쾌히 품에서 은자 한 냥을 꺼내 건넸다. 뜻밖의 큰돈을 받자 기녀의 얼굴이 금세 반색을 띠었다.

"궁금한 게 뭐죠?"

"화원을 찾고 있소."

"그림 그리는 환쟁이를 왜 기루에서 찾는……."

"그런 환쟁이 말고 문신사 말이오."

옆에서 둘의 얘기를 듣던 정영이 '아!' 하고 작게 감탄사를 내뱉었다. 문신사(文身士)는 살갗에 바늘을 찔러서 상처를 낸 뒤 형형색색의 물감을 넣어서 문신을 새겨주는 자들이다. 즉, 화원은 혹화로 문신사라는 뜻이었다.

중원에서 가장 화려했다는 아방궁은 천박한 하오문, 사람

몸에 문신을 새기는 자는 그림 그리는 화원.

기루에 들어온 뒤로 표정이 불편하던 정영도 흑화가 비유하는 뜻이 절묘했는지 피식 웃음을 흘렸다.

무명이 흑화를 말했지만 노련한 기녀는 내색하지 않고 딴청을 했다.

"그렇군요. 그럼 문신하는 곳으로 모시면 되나요?"

"아니. 보통 문신사가 아니라 아방궁의 문신사가 필요하오."

무명의 입에서 아방궁이란 말이 나오는 순간, 기녀의 표정이 얼음처럼 차갑게 굳었다.

무명은 속으로 쾌재를 불렀다. 일단 기녀 한 명을 부르고 얘기를 끌어나가며 하오문에 대해 물을 계획이었는데, 운 좋게 한 방에 하오문 소속의 기녀를 찾은 것이었다.

아니나 다를까, 기녀의 목소리가 싸늘하게 변했다.

"굳이 아방궁의 문신사가 필요한 이유는 뭐죠?"

무명은 내친김에 단도직입적으로 말을 꺼냈다.

"실은 이강이란 자를 찾고 있소."

"……."

순간 기녀의 얼굴이 움찔하며 굳는 것을 무명은 놓치지 않았다. 그녀가 몸을 돌리며 말했다.

"따라오세요."

기녀가 방을 나서며 앞장서자 무명과 정영은 서로를 한번 쳐다본 뒤 그녀의 뒤를 따라갔다.

기녀의 발길이 향한 곳은 백홍루의 주방을 통해 이어지는 뒷문이었다. 중원의 모든 주방은 항상 전쟁 상태로 정신이 없는 곳이다. 때문에 기녀가 서생과 무사를 대동하고 뒷문을 빠져나가는 모습을 눈여겨보는 자는 아무도 없었다.

백홍루를 나선 기녀는 어둡고 비좁은 골목으로 들어갔다.

불과 삼 장 너머에 있는 거리는 인파로 시끌벅적한 반면, 골목은 사람 그림자 하나 보이지 않았다. 또한 어디선가 퀴퀴한 냄새가 흘러와 코를 찔렀고, 좌우에 늘어선 불 꺼진 창문에서는 누군가 밖을 엿보고 있는 듯한 시선이 느껴졌다.

정영도 불안한 감을 느꼈는지 목소리를 죽이며 말했다.

"기분 나쁜 곳이오."

"……."

무명은 딱히 해줄 말이 없었다.

정파와 사파가 모두 꺼리는 곳, 강호에서 가장 천박한 자들이 모여 있는 곳으로 가는 중인데 잘 포장된 관도를 바랄 수는 없지 않은가. 기분 나쁜 거리를 걸은 지 차 한 잔 마실 시간이 지났을 때였다. 기녀가 걸음을 멈추고 어떤 건물로 들어갔다.

무명과 정영은 눈빛을 한번 교환한 뒤 그녀를 따라갔다. 건물 안은 작은 공터처럼 넓었으나 어두침침한 것은 물론, 바닥에 벽돌이 삐죽 솟아 있는 곳이 많아서 걷기가 쉽지 않았다.

잠을 잘 수도, 무공을 수련하기도 힘든 싸구려 건물이었다.

기녀가 건물 중앙에 가서 서더니 고개를 뒤로 돌리며 말했다.

"하나만 묻죠. 이강이란 자의 별호가 적월혈영이 맞나요?"

"그렇소."

"그를 찾는 이유가 뭐죠?"

그때 정영이 입을 열어 대답했다.

"우리는 이강과 아는 사이요. 그에게 부탁할 일이 있어서 찾고 있소."

순간 무명은 아차 싶었다.

순진한 사람은 의외로 성정이 다급한 자가 많다. 지금 정영이 딱 그랬다. 정파와 사파 양쪽 모두가 꺼리는 하오문에 와서 적월혈영(赤月血影)이란 섬뜩한 별호를 가진 악인의 행방을 묻는다?

차라리 고양이 목에 걸 방울을 일부러 딸랑거리며 다가가는 쪽이 안전하리라. 이강을 찾느라 기루에 들어간 것도 모자라 하오문의 기녀를 오랜 시간 쫓아왔으니, 답답함을 꾹 참고 있던 정영은 기녀가 묻자 자기도 모르게 속마음을 말한 것이었다.

무명이 슬쩍 정영에게 말했다.

"방금 한 말은 실수요."

"왜요?"

"이강은 강호의 사대악인으로 악명 높은 자요. 굳이 그와 아는 사이라는 점을 말할 필요는 없었소."

그 말을 기녀도 들은 것 같았다.

"아니, 다행이군."

그녀의 목소리가 어느새 싸늘하게 바뀌어 있었다.

척! 기녀가 몸에 숨기고 있던 단검을 꺼내 들며 말했다.

"적월혈영 이강과 어떤 관계인지 빠짐없이 실토해라. 아니면 너희 둘은 여기서 한 발짝도 나가지 못한다."

운 좋게 하오문 소속의 기녀를 찾았다고 생각했는데, 단검을 뽑아 들며 협박하는 태도를 보니 하오문에서 꽤 높은 직위를 가진 기녀인 게 확실했다.

그리고 고위직의 기녀는 두 남녀를 자신들의 본거지로 끌어들이는 데 성공한 것이다.

무명은 고개를 저으며 생각했다.

'일이 꼬였군.'

강호인은 은원을 갚기 위해 대를 이어서 복수하는 경우도 적지 않다.

사대악인 이강의 지인. 그에게 당한 일이 있는 자들은 오늘 기회를 놓치지 않고 무명과 정영에게 대신 복수를 하려고 들게 뻔했다.

하지만 정영은 현재 처한 상황을 전혀 깨닫지 못하고 있었다.

그녀가 날 선 목소리로 말했다.

"우리는 이강만 만나면 된다. 굳이 검을 쓰겠다면 응수해 주지."

상대의 겁박에 한 치의 물러섬도 없는 자세.

그러나 무명은 속으로 한숨을 쉬었다.

명문정파끼리 벌이는 기세 대결이라면 모르겠으나, 지금은 어떤 추한 방법을 쓸지 모르는 하오문을 상대하고 있지 않은 가? 게다가 여기는 그들의 본거지다.

혹도 무리를 대할 때 유독 냉엄한 정영이 또 한 번 불타는 집에 기름을 끼얹은 셈이었다.

기녀가 헛웃음을 치며 말했다.

"하! 얼마나 대단한 명문정파에서 납시셨는지 곧 알게 되겠지."

이어서 그녀가 '삐이익' 하고 길게 휘파람을 불었다.

순간 건물의 사방 벽에 줄을 이어 나 있는 창문들이 빠른 속도로 닫혔다.

탁탁탁탁탁탁!

안 그래도 벽마다 난 창문 말고는 외부로 통하는 곳이 없어 서 답답하던 건물 안이 순식간에 꽉 막힌 밀실로 변했다.

이제 건물을 탈출하려면 먼저 들어왔던 문으로 나가는 방 법밖에 없었다.

하지만 문은 하오문 무리가 지키고 있을 게 뻔했다. 게다가 창문마다 길쭉한 그림자가 어른거리는 것으로 보아, 상대가 닫힌 창문을 부수고 도망칠 것도 대비하는 게 분명했다.

그림자들은 물론 도검(刀劍)이리라.

그러나 정영은 조금도 기세가 꺾이지 않았다.

스윽. 그녀가 척사검의 검 자루로 슬며시 손을 갖다 대며 말했다.

"하오문? 결국 손님을 겁박하는 흑도 무리에 지나지 않았군."

그녀의 목소리가 얼마나 침착하고 차가웠는지 하오문의 고위직일 기녀마저 멍한 얼굴을 한채 꿀꺽 침을 삼켰다.

무명 역시 정영의 호연지기에 감탄했다.

'위기에 처할수록 강해진다? 명문정파는 확실히 명문정파군.'

그런데 마음에 걸리는 게 있었다.

무명은 하오문이 철저한 점조직으로 이루어져 있다고 알고 있었다.

하오문은 강호 하층민들로 구성되어서 정보력은 뛰어나나 금전력과 세력이 약해서 사람들을 하나로 모을 구심점이 불분명했다. 때문에 자기 이익에 따라 행동하다가 같은 하오문끼리 배신하는 경우도 적지 않았다.

무엇보다 전해지는 무공이 없다는 게 큰 문제였다.

거지들의 집합체인 개방은 타구봉법과 타구진이 유명하다. 어딜 가나 천대받는 그들은 물려고 달려드는 개를 때리면서 만들어진 봉법과 진법을 개방의 독문무공으로 발전시킨 것이다.

반면 하오문은 이렇다 할 무공이 없었다. 개방은 당당히 강호의 명문정파로 인정받는 반면, 하오문은 제대로 된 방파 취급을 받지 못하는 것도 그래서였다.

그런데 방금 기녀의 신호를 기다렸다는 듯이 창문이 동시에 닫힌 것이다.

그것은 무명이 알고 있는 하오문의 조직력이 아니었다.

마치 제갈성이 부른 신진 방파의 무사들처럼 일사불란한
움직임…….

'이건 위험하다!'

눈앞에 보이는 상대는 단검을 든 기녀 한 명이다. 하지만 건
물 밖에 얼마나 많은 적이 도사리고 있을지 알 수 없었다. 적의
숫자도, 무기도, 어떤 진법을 써서 공격해 올지도 불명확했다.

적의 움직임을 미리 예측하고 행동한다. 무명이 지금까지
살아남을 수 있었던 방법이다.

그런데 그 방법이 지금 무용지물이 된 것이다.

'반면 이쪽은 서생과 무사, 단 두 명뿐.'

아니, 실제는 그와 달랐다.

젊은 무사는 검을 귀신처럼 쓰는 명문정파인이었지만 서생
은 무공을 익힌 건지 기억도 하지 못할뿐더러 내력을 함부로
쓸 수 없는 반쪽짜리에 불과하지 않은가?

그때였다.

스스슥.

십여 명이 훌쩍 넘는 사람 그림자들이 어둠 속에서 발 빠르
게 움직이며 방을 빙 둘러쌌다.

무명과 정영은 하오문 무리에 졸지에 포위되고 만 것이었다.

이어서 어둠 속 사방에서 날카로운 빛들이 일제히 번쩍거
렸다. 스르릉. 소름 끼치는 검날 소리가 들린 것으로 보아 하

오문 무리는 기녀처럼 단검이 아니라 제대로 된 도검을 빼어
든 게 분명했다.

기녀가 단검을 빙글 돌려서 무명을 가리켰다.

"마지막으로 묻겠다. 적월혈영과 어떤 관계냐?"

무명은 정영이 불 속에 기름을 붓기 전에 끼어들며 대답했다.

"우리는 이강과 아무 은원이 없……"

순간 어둠 속에서 빛이 번쩍거리며 무명과 정영을 향해 날
아들었다.

쉬쉬쉭!

이렇다 할 독문무공도, 진법도 없는 하오문이 강호에서 살
아남는 방법은 적의 허를 찌르는 급습이었다.

기녀가 단검으로 무명을 가리킨 것은 공격 신호였던 것이다.

무명에게 이강과의 관계를 물으며 최후통첩을 던진 기녀.

하지만 그녀는 처음부터 대답을 들을 생각이 없었다. 기녀
가 단검을 빙글 돌려서 무명을 가리키자 십여 명의 하오문 무
리가 도검을 꼬나쥔 채 달려들었던 것이다.

기녀가 앙칼진 목소리로 외쳤다.

"쥐덫에 걸렸다! 꼬리를 잘라라!"

하오문에서 적과 싸울 때 쓰는 흑화.

'쥐덫'은 상대를 방심시킨 뒤 본거지로 유인한다는 뜻이며,
'꼬리를 자른다'는 상대가 미처 상황을 파악하기 전에 급습하
여 도망칠 의지를 꺾는다는 뜻이었다.

즉, 무명과 정영은 하오문의 함정에 제대로 빠진 것이었다.

쉬쉬쉭!

어둠 속에서 무명을 향해 세 개의 빛 줄기가 날아왔다.

각각 양미간과 양쪽 관자놀이로 날아드는 도검. 예전의 무명이었다면 세 방향에서 날아오는 도검을 어떻게 상대해야 될지 몰라 허둥대다가 나려타곤으로 땅바닥을 굴러서 간신히 위험을 모면했으리라.

하지만 소행자와 우수전의 내력을 흡수한 무명은 과거의 그가 아니었다.

'검격이 거칠군.'

도검이 날아드는 찰나에 그는 하오문 무리의 검법이 세련되지 못하다는 점을 순식간에 파악했다.

'창천칠조의 여검객들에 비하면 족히 몇 수는 아래다.'

무명은 번개가 내리칠 만큼 짧은 찰나를 몇 단계로 나누어서 도검을 기다렸다. 하나, 둘… 도검이 막 얼굴을 찌르려는 순간, 몸을 숙이며 앞으로 발을 뻗어 공세를 피할 생각이었다.

셋. 지금이었다.

그런데 세 개의 도검이 순간 한 자 이상 길게 늘어나는 것이 아닌가?

쉬이익!

무명은 낭패한 심정으로 어둠 속을 쳐다봤다. 무언가 자신이 깨닫지 못한 하오문의 술수가 어둠 속 너머에 도사리고 있었던 것이다.

그는 반사적으로 무릎에 힘을 빼면서 몸을 아래로 숙였다.

바닥을 두 손으로 짚으며 거북이처럼 주저앉아 도검을 피하려 한 것이었다. 나려타곤만큼 꼴사나운 모습. 하지만 창피를 당하는 것이 도검 세례에 꿰뚫리는 것보다는 백번 낫지 않은가.

그때였다.

도검 세 개가 허공에 둥글게 휘어지는 검광을 그리며 무명을 쫓아오는 것이 아닌가?

이제 나려타곤으로 바닥을 뒹굴며 피하는 수밖에 없었다. 순간, 갑자기 정체 모를 힘에 이끌려 무명의 몸은 붕 떠서 뒤로 날아갔다. 그 바람에 세 도검은 목표를 잃고 허공을 찌르고 말았다.

무명이 뒤도 돌아보지 않으며 말했다.

"…고맙소."

"천만의 말씀."

실은 정체절명의 순간 정영이 몸을 날려 무명의 뒷덜미를 잡아챘던 것이다.

무명이 슬쩍 물었다.

"저들의 도검 길이가 늘어난 것 같은데?"

정영이 고개를 저으며 답했다.

"도검이 아니라 창이오."

"……"

무명은 할 말을 잃은 채 속으로 한숨을 쉬었다.

'늘어나는 도검의 정체는 창이었군.'

하오문 무리는 도검 말고도 창을 무기로 쓰고 있었던 것이다. 도검이 순간 늘어난 것처럼 보이며 검로를 바꿔서 무명에게 날아든 이유는 그 때문이었다.

무명은 소행자와 우수전이라는 두 고수의 내력을 흡수했으나 정작 검과 검이 맞부딪치는 실전 경험은 일천한 서생이나 마찬가지였다. 반면 정영은 허공을 가르는 파공음만 듣고 병장기의 정체를 알아차린 것이다.

정영의 도움이 없었더라도 나려타곤을 시전하여 간신히 창을 피할 수 있었을 것이다. 하지만 상대의 수법이 거친 것을 비웃던 무명은 할 말이 없어졌다.

그야말로 꼴사나운 상황.

그러나 정영은 무명을 탓하지 않고 어느새 뽑아 든 척사검으로 하오문 무리의 공세를 막아냈다.

채채챙!

단 한 번 검을 휘둘렀을 뿐인데 도검 둘과 창 하나가 척사검에 튕겨서 날아갔다.

"뒤로 물러나 있으시오."

정영의 눈빛은 침착 그 자체였다. 강호출행을 하며 보이던 불안한 눈초리나 혹도 무리와 상대할 때면 드러나던 흥분된 기미는 조금도 없었다.

잘 벼려진 날카로운 검.

지금 그녀를 설명할 수 있는 유일한 한마디였다.

"이들은 내가 맡겠소."

무명은 자신을 무공을 모르는 서생처럼 여기는 정영의 말투가 조금 불만이었다.

"기억은 없으나 몇 가지 무공은 출수할 수 있소."

"당신은 내상을 입은 몸이니 이 싸움은 내게 맡기시오."

"알았소……."

무명은 그녀의 기세에 밀려서 무심결에 고개를 끄덕였다.

강호출행 중에는 금전 감각 하나 없어서 민폐를 끼쳤던 정영. 그러나 검과 검이 부딪치는 전장에서는 그 어떤 사내보다 당당하고 의기가 하늘을 찔렀다.

쉬쉬쉬쉭!

어둠 속에서 십여 개의 도검과 창날이 정영을 향해 날아왔다.

도(刀)는 베는 공격이 주라 묵직하고, 창(槍)은 찌르는 공격이 주라 빠르며 사거리가 길다. 또한 검(劍)은 사거리가 짧으나 세 병장기 중에서 가장 변화무쌍하고 표홀하다.

각기 다른 세 가지 종류가 뒤섞인 하오문 무리의 공세.

조금만 방심해도 목숨이 검하고혼(劍下孤魂)이 되어버릴 공세 앞에서 정영은 피하기는커녕 오히려 검망 속으로 몸을 날렸다.

탓!

척사검이 전광석화처럼 어둠 속을 세 번 찔렀다. 파파팟!

"크으윽!"

챙강!

세 명의 비명 소리와 함께 그들이 놓친 도검이 바닥에 떨어지는 소리가 들렸다.

반 장 앞도 보이지 않는 어둠 속에서 검격 세 번에 정확히 세 명을 찌른 정영의 수법을 무명은 한눈에 알아차릴 수 있었다.

'병장기가 날아오는 방향을 읽고 그 끝에 사람이 있는 자리를 계산했군.'

그야말로 신기에 가까운 수법.

만약 과거의 무명이었다면 정영의 수법을 이해하기는커녕 현란한 검광에 눈만 어지러웠을 것이다. 하지만 소행자와 우수전의 내력을 흡수한 지금은 그녀의 검격과 신법은 물론, 어둠 속에서 움직이는 하오문 무리의 행방을 어렴풋이 읽을 수 있었다.

동시에 그는 청각으로 상황을 파악하기 시작했다.

부웅! 유난히 파공음이 세찬 병기는 도.

스팟! 파공음이 날카로운 병기는 검.

슈웃! 길게 한 점을 찌르는 파공음의 병기는 창.

그러는 사이 정영은 좌우로 번갈아 날뛰며 하오문 무리를 대여섯 번 넘게 찌르고 있었다. 어둠 속에서 둥글게 포위하고 공격을 퍼부었지만 하오문은 그녀의 상대가 되지 못했다.

그때였다. 문득 무명은 이상한 소리를 들었다.

출렁!

마치 무거운 천 자락이 펼쳐지는 듯한 소리.

순간 그가 반사적으로 정영을 향해 몸을 날렸다. 그리고 그녀의 등 뒤로 날아드는 장막을 향해 두 손을 뻗었다.

퍼펑!

내상이 우려되어 삼성(三成)의 공력밖에 싣지 않았지만, 그것으로 충분했다.

어둠 속에서 날아온 장막은 굵은 밧줄로 짠 그물이었다. 하오문 무리는 도검으로 정영을 상대할 수 없자 그물을 던져서 그녀를 옭아매려고 했던 것이다.

그러나 적재적소에 나타난 무명이 벽공장을 출수하는 바람에 그물은 갈기갈기 찢겨서 반대편으로 날아가 버렸다. 게다가 그물 파편이 하필 하오문 무리 위에 떨어지는 바람에 세 명의 몸이 얽히며 쓰러져 버렸다.

"으아악! 이게 뭐야?"

"왜 우리한테 그물을 던지는 거냐?"

보기 좋게 한 건 한 무명은 입꼬리를 올리며 미소를 지었다.

'여인 품 안에 안겨서 구경만 하고 있을 수는 없지.'

그런데 다시 보자 벽공장이 정영을 위기에서 구한 게 아니었다.

그때 정영은 동남(東南) 방위로 보법을 밟아 몸을 회전하며 검을 출수하고 있었다. 파팟! 재차 하오문 무리가 비명을 지르며 도검을 놓쳤다. 그녀는 등 뒤에서 무언가 날아오는 것을 느끼고 이미 역으로 몸을 던져서 암수를 피했던 것이다.

무명은 다시 한번 그녀의 수법에 감탄했다.

사일검법은 단순히 공격 일변도로 검격을 퍼붓는 게 아니라 모든 움직임이 검격으로 이어지는 원리였다.

가히 물 흐르듯이 끊임없이 이어지는 검격.

어둠만 아니었다면 지금 정영의 몸놀림은 광기 어린 무당의 검무(劍舞)로 보이리라.

무명은 그런 정영의 모습이 조금은 이상했다.

'황궁에 있느라 못 보던 사이에 검법이 늘었나?'

창천칠조 세 여검객의 검법은 성격이 제각기 다르지만 서로 싸워도 누가 이기리라 예측하지 못할 만큼 수준이 비슷했다. 그런데 지금 눈앞의 정영은 불과 두어 달 전에 무명이 알던 모습과 크게 차이 날 만큼 뛰어난 것이 아닌가?

순간 무명은 무언가를 깨달았다.

정영은 무작위로 움직이는 듯했으나 자세히 보자 무명을 중심으로 등을 진 채 빙글빙글 돌면서·하오문 무리를 상대하고 있었다.

그 이유는 하나였다.

'나를 지키기 위해서군.'

안 그래도 쾌속한 사일검법을 전광석화처럼 출수하고 있는 정영.

평소 정이 많고 마음 여린 구석이 있는 정영이 어떻게 망자를 상대로 맹활약을 펼쳤는지 이해되는 장면이었다. 누군가를 지키려 할 때 그녀의 마음속에서는 잡념이 한 점도 없이 사라지는 것이다.

검신합일(劍身合一)의 경지.

그것이 지금 정영이 사일검법의 정수를 펼칠 수 있는 이유였다.

광인처럼 날뛰는 정영, 그리고 그녀의 뒤에서 암습을 막으며 나름 자기 몫을 하는 무명.

하오문 무리는 뒤늦게 실수를 깨달았다. 글만 읽은 백면서생과 강호에 처음 나온 젊은 무사로 알았던 두 명이 사실 자신들은 상상도 할 수 없는 고수였던 것이다.

어느 순간 도검이 부딪치는 소리가 멎었다. 과반수가 넘는 인원이 정영의 검에 한 차례 이상 부상당하자 무리 전체가 뒤로 세 걸음을 물러섰던 것이었다.

기녀가 어둠 속에서 한 걸음 걸어 나오며 말했다.

"제법이군."

"흑도 무리의 암수 따위는 안 통하오."

상대가 패배를 인정하면 조금 부드러워질 법도 한데 정영은 여전히 흑도 무리에 대해서는 냉랭한 태도를 바꾸지 않았다.

문득 무명은 기녀의 표정에서 이상한 점을 발견했다.

'저건 패배한 자의 얼굴이 아니다.'

갑자기 건물 안에서 대낮처럼 환하게 불이 밝혀졌다. 화르륵! 하오문 무리가 횃불을 밝혀서 사방의 벽에 꽂은 것이었다.

모습이 드러난 하오문 무리는 모두 열다섯 명이었는데, 그들 중 기녀가 세 명이고 나머지는 허드렛일을 하는 인부와 좀도둑 같았다.

일견 평범해 보이는 강호의 무명소졸들. 아무리 상대가 서생과 무사 두 명이라고 해도 눈앞의 무명소졸이 함정을 판 것은 무리였다. 단 한 명의 일류 고수에게 수십 명의 삼류 무사가 도륙당하는 것이 강호가 아닌가?

하지만 그런 이유로 무명은 눈앞의 하오문이 자신이 알고 있는 곳과 전혀 다르다고 생각했다. 특히 정영의 검에 혼쭐이 났는데 조금도 기죽은 눈빛이 아니었다.

'기강이 삼엄하군. 내가 아는 하오문이 아니다.'

대체 하오문에 어떤 일이 있었던 걸까?

게다가 불을 밝힌 행동도 이해가 안 되기는 마찬가지였다.

하오문 무리가 무명과 정영을 급습한 것은 어둠 속에서 승산이 있다는 계산이 섰기 때문일 것이다. 그런데 정영 한 명에게 십여 명이 꼼짝없이 당한 지금, 하나 있었던 장점을 자신들이 스스로 버리다니?

아니나 다를까, 기녀가 씨익 웃으며 말했다.

"어서 오시죠, 문주님."

하오문의 문주?

무명과 정영은 그녀의 시선이 향하는 곳으로 고개를 돌렸다.

건물 밖으로 나갈 수 있는 유일한 출구, 정문에서 괴이한 소리가 들리며 정체 모를 그림자가 등장했다.

구르르르.

순간 무명과 정영은 입을 딱 벌리고 멍하니 문가를 쳐다봤다.

그림자의 정체는 소 한 마리가 끄는 달구지였는데 그 위에 백발이 성성한 노인이 고삐를 잡은 채 앉아 있는 것이 아닌가?

노인은 해골처럼 비쩍 마른 모습이 무덤의 흙을 파고 나온 시체를 연상케 하는 몰골이었으며, 백발처럼 흰 수염은 배꼽 근처까지 길게 내려올 만큼 자라 있었다.

아무리 강호에 은거 고수가 즐비하다고 하나 눈앞의 노인은 무공은커녕 바람만 불어도 이승을 하직할 것처럼 보였다.

그런데 저 노인이 하오문의 문주라고?

무명과 정영이 하도 기가 막혀서 할 말을 잃고 달구지를 쳐다볼 때였다.

노인의 뒤에서 거칠고 굵직한 목소리가 들렸다.

"대단한 명문정파에서 손님이 납신 모양이군."

그 말에 무명과 정영은 고개를 쭉 내밀어 달구지를 살폈다.

달구지 위에는 상반신이 벌거숭이인 남자가 팔베개를 한 채 벌렁 드러누워 있었는데, 큼직한 밀짚모자를 푹 눌러쓰고 있어서 이목구비는 전혀 알아볼 수 없었다.

남자가 말했다.

"고작 백면서생과 애송이 무사 때문에 내 잠을 깨운 거냐?"

"……."

그러자 기녀를 포함한 하오문 무리가 눈알을 굴리며 서로의 눈치를 봤다.

노인은 달구지를 끄는 평범한 일꾼일 뿐, 하오문의 진짜 문주는 밀짚모자를 쓰고 있는 남자였던 것이다.

남자가 벌렁 누운 채로 말했다.

"홍란."

"예."

기녀는 콧소리가 섞이지 않은 목소리로 정색하며 대답했다. 긴장했다는 증거였다.

"내가 가장 싫어하는 게 뭐지?"

"낮잠을 중간에 깨는 것입니다."

"알면서 왜 그래?"

"저 무사의 검법이 상당한 수준이라서……."

기녀가 정영을 가리키는데 남자는 관심 없다는 투로 말을 잘랐다.

"내가 말했지? 실전에서 가장 중요한 게 뭐라고?"

"기선 제압입니다."

"싸움은 일단 이겨놓고 시작한다, 시작을 알리고 싸우는 것은 고리타분한 명문정파 놈들이나 하는 짓거리다, 말 안 했었나?"

"아닙니다. 말씀하셨습니다."

기녀가 침을 꿀꺽 삼키며 대답했다.

단검을 들고 무명과 정영을 겁박하던 것으로 보아 그녀는 무공 고수가 아니라도 기세 하나는 대단한 여장부임에 틀림 없었다. 그런데 그 여장부가 밀짚모자 남자 앞에서는 어쩔 줄 모르고 쩔쩔매는 것이었다.

무명은 둘의 대화를 들으며 하오문을 기강이 엄한 방파로 바꾸어놓은 자가 눈앞의 문주일 거라고 짐작했다.

"하아암, 말을 많이 해서 그런가? 다시 졸리네."

남자가 길게 하품을 하자 기녀가 단검을 들고 앞으로 나섰다.

"맡겨주십시오! 저 두 연놈을 잡아서 심문할 테니……."

"그만둬."

"네?"

"그만두라고. 보아하니 너희들이 감당할 상대가 아니다."

남자가 천천히 달구지에서 몸을 일으켰다. 그러자 하오문 무리 십여 명이 일사불란하게 뒤로 세 걸음을 물러났다.

하오문의 구성원은 허드렛일하는 일꾼, 좀도둑, 기녀 등등 하나같이 강호의 밑바닥 인생들이었다. 때문에 돈과 권력이 없는 반면, 남의 말에 순순히 따르지 않는 악다구니가 있었다.

그런데 그 하오문 무리가 남자의 말 한마디에 무조건 복종을 하는 것이었다. 문주의 권위가 상상 못 할 만큼 높다는 것을 알 수 있는 장면이었다.

남자가 달구지에서 내려와 바닥에 두 발을 딛고 섰다.

푹 눌러쓴 밀짚모자, 벌거벗은 상반신, 긴 머리를 아무렇게나 뒤로 틀어 묶은 봉두난발, 발가락이 빠져나올 만큼 낡아빠진 가죽 장화.

만약 유명 화원이 죄인의 목을 베는 망나니를 그린다면 눈앞의 남자가 최적의 대상이 되리라. 하오문이 아무리 강호의 삼류 인생이 모인 곳이라지만, 남자의 외모는 한 방파의 문주라기에는 믿기지 않을 만큼 거칠었다.

남자와 망나니의 유일한 차이점이 있다면, 망나니는 날이 넓은 칼을 지니고 다니는 데 반해 남자는 아무 병장기도 없는 빈손이라는 것이었다.

그가 무명과 정영을 보며 말했다.

"그래, 명문정파 나리들이 무슨 욕심이 나셨길래 하오문에 시비를 거셨나?"

"시비를 건 건 우리가 아니라 당신들이오."

정영이 대뜸 반박을 하며 나섰다.

"우리는 단지 사람을 찾으려던 것뿐인데 당신들이 먼저 급습을 했소. 하오문이 이러고도 떳떳한 강호의 방파라고 할 수 있겠소?"

"허어."

남자는 기가 막힌 듯 헛웃음을 터뜨렸다.

"명문정파 나리들이 언제부터 하오문을 방파로 인정했지?"

"방파가 아니면 무엇이오?"

"강호인이라는 게 다 자기 밥그릇 챙기기에 급급한 떨거지 인데 뭘 물으시나?"

남자의 말에 하오문 무리가 소리 죽여 킬킬대고 웃었다.

정영도 피식하고 웃음을 터뜨렸다. 겉으로 보기에는 하오문 무리와 잠깐 생각이 통한 듯했으나 실상은 전혀 달랐다. 남자 의 말은 단지 자신들을 농담 삼아 낮추는 게 아니라 중원 무 림 전체를 비웃는 것이었기 때문이다.

무명은 정영이 그 사실을 눈치챌까 봐 얼른 끼어들었다. 혹 시라도 눈치를 챈다면 그녀의 성정으로 볼 때 분노를 터뜨릴 테니까.

"나는 기루에서 지불한 화대를 제외하고도 기녀에게 은자 한 냥을 주었소. 안 그렇소?"

사람들의 시선이 자신에게 몰리자 기녀 홍란이 고개를 끄덕였다.

"그 말은 맞아요."

"그 정도면 정보를 묻는 데 충분한 금액이라 생각하오. 그 런데 사람을 데리고 와서 무작정 급습하는 게 하오문의 수법 이오? 하오문은 돈을 주면 금액만큼 정보를 얻을 수 있는 곳 이라고 들었는데?"

"당신이 흑화를 썼잖아! 게다가 찾는 자가……."

"그만."

남자가 재차 기녀의 말을 자르더니 무명을 보며 말했다.

"흑화를 써서 하오문의 정보를 캐내려 하셨다? 대체 알고 싶은 게 뭐지?"

남자의 냉랭한 눈빛과 싸늘한 표정으로 보건대 말 한마디를 잘못 꺼내는 순간 어떤 일이 터질지 알 수 없었다.

하지만 있는 사실을 말하는 것 외에는 별다른 방법이 없었다.

"사람을 찾고 있는데 그가 아방궁의 화원을 구한다는 얘기를 들었기에 하오문으로 온 것이오."

"그자 이름은?"

"이강이오."

순간 밀짚모자를 푹 눌러써서 그림자가 드리워진 얼굴에서 강한 안광이 새어 나왔다.

남자가 천천히 되물었다.

"적월혈영 이강이라는 자 말인가?"

"그렇소."

"흐음."

남자는 팔짱을 끼며 무언가를 생각하는가 싶더니 혼잣말을 하듯 중얼거렸다.

"그것 참, 적월혈영 이강이란 말이지? 그놈이 하오문에서 문신사를 찾는다고?"

남자가 뜻 모를 말을 중얼거리자 정영이 무슨 일이냐며 무
명을 쳐다봤다. 하지만 무명 역시 영문을 알 수 없어서 어깨
를 한번 으쓱해 보일 뿐, 아무 말도 못 했다.

갑자기 남자가 고개를 들며 말했다.

"뜻밖의 귀한 손님이 오셨는데 대접이 소홀했군."

"이제야 말이 통하는가 보오."

정영이 쓴웃음을 지으며 대꾸했다.

그러나 남자가 싸늘한 표정으로 씨익 웃는 것을 보자 무명
은 일이 틀어졌다는 것을 직감했다.

"손님 대접을 해드려야지, 얘들아."

"예!"

"던져라."

사방에 서 있는 하오문 무리가 무언가를 공중으로 던졌다.

휙!

공중에 떠오른 물건은 날붙이가 있는지 횃불을 반사하며
반짝 빛났다.

무명은 안광을 돋우고 물건이 무엇인지 살폈는데, 물건의
정체를 깨닫는 순간, 그만 기절초풍하고 말았다.

어른 손바닥 두 개를 나란히 붙여놓은 듯한 날붙이는 다름
아닌 식칼이었던 것이다.

하오문 무리 중에 숙수가 있었던가? 무명은 어이가 없어서

생각하다가 고개를 저었다. 아니다, 숙수가 있다 한들 병장기로 쓰라고 식칼을 던지는 방파가 중원 천지에 어디 있다는 말인가?

그때였다.

탁! 누군가 바닥을 박차고 뛰어오르는 소리가 들렸다.

순간 눈을 의심케 하는 장면이 펼쳐졌다. 방금까지 남자가 서 있던 곳이 잔상만 남긴 채 텅 빈 공간으로 탈바꿈한 것이 아닌가?

무명이 그 사실을 알아차렸을 때는 이미 남자가 공중 높이 뛰어오른 뒤였다.

그가 공중에서 양팔을 뻗어 두 개의 식칼을 낚아채더니 곧바로 정영에게 던졌다.

쉭쉭! 중원의 식칼은 날이 넓고 네모나서 보기에 둔해 보인다. 하지만 남자의 손을 떠난 식칼은 전광석화처럼 정영을 향해 날아들었다.

정영이 몸을 회전하며 척사검을 찔렀다.

슈앗!

길고 가느다란 것이 검이라기보다 꼬챙이에 가까운 척사검.

누가 봐도 둔중한 식칼이 가느다란 척사검을 부러뜨릴 법한 상황. 그런데 척사검과 식칼이 맞닿는 순간 정영이 손목을 살짝 팅기며 검 끝으로 식칼의 날을 때리는 것이었다.

채챙!

그야말로 전광석화 같은 이연타. 그러자 식칼 두 개는 살짝 방향을 바꿔서 빙글빙글 돌며 날아가더니 통나무를 통째로 깎아 만든 대들보에 박혔다. 파팍!

얼마나 깊숙이 박혔는지 식칼은 자루만 남고 날붙이가 몽땅 들어가 버렸다. 식칼에 실린 남자의 공력이 상당한 수준이라는 뜻이었다.

위기는 그것으로 끝나지 않았다.

하오문 무리가 공중으로 던진 식칼은 모두 네 개였다. 남자가 나머지 두 개의 식칼을 낚아챈 뒤 재차 정영을 향해 던졌다.

휘리리릭!

식칼들이 손도끼를 던진 것처럼 허공에서 빙글빙글 돌며 정영에게 날아들었다.

그러나 정영도 당하고만 있을 상대가 아니었다. 탓! 그녀는 발로 바닥을 차며 오히려 식칼을 향해 몸을 날렸다.

"하아압!"

채챙! 이번에도 정영은 식칼의 무게중심을 정확하게 찔러서 방향을 슬쩍 바꾸어놓았다. 식칼 공세를 무력화시킨 것도 모자라 그녀는 그대로 아직 공중에 떠 있는 남자를 향해 날아갔다.

"받아랏!"

척사검의 검광이 남자를 향해 출수됐다.

그때였다.

방금 정영이 쳐냈던 식칼 두 개가 공중에서 둥글게 호를 그리더니 다시 그녀의 등 뒤를 향해 날아드는 것이 아닌가?

촤라라락!

"조심하시오!"

무명이 소리치며 두 손을 뻗어 벽공장을 날렸다. 이번에는 하오문의 그물을 찢을 때처럼 삼성이 아니라 십성(十成)의 공력이 실린 벽공장이었다. 내상 입는 것을 걱정할 틈이 없을 만큼 상황이 다급했다.

순간 남자가 두 팔을 기이하게 휘저었다. 그러자 식칼이 공중에서 갈 지(之) 자를 그리며 진로를 바꿔서 벽공장을 피하는 것이었다.

직접 눈으로 보고도 믿기지 않는 장면.

그제야 무명은 식칼 자루에 무언가가 연결되어 있다는 사실을 알아차렸다. 두 눈에 안광을 돋우고 살피자, 식칼 자루에는 구멍이 뚫려 있었고 거기에 가느다란 사슬이 꿰뚫려 있었다. 또한 공중에 팽팽하게 이어진 사슬은 남자의 손에 이어져 있었다.

'사슬검?'

그랬다. 앞서 식칼이 그냥 투척한 것이라면, 지금 두 개의 식칼은 긴 사슬로 남자의 손목과 연결된 병장기였다.

마치 살아서 꿈틀거리는 뱀처럼 움직이는 사슬검.

사슬검은 투척했다가 다시 회수하는 병장기이기 때문에 주로 가벼운 단검을 매달아 사용한다.

그런데 남자는 둔중한 식칼을 사슬검으로 쓰고 있으니, 그가 도검을 다루는 능력이 얼마나 뛰어난지 알 수 있는 장면이었다.

게다가 더욱 놀라운 것은 식칼을 하오문 무리가 던졌다는 점이었다. 즉, 식칼이 공중에 떠올랐을 때는 아직 사슬이 꿰이지 않은 상태였는데, 남자는 도약하면서 식칼을 낚아챔과 동시에 구멍에 사슬을 꿰고 정영에게 투척한 것이었다.

그 모든 동작이 허공에서, 그것도 순식간에 행해졌다.

그리고 남자는 여전히 공중에 떠 있는 것이다!

신기에 가까운 검 다루는 수법. 하지만 창천칠조의 정영도 검법에는 둘째가라면 서러워할 여검객이었다. 그녀가 뒤에서 식칼이 날아드는 기세를 느끼고 공중에서 몸을 회전하며 검을 날렸다. .

채채채채챙!

정영의 척사검과 남자의 두 식칼이 불꽃을 튀기며 눈 깜짝할 사이에 다섯 번의 공방을 주고받았다.

공중에서 합을 교환한 두 남녀는 몸을 회전시키며 가볍게 바닥에 착지했다. 무명은 또 한 명의 대단한 고수가 등장했다는 것을 느끼고 침을 꿀꺽 삼켰다. 하지만 더욱 놀란 자들은 다름 아닌 하오문 무리였다. 그들은 눈앞의 젊은 무사가 철석같이 믿던 문주와 대등하게 초식을 겨룬 사실이 믿기지 않는다는 표정이었다. 하오문 무리가 자신들의 문주를 얼마나 깊이 신뢰하는지 알 수 있는 모습이었다.

철그르륵. 남자가 두 팔을 몇 바퀴 빠르게 돌리자 사슬이 손목에 칭칭 감기며 식칼이 회수되었다. 살아 있는 뱀이 똬리를 트는 것보다 더욱 빠른 움직임. 그가 사슬검을 다루는 수법은 가히 경이에 가까웠다.

문득 무명은 무언가 뇌리에 스치는 생각이 있었다.

'혹시 저자가……?'

그때 남자가 입을 열어서 무명은 떠오른 생각을 말할 기회를 놓쳤다.

"그 검 한번 특이하게 생겼군."

그가 정영의 척사검을 보며 말했다. 보통 검보다 한 자 이상 길며, 베기보다는 찌르는 데 특화된 척사검. 도검술이 뛰어난 남자가 관심을 보이는 것도 무리가 아니었다. 정영은 남자가 검에 관심을 보이자 조금은 들뜬 목소리로 대답했다.

"이 검의 이름은 척사검으로, 소림사에서 받은 검이오."

"소림사? 금강고의 기병이냐?"

"그걸 어떻게 아시오?"

정영이 깜짝 놀라며 반문했지만 남자는 대답이 없었다. 또한 밀짚모자를 푹 눌러써서 어떤 표정을 짓는지 알 수 없었는데, 단지 모자 밑으로 드러난 입가가 의미심장한 미소를 짓고 있는 것이었다.

그때 무명이 입을 열었다.

"하오문 문주께 뭐 하나만 묻겠소."

"뭐냐?"

"당신, 적월혈영 이강과 아는 사이군."

"……."

"내 말이 틀렸소?"

남자는 대답이 없었다. 무명의 폭탄 발언에 정영은 물론 하오문 무리 모두가 두 눈을 크게 뜨고 하오문의 문주를 쳐다봤다.

남자는 한참 동안 묵묵부답인 채 밀짚모자 속에서 강렬한 눈빛으로 무명을 쏘아봤다.

이윽고 그가 싸늘하게 가라앉은 목소리로 말했다.

"그걸 어떻게 알았지?"

"세 가지 이유가 있소."

무명이 손가락을 하나씩 접으며 말했다.

"첫째, 내가 이강을 언급했을 때 당신 눈빛이 예사롭지 않았소. 모자를 눌러쓰고 있어서 똑바로 볼 수는 없었지만 목소리와 몸짓이 분명 흔들렸지."

"눈썰미 하나는 날카로운 놈이군."

"둘째, 이강이 당신 수법을 따라 해서 사슬 무기를 애용하고 있소."

"뭐라고? 그놈이 날 따라 한다고?"

남자의 목소리가 더욱 냉랭해졌다. 무명의 말이 정곡을 찔렀다는 뜻이었다.

"그놈이 과거에 내 수법을 봤다는 건 어떻게 알았지?"

"방금까지 몰랐소."

무명이 피식 웃으며 대답했다.

"이강이 사슬 무기를 쓰는 수법이 당신과 무척 흡사해서 한 번 말해본 것이오. 어쨌든 당신 스스로 이강과 아는 사이라는 걸 확인해 준 셈이군."

"흐음……."

남자는 무명의 유도신문에 걸린 것을 깨닫자 팔짱을 끼며 신음성을 흘렸다.

"그는 소림사 방장이 직접 골라준 금강고의 기병을 무기로 썼소. 내가 알기로 방장은 이강과 단 한 번 얼굴을 마주했을 뿐인데 어떻게 사슬 무기를 주었을까? 이강의 독문무공이 원래 사슬검이었나? 만약 그게 아니라면?"

"나와 그놈이 함께 어떻게 싸웠는지 소림 방장이 대충 짐작했다는 뜻이군. 뭐, 소림 방장이 생긴 것과 달리 여우 같은 놈이긴 하지."

그 말에 정영이 검을 겨누며 소리쳤다.

"말을 삼가라!"

"아, 미안하게 됐군. 그쪽은 명문정파 나리셨지?"

남자는 대충 손을 휘저으며 미안하다고 얼버무렸다.

무명이 말을 계속했다.

"방금 눈앞에서 보니 적어도 사슬검은 당신이 이강보다 한 수 위더군."

"눈깔은 제대로 박혔구나."

"마지막 이유가 하나 남았소."

"뭐냐?"

"셋째, 방금 정영과 싸우며 날린 비검 초식은 모두 허초였소."

"……!"

식칼을 던지던 남자의 수법을 비검술(飛劍術)로 말한 무명.

모르는 이가 들었다면 박장대소를 하며 웃었을 것이다. 하지만 건물 안의 사람들은 미소를 짓기는커녕 침을 꿀꺽 삼키며 긴장했다. 무명의 말이 끝나자마자 남자의 분위기가 살기를 띠며 흉흉하게 변했기 때문이다.

"그건 어떻게 알았냐?"

"식칼의 진로는 분명 정영을 향하는 것처럼 보였소. 하지만 정영이 검격을 감당해 내지 못할 경우 두 식칼은 경로가 겹치고 서로 부딪쳐서 다른 방향으로 날아갔을 것이오."

"…네놈 눈 하나는 정말 속일 수 없겠군."

남자의 말은 무명의 추측이 사실이라고 확인시켜 주는 것이었다.

"즉, 당신은 처음부터 우리 목숨을 빼앗을 생각이 없었소."

그러자 정영이 분노하며 일갈했다.

"네놈이 감히 나를 업신여기다니!"

그녀가 당장에라도 남자와 사생결단을 내겠다는 듯이 척사검을 치켜들었다. 건물 벽쪽으로 물러서 있던 하오문 무리도 각자 도검을 들며 정영에게 달려들려고 했다.

이번만큼은 무명도 정영을 막지 못했다. 그녀가 남자의 수법을 눈치채지 못한 이유가 바로 무명 자신이었기 때문이다.

'내가 다치지 않게 하기 위해 전념을 다해서 미처 알아차리지 못했군.'

만약 평소였다면 정영 정도 되는 검법의 고수가 남자의 허초를 깨닫지 못할 리 없었다.

하지만 내상을 입은 무명을 지켜야 한다는 생각에 지나치게 골몰했기 때문에 그녀 자신의 안위는 물론 남자의 수법까지 신경 쓸 여유가 없었던 것이다.

'누군가를 지킬 때 강하다. 그러나 상황을 살피지 못하고 검에만 집중한다.'

정영의 강점이자 단점이라고 할 수 있는 성정이었다.

다시 사투가 벌어질 일촉즉발의 분위기.

뜻밖에도 남자가 정영을 향해 포권지례를 하며 말하는 것이었다.

"방금 일합은 당신 무공을 시험해 보려는 뜻이었을 뿐, 능욕할 생각은 없었다. 그래도 화를 못 풀겠다면 하오문 문주의 이름으로 사과하지."

"……."

남자의 목소리는 지금까지와 달리 웃음기가 없이 진지했다.

그러자 정영은 잠깐 남자를 지그시 쏘아보더니 곧 검을 내리며 길게 심호흡을 했다. 그러고 나서 함께 포권지례를 올리며 말했다.

"좋소. 사과를 받아들이지."

휙. 정영이 팔을 빙글 돌리며 척사검의 끝을 밑으로 내렸다. 성정만큼이나 호쾌한 동작. 밀짚모자 속에서 남자의 안광이 날카롭게 빛났지만 그 아래로 보이는 입가는 반대로 슬며시 미소를 짓고 있었다. 상황이 이상하게 돌아가자 하오문 무리는 병장기를 든 채 남자와 정영을 번갈아 쳐다봤다.

"문주님?"

"다들 무기를 내려라."

"예."

흉흉한 눈빛을 띠던 하오문 무리가 남자의 말 한마디에 도검을 아래로 내렸다. 남자는 단지 무공으로 그들을 찍어 누른 게 아니라 신뢰를 받고 있다는 것을 잘 알 수 있었다.

남자가 봉두난발을 긁적거리며 말했다.

"뭐, 당신들도 잘한 것은 없어. 하오문에 와서 강호 사대악인을 찾는다고 말했으니 의심받을 수밖에."

"다짜고짜 도검부터 들이댄 그쪽의 잘못은 어떻고?"

정영이 쓴웃음을 지으며 반박했다. 그러나 이어지는 남자의 반문에 그녀는 할 말을 잃고 말았다.

"당신은 어디 사람이지?"

"점창파요."

"점창파? 그랬군. 어쩐지 검법이 군더더기가 없고 표홀하다 싶더니 점창파의 사일검법이었군. 한 수 잘 배웠다."

"별말씀을."

"한데 반대로 생각해 봐라. 생전 처음 보는 자가 점창파 산문에 들어가서 구륜교의 마두를 찾으러 왔다고 하면 어쩔 거냐? 검부터 뽑지 않을까?"

"그건……."

정영은 말문이 막히자 무명을 쳐다봤다. 무명 역시 남자의 정곡을 찌르는 말에 대답이 궁해서 고개를 저을 뿐, 반박할 말을 찾지 못했다.

이윽고 무명이 어깨를 으쓱하며 말했다.

"우리는 이강과 은원이 있는 관계는 아니오. 단지 그가 남긴 말이 아방궁의 화원을 찾겠다는 것이어서 하오문에 온 것이오."

그러자 기녀 홍란이 끼어들었다.

"적월혈영 이강은 강호 사대악인으로 엄연한 살인귀예요. 붉은 도포가 휘날리면 피바람이 분다는 소문까지 나도는데, 제정신이라면 그자를 찾겠다는 말을 아예 꺼내지 말았어야죠."

무명이 그 말에 반박하려 하는데, 엉뚱하게도 먼저 말을 꺼낸 이가 있었다. 바로 하오문 문주였다.

"아니. 이강은 이제 적의 따위는 입지 않아."

"네?"

"말한 대로야. 그놈은 흑의를 입고 다닐걸. 뭐, 적월혈영이 란 별호도 이제 사라졌다고 봐야지."

기녀가 영문을 몰라 어안이 벙벙해져 있을 때, 무명이 고개 를 끄덕이며 대답했다.

"역시 이강과 아는 사이였군."

"과거에 쓰잘데기없는 인연이 조금 있었지."

남자는 양미간을 찡그리며 툭 말을 내뱉었는데, 과거 이강 과의 관계가 그다지 탐탁지 않았다는 것이 그의 표정에서 잘 드러나고 있었다. 무명은 마치 지금 자신과 이강과의 관계를 보는 것 같아서 쓴웃음을 흘렸다.

그때였다.

하오문 무리 중에서 기녀 하나가 조심스레 말을 꺼냈다.

"이강이란 사내, 혹시 흑의를 걸치고 검은 천으로 두 눈을 싸매지 않았나요?"

"……!"

순간 무명과 정영은 정신이 번쩍 들었다.

"맞소. 이강을 보았소?"

"예. 검은 천으로 눈을 싸맨 데다 흑건을 쓰고 흑의를 걸쳤 는데 신발까지 검은색 장화라서 기분 나쁜 사내였어요. 변태 짓은 하지 않았지만……."

"그에게 따로 들은 얘기는 없소?"

"아방궁의 화원, 그러니까 문신사를 찾는 것은 맞아요.

근데⋯⋯."

"그런데?"

무명이 묻자 기녀는 문주를 쳐다봤는데, 문주가 고개를 끄덕여서 허락하자 숨을 한번 고른 뒤 대답했다.

"말하는 폼이 문신을 하려는 것 같지는 않았어요. 어차피 두 눈도 보이지 않는데 문신은 해서 무엇하겠어요?"

기녀의 말도 일리가 있었다. 강호인이 문신을 하는 이유는 남에게 보이려는 목적도 있지만 자기과시의 욕망이 더 크기 때문이었다.

그때 기녀가 한마디 말을 덧붙였다.

"실은 문신을 하려는 게 아니라 고문사를 찾는 것 같았어요."

"고문사? 확실하오?"

"그냥 말투가 그랬다는 거지, 확실하지는⋯⋯."

무명이 캐묻자 기녀는 괜히 말했다는 표정으로 말을 얼버무렸다.

하지만 이번 말도 일리가 있었다.

문신사는 사람 살갗에 먹물을 새겨서 문신을 새기기 때문에 가느다란 세침이나 톱날이 달린 검 등 특이한 검을 많이 갖고 다닌다. 그들이 갖고 다니는 검은 고문용으로도 적합했다. 문신일과 고문일을 겸업하는 자가 혹도 무리 중에 있다고 해도 과언이 아니었다.

그러나 여전히 많은 의문이 남아 있었다.

이강은 누군가를 겁박하다가 안 되겠다 싶을 때 목숨을 빼앗으면 빼앗았지, 고문하면서 입을 열기를 기다릴 위인이 아니었다.

그렇다면 왜 고문사를 찾는 것일까?

무명이 기녀의 말을 생각하며 잠자코 있자, 하오문 무리도 자기들끼리 이강에 대해 아는 소문을 떠들었다. 건물 안은 금세 시장 바닥처럼 시끌벅적하게 변했다.

"적월혈영은 강호에서 자취를 감춘 지 꽤 되지 않았나?"

"몇 년 동안 그자를 본 사람은 없다고 하던데?"

"언제 피바람이 불지 모르겠군."

"근데 흑의를 입고 다닌다고? 그럼 별호가 흑월혈영이 되는 건가?"

"무슨 개소리냐!"

그때 기녀가 무슨 말을 했는데 주변이 너무 시끄러워서 잘 들리지 않았다.

"저기, 이강이란 자를……."

하오문 문주가 손을 들었다.

"다들 닥쳐라."

"……."

그의 말 한마디에 건물 안은 바늘 떨어지는 소리도 들릴 만큼 고요해졌다.

"말해라."

"그러니까, 이강을 본 게 오늘입니다."

"뭐라고?"

무명과 정영은 물론 하오문 문주와 무리의 시선이 기녀에게
꽂혔다.

"방을 빌렸으니 아직 있을지도 모릅니다."

남자가 무명과 정영을 바라보자, 무명이 대답으로 고개를
끄덕였다. 그가 무리를 보며 명령했다.

"모두 해산하라. 나는 이 둘과 함께 이강을 만나고 오겠다."

"예……."

"너는 남아서 길을 안내해라."

남자가 이강이 있는 곳을 아는 기녀를 지목했다. 하오문 무
리는 잠시 주저하는 눈빛으로 서로를 쳐다봤으나 곧 남자에게
고개를 조아린 뒤 하나둘 건물 밖으로 빠져나갔다.

남자가 무명과 정영을 보며 말했다.

"가시지."

"문주가 직접 길 안내라, 하오문의 대접이 황송할 정도군."

"비꼬는 거냐, 아니면 내가 왜 이강을 만나려는지 궁금한 거냐?"

"잘 아는군. 후자요."

"꼴 보기 싫은 상판대기지만 아예 몰랐으면 모를까, 만나서
물어볼 게 있다."

무명과 남자의 대화는 그것으로 끝났다. 기녀가 앞장서자
무명과 정영, 그리고 하오문의 문주는 기녀의 뒤를 따라 어두
운 골목 속으로 들어갔다.

기녀는 하오문의 본거지를 떠난 이후에도 한참 동안 골목을 돌며 일행을 안내했다. 길을 가던 중에 정영이 남자에게 말을 걸었다.

"당신, 정말 하오문의 문주 맞소?"

"두 눈으로 보고도 모르나? 뭘 더 설명해야 되지?"

"그게 아니라, 하오문은 전해지는 무공이 따로 없는 것으로 아는데 당신의 비검술은 혹도 냄새가 나면서도 어딘가 정파의 기분이 나서 하는 말이오."

갑자기 밀짚모자의 그늘에서 싸늘한 안광이 새어 나왔다.

"과거에 별 볼 일 없는 명문정파에 몸담은 적은 있지."

"그럼 사문을 배신한 것이오?"

남자가 재차 명문정파를 들먹이자 정영도 눈빛을 돋우며 캐물었다.

그런데 남자의 대답이 뜻밖이었다.

"아니. 그쪽이 나를 배신했다."

"뭐라고? 강호에 제자를 배신하는 사문이 대체 어디 있다고……."

"아주 많다. 더는 말하기 싫군."

남자는 그것으로 입을 다물었다. 정영도 그녀대로 남자의 말에 심기가 불편해서 더는 말을 걸지 않았다. 거리는 이제 어둡지 않고 햇빛이 잘 비추었으나 네 명이 지나가는 곳은 짙은 그림자가 드리운 것처럼 분위기가 싸늘했다. 기녀가 발을 멈춘 것은 족히 밥 한 끼 먹을 시간이 지났을 때였다.

"여기입니다."

그녀가 어두컴컴하고 비좁은 건물 하나를 가리켰다.

무명과 정영은 영문을 몰라서 고개를 갸웃했지만 남자와 기녀는 아무렇지 않은 듯 성큼성큼 건물 안으로 들어갔다.

그런데 안에 발을 들이는 순간 둘은 깜짝 놀라고 말았다. 건물 내부는 두 눈이 휘둥그레질 정도로 별천지였던 것이다. 건물은 백홍루에 비하면 비교가 안 될 만큼 규모가 작았다.

하지만 붉은 조명이 은은하게 밝혀져서 낭만적인 분위기가 감돌았으며, 어디선가 흐르는 분향은 너무 진하지 않고 감미로워서 저절로 가슴을 뛰게 만들었다. 도성 최고의 기루인 백홍루도 지금 건물에 비하면 누추하다고 여겨질 정도였다.

그런데 이상하게도 복도에는 기녀나 점소이는커녕 인기척이 하나도 보이지 않는 것이었다.

정영이 기녀에게 물었다.

"여기는 대체 어떤 곳이오?"

"소작가라 하옵니다."

소작가(少雀家). 새끼 참새들 집이라는 뜻. 그제야 무명은 건물의 정체를 깨달았다.

"여기는 도성의 고관대작이 드나드는 고급 기루요."

일견 하찮아 보이는 이름을 가진 소작가는 실은 지체 높은 고관대작이나 부유한 유명세가의 인물이 비밀리에 와서 환락을 제공받는 기루였던 것이다.

기녀가 일부러 뒷문으로 들어온 것도 혹시라도 높으신 분들이 복도를 오가다가 강호인을 보면 기루에 날벼락이 떨어지기 때문이었다.

"따라오시지요."

기녀가 발소리를 죽이며 앞장섰다. 그녀는 복잡한 복도를 돌고 도는 것도 모자라 계단을 두 개나 올라갔다. 그리고 복도 맨 끝에 있는 구석진 곳의 방 앞에서 걸음을 멈췄다.

"여기입니다."

"수고했다. 이만 가봐도 좋다."

기녀는 남자에게 깊숙이 고개를 조아린 뒤 재빨리 복도를 돌아 사라졌다.

그런데 남자가 문을 열려고 할 때였다.

"이런, 이런. 이게 누구신가? 한번 검을 날리면 반드시 목숨을 빼앗는다는 중원 제일의 도검수가 아니신가?"

문 너머에서 들린 목소리는 분명 이강의 것이었다. 순간 하오문 문주의 입가가 일그러지며 쓴웃음을 짓는 모습을 무명은 놓치지 않았다.

'역시 내 짐작이 옳았군.'

이강이 말한 도검수는 식칼을 귀신처럼 쓰던 남자를 지목하는 것이리라. 이강은 문밖에 있는 일행의 생각을 읽고 말했는데, 문주가 그 말에 쓴웃음을 짓는다는 것은 이강의 능력을 이미 알고 있다는 뜻이었다.

즉, 무명의 추측대로 둘은 구면이었던 것이다. 남자가 거침없이 방문을 열어젖혔다.

드르륵.

방 안은 복도처럼 화려하기 그지없었다. 은색 장막이 쳐진 침상은 붉은 비단 이불이 깔려 있어서 흙먼지에 익숙한 강호인은 때가 탈까 봐 몸을 누이기 미안할 정도였다.

또한 방 한가운데 놓여 있는 기다란 의자에는 곰 가죽으로 보이는 융단이 걸쳐져 있었다. 그리고 흑의 차림에 검은 천으로 두 눈을 싸맨 이강이 눕다시피 의자에 걸터앉은 채 술잔을 기울이고 있었다.

일행이 방으로 들어가자 이강이 하오문 문주 쪽으로 고개를 돌렸다. 그리고 입꼬리를 말아 올리고 씨익 웃으며 말했다.

"오랜만이군."

"이 넓은 중원 땅에서 네놈 면상을 다시 볼 날이 있을 줄은 꿈에도 몰랐다."

"내 말이 그 말이야. 잠깐만, 오호라! 네놈 그간 출세했구나?"

"출세?"

"소매치기에 기녀에 다 끌어모아서 방파를 만드셨군. 아주 도둑들의 왕이 되셨어, 크하하하!"

"계속 헛소리를 지껄이면 혓바닥을 뽑아주마."

"이런, 눈깔도 없는데 혓바닥까지? 손속 흉악한 건 여전하구나."

연신 킬킬대며 조롱하는 이강, 쓴웃음을 지으며 차갑게 응수하는 남자. 둘의 대화는 오랜만에 만난 사람들답지 않게 살벌했다. 만나자마자 검을 들이대지 않는 것을 보면 불구대천의 원수는 아닌 것 같은데, 그렇다고 해후를 기뻐할 만한 사이도 아닌 듯했다.

무명과 정영은 영문을 몰라서 서로를 쳐다봤다. 정영이 눈짓으로 '저들 대체 무슨 사이요?' 하고 물었지만, 무명 역시 전혀 알 수 없는지라 어깨를 으쓱하며 고개를 저을 뿐이었다.

그런데 이어지는 둘의 대화에 무명과 정영은 깜짝 놀라고 말았다. 갑자기 이강이 얼굴에서 웃음기를 지우더니 묻는 것이었다.

"도둑들의 왕이 강호 사대악인은 무슨 일로 찾아오셨지?"

"대답 안 해도 이미 알고 있지 않냐."

"망자를 퇴치하는 데 힘이 되어달라, 그런 말이냐?"

그 말에 무명과 정영은 재차 서로 눈빛을 교환했다. 남자는 무명과 정영을 굳이 직접 이강에게 안내하는 이유를 말하지 않았었는데, 둘의 대화를 들으니 그 역시 망자 문제 때문에 이강을 찾은 것이 아니고 무엇인가?

이강이 두 팔을 벌리며 어깨를 으쓱했다.

"내가 왜? 싫다면?"

"중원에 망자가 창궐하고 있다. 남 일이라고 모른 체하고 있을 때가 아냐."

남자가 푹 눌러쓴 밀짚모자를 슬쩍 들어 올렸다. 무명과 정영은 그제야 남자의 눈매를 처음으로 볼 수 있었다. 보기 드문 미남자는 아니라도 꽤 호걸형의 사내였으나, 두 눈에 짙게 서려 있는 근심이 오랜 세월 강호의 풍상을 겪었다는 것을 보여주고 있었다.

"중원은 더 이상 안전하지 않다. 흑랑성이나 마찬가지가 된 지 오래야."

"그거야 내가 알 바 아니지."

"낙양은 이미 망자들이 곳곳에 숨어들어 있다. 언제 생지옥으로 변할지 알 수 없어."

"그래서 하오문 놈들한테 무공까지 가르치고 있는 거냐?"

"살아남으려면 무슨 일이든 한다. 최근 망자비서가 발견되었다는 소문을 들었지. 도성에 온 이유도 망자 퇴치에 대한 정보를 얻기 위해서다."

그때 정영이 끼어들며 말했다.

"낙양도 망자가 나타나고 있소? 개봉도 상황이 심상치 않소."

남자가 슬쩍 고개를 돌려 정영을 봤다.

"개방이 망자 사건으로 세력이 크게 약화되었다는 소식은 들었지."

"그렇소. 개방은 물론 개봉에 망자가 크게 번지고 있소. 하지만 아무리 조사해도 망자 떼가 어디로 갔는지 알 수가 없었소."

이강이 킬킬대며 그 말에 대답하듯 말했다.

"어디로 가긴? 사람들 틈에 숨어버린 거지."

"그래. 사람과 구분 안 되는 망자들이 늘고 있다. 한데 구대문파도 오대세가도 나서는 놈들 하나 없지."

"무림맹은 아니오!"

정영이 목소리를 높이자 남자가 양미간을 찡그리면서 물었다.

"무림맹 사람이냐?"

"그렇소. 나는 점창파의 정영으로, 무림맹의 창천칠조요."

그 말에 남자는 무슨 기억이 났는지 입꼬리를 말며 피식 웃는 것이었다. 하지만 곧바로 진지한 얼굴로 돌아와서 말했다.

"무림맹을 탓할 생각은 없다. 하지만 망자가 창궐하고 있는 현 상황에 무림맹이 한 일이 없는 것도 사실이지."

"헛소리요! 무림맹은……."

그때 무명이 정영의 말을 막으며 끼어들었다.

"확실히 무림맹의 세는 예전만 못하지만 구경만 하고 있는 것은 아니오. 중원의 안위를 신경 쓰는 자가 당신 혼자만은 아님을 알아두시오."

실은 무명이 끼어든 이유는 정영이 망자비서를 언급할지 몰라서였다.

망자비서의 존재는 함부로 발설하면 안 될뿐더러, 무명은 망자비서가 가짜일지 모른다는 심중까지 품고 있지 않은가.

때문에 정영이 만에 하나 망자비서를 말할지 몰라 먼저 말을 자른 것이었다. 남자도 더 이상 무림맹을 비난하지 않고 말했다.

"뭐, 좋다. 하오문도 나름대로 중원을 위해서 힘쓸 테니까."

그 말에 상황은 진정되었으나 이강이 재차 분위기 깨는 말을 꺼냈다.

"명문정파한테 방파 취급도 못 받는 하오문 문주가 망자 정보를 구걸하려고 나서다니 우습구나, 후후후."

"네놈은 정말 돕지 않겠다는 거냐?"

"세상이 망하든 말든 알 게 뭐람. 솔직히 말하자면 한번 망하는 꼴을 보고 싶군."

이강이 술잔을 기울여 단번에 들이켜며 말했다.

"강호를 명문정파가 지배하든 망자가 지배하든 무슨 상관이냐? 한쪽은 돈과 권력에 눈먼 놈들이고 한쪽은 피에 굶주린 놈들이니 달라질 것도 없지."

"뭐라고!"

이강의 독설에 정영이 당장 척사검을 뽑아 들려고 했다.

무명이 그녀를 막아서며 말했다.

"정영, 멈추시오."

"하지만……."

"저자를 찾자고 한 건 나요. 이번 일은 내게 맡기시오."

막 분노를 터뜨리려고 하던 정영은 무명의 얼굴을 보더니 곧 입술을 질끈 깨물며 고개를 끄덕였다. 무명이 이강을 향해 몸을 돌렸다. 하지만 그는 의자에 몸을 더욱 푹 누이며 잔이 넘치도록 술을 따랐다.

"재주도 좋군. 언제부터 그년이 네놈 말을 그렇게 잘 들었지?"

"헛소리는 집어치우시오. 정말 세상이 망해도 상관없소?"

"그래. 두말하면 잔소리지."

이강이 술잔을 단숨에 비우며 말을 이었다.

"크으, 술맛 좋군. 나는 지하 도시 잠행 일을 끝냈으니 무림맹과 더는 빚이 없다. 자유의 몸이란 뜻이지."

"자유의 몸이라… 그래, 이제 뭘 할 생각이오?"

"글쎄다. 두 눈이 없으니 천하 방방곡곡을 구경할 수도 없는 일이고, 위선자 명문정파 놈들이 망자를 퇴치한다는 명분을 앞세워서 권력 다툼을 벌이는 것도 관심 없고. 그럼 남은 것은 하나밖에 더 있냐?"

그가 새끼손가락을 들어 올렸다.

"바로 미녀지."

"그래서 다시 만날 때면 허구한 날 기루에 있는 것이로군."

"크크크, 잘 아는구나."

"당신이 자유의 몸인 건 잘 알겠소. 한데 나한테는 아직 청산하지 않은 빚이 있을 텐데?"

그 말에 막 술을 따르던 이강의 손이 허공에서 딱 멈췄다.

이강이 종잇장처럼 얼굴을 구기며 말했다.

"그동안 네놈을 도와준 것만 따져도 십여 번이 족히 넘는다."

"내가 빚을 갚으라고 말한 적은 한 번도 없었소."

"끄응……."

"기관진식 방을 세 번 풀었으니 세 번 도움을 주겠다는 말은 내가 부탁한 게 아니라 당신 스스로 꺼낸 말이오."

"……."

"적월혈영은 빚을 갚는다, 강호에서 모르는 자가 없는 말이지. 마지막 세 번째 빚을 갚으시오."

무명의 독촉에 이강은 점점 말수가 줄어들더니 이내 굳은 얼굴로 침음했다. 이강이 무명의 얼굴과 일직선이 되도록 고개를 돌렸다. 검은 천으로 눈가를 싸맨 그가 마치 두 눈으로 무명을 쏘아보는 것 같은 기분이 들 정도였다.

"서생 놈, 못 보던 사이에 많이 달라졌군."

"사람은 원래 달라지게 마련이오. 당신처럼 항상 똑같은 악인만 빼고."

"오냐, 마지막 빚을 갚아주지."

이강이 굳은 표정을 펴며 피식 웃음을 흘렸다. 그러더니 무명의 생각을 읽었는지 말했다.

"난쟁이 고문사를 찾아달라, 부탁하는 게 그거냐?"

"그렇소."

"잊어버린 기억을 반드시 찾겠다는 소리군. 도와주지. 하지만 이것만은 명심해라."

"뭐요?"

"사람이 과거에 얽매여서 살 필요는 없어. 그렇게 과거에 집착했다가는 어느 순간 폐인이 될 거다."

"남 걱정은 마시오. 내 일은 내가 알아서 할 테니까."

"알았다, 후후후."

이강은 다시 킬킬대고 웃으며 술잔을 기울였는데, 기이하게도 그의 웃는 얼굴에 어딘가 모르게 쓸쓸한 표정이 감도는 것이었다.

무명은 그의 표정을 조용히 지켜보다가 입을 열었다.

"당신도 고문사를 찾는 이유는 뭐지?"

"아방궁의 문신사 말이냐?"

이강이 슬쩍 정영에게 고개를 돌리는 것을 보아 그녀의 생각을 읽은 듯했다.

"하오문의 고문사 중에 관심이 가는 놈이 하나 있더군."

"안 그래도 그게 이상했소. 무명도 아니고 당신이 고문사를 왜 찾는 거요?"

정영이 묻자 이강이 검지를 들어 눈가를 가리켰다.

"날 이렇게 만든 놈들한테 빚을 아직 못 갚았거든."

"······!"

"내 눈알을 빼낸 놈은 분명 손재주가 뛰어난 놈일 테지. 그래서 고문사 놈들을 하나씩 족쳐서 알아내기로 했다."

잠시 침음하고 있던 남자가 입을 열어 물었다.

"흑랑성 일을 아직 마음에 두고 있는 거냐?"

"당연하지. 두 눈알을 다시 끼워 넣진 못한다고 해도 빚은 갚아야 되지 않겠냐? 명색이 적월혈영인데 말야."

"적월혈영이란 별호는 이제 쓰지 않는 걸로 알았는데."

"아차, 그랬나? 크흐흐흐."

이강이 입을 길게 늘어뜨리며 웃는 모습이 마치 복수를 하러 지옥에서 기어 나온 악귀처럼 보여서 섬뜩했다.

남자가 그런 이강을 잠시 지그시 쳐다보더니 말했다.

"찾는다는 게 어떤 자냐? 심문하지 말고 얘기만 한다는 조건을 받아들이겠다면 내가 불러주지."

그런데 이강이 씨익 웃으며 고개를 젓는 것이었다.

"하오문의 도움 따위 필요 없어."

"기껏 생각해 줬더니. 좋다. 하지만 하오문의 인물을 네 맘대로 족쳤다가는······."

"아니. 내가 찾는 놈은 이제 하오문 소속이 아니다. 문신사 중에서 최근에 도망친 놈이 하나 있지 않냐?"

"설마······."

"그래. 육룡채에 들어갔다는 바로 그놈이다."

이강의 말에 지금까지 단 한 번도 흔들리는 모습을 보이지 않던 하오문 문주가 입가를 굳히며 침을 꿀꺽 삼키는 것이었다.

『실명무사』 9권에 계속…